漫娱图书

中 华 至 美 经 典

经 典 收 藏 ◇ 至 美 体 验

风筝误

人生自是有情痴

原著＼李渔等　译＼西线

本书原文以臧晋叔的《元曲选》等前人选本，及浙江古籍出版社《李渔全集》中的《风筝误》为底本，并参考其他版本进行勘校。

角色 —— ● "杂剧"《墙头马上》《倩女离魂》《梧桐雨》

旦：女性角色。旦包括正旦、外旦、小旦、大旦、老旦、搽旦。其中正旦为女主角，其余的为次要女角色。

末：男性角色。包括正末、小末、冲末、外末。正末是男主角，其余的是次要的男角色。外末也简称为外，冲末是首次上场的男角色。

净：地位低下的喜剧性人物。

杂：杂剧中除旦、末、净以外的角色演员。

张千：杂剧中通常跟随主要角色出场，是官府衙役和官吏随从的通名。

梅香：杂剧中对年轻丫鬟婢女的通称。

"传奇"《风筝误》

生：传奇中的男主角，一般扮演青年男子。本剧"生"扮演韩琦仲。

旦：传奇中的女主角。本剧"旦"扮演詹淑娟。

小生：男性角色，多扮演青年男性，但是在本剧中是其早期用法，只是作为生的副角出场，并不特指年龄或性格。本剧"小生"扮演戚补臣（中年带须男子）等。

外：男性角色，多扮演老年男子。本剧"外"扮演詹烈侯等。

小旦：女性角色，多扮演年轻女性。本剧"小旦"扮演柳夫人等。

老旦：女性角色，多扮演老年女性。本剧"老旦"扮演梅夫人等。

末：专门扮演中年以上、蓄须带髯的男性角色。本剧"末"扮演仆人等。

净：多扮演下三流、近于插科打诨式的角色。男性女性皆可。本剧"净"扮演掀天大王、奶娘等。

副净：居次要地位的净角，以滑稽的言语或动作引观众发笑。男性女性皆可。本剧"副净"扮演戚友先等。

说明

曲文：戏曲中的人物唱词。本书以较大的字体作为区分。

宾白：戏曲中的人物说白。本书以较小的字体作为区分。

折：杂剧剧本体制，类似现代话剧的"场"，一般为"四折一楔子"。杂剧故事由四折加一楔子组成全场演出，楔子的作用是表明故事的背景或者前情，可省略。

出：戏曲传奇剧本体制，类似现代话剧的"场"。传奇剧本一般分若干出合演一个故事，传奇的第一出一般表明作者的创作意图和全剧故事梗概，第二出开始才是正戏。

曲牌：传统填词制谱用的曲调调名，例如【混江龙】【汉宫春】等。本书中均将其用符号【】标出，其中"北【】"与"南【】"表示所用曲调中南曲与北曲的差别。
传奇戏曲《风筝误》属于南曲，均使用南曲曲调，但有时也会使用少数北曲曲调。
杂剧《倩女离魂》《墙头马上》《梧桐雨》属于北曲，均使用北曲曲调。

〔前腔〕：南曲某一曲牌连用两次及以上，第二次后曲牌名省称前腔。

〔幺〕〔幺篇〕：北曲中某一曲牌连用两次及以上，第二次后曲牌名称幺或幺篇，意为曲名同前。

〔前腔换头〕：南曲中某一个曲牌连续使用时，后面的曲子可以改变前面曲子的开头一句或数句，叫做前腔换头。

（正旦唱）（末上）：戏曲剧本中的舞台提示。本书中舞台提示均使用（）标注。

科、介：北曲为"科"，南曲为"介"，实质是一种提示，用来表示角色心理、动作、表情等。

上场诗：戏曲角色上场时念的数句韵语，可用前人所作，也可作家自撰。

下场诗：剧中人物下场时念的诗，内容多概括剧情或引人思考。

（合前）：南曲中同一曲牌连用两次及以上，结尾相同的数句合唱词，叫合头，省略唱词简写作"合"或"合前"。即重复前一相同曲牌下的（合）的部分。

吊场：舞台表演提示语。在一出戏的结尾留一到两个角色念下场诗，或一出戏中某个场面结束，由某角色念几句说白，转到另一个场面。

目录

(原文)

◎ 裴少俊墙头马上　054

◎ 唐明皇秋夜梧桐雨　112

◎ 迷青琐倩女离魂　173

◎ 风筝误　266

风筝误

贺岁	204
闺哄	210
郊饯	216
题诗	219
和诗	223
托诗	227
请兵	233
鹬误	236
惊丑	240
艰配	245
退敌	250
婚闹	254
诧美	258
释疑	263

倩女离魂

相遇	146
愁绪	150
别离	153
追情	156
信遣	159
悲情	161
断魂	164
还魂	168

目录

(畅读版)

墙头马上

少年郎	014
美娇娥	017
传　情	021
情　定	028
情　奔	033
顽　童	038
惊　院	042
辩　情	046
团　圆	049

梧桐雨

归　山	086
缠　绵	092
惊　变	097
诀　别	103
梦　回	109

墙头马上

妾弄青梅凭短墙,君骑白马傍垂杨。
墙头马上遥相顾,一见知君即断肠。

时值三月,恰巧清风嬉随,柳絮纷飞,裴少俊伸手接住一簇,神色温柔。让人不得不叹一句,好一个儿郎!真真是有匪君子,如切如磋,如琢如磨。

"公子,我们得回去了,老爷夫人还在家里候着呢!"

"知道了。"裴少俊应道。

裴少俊家境殷实,荣华富贵享之不尽,其父乃当朝工部尚书,他本人又风流年少、才华斐然,一身锦绣衣裳、藻靴玉带,时刻是斯文有礼的姿态。

此时在裴府,正陪夫人逛着园子的裴行俭动作一顿,看着满园花木及亭台楼阁微微思索。少俊这孩子三岁能言,五岁识字,七岁草字如云,十岁吟诗应口,如今年方弱冠,虽是裴府的骄傲,但还是缺少一些历练,他想找机会让少俊去挣些名声回来。

恰好去年皇帝陛下驾临西御园,见那里草木凋零,不能游赏,便下令让裴行俭去洛阳挑选些奇花异草,趁着时节移栽过去。裴行俭已经上书恳请了让儿子裴少俊代替,他将这个安排同柳夫人说了,柳夫人也十分赞同,只是担忧少俊路上吃苦。

这些事裴行俭也考虑到了。

"从农历正月开始,有六天的时间。上头将事情交给老夫,这是我们家的福分,让少俊去做,定然是要万无一失的。你莫担心,我会让张千跟着服侍少俊,也好在路上照看着,免得他胡乱行事。如此,少俊买好花木秧苗便会早些回来。"他说完,又对一旁的仆人吩咐道,"一会少爷回来,让他过来这里。"

前门,裴少俊打马回来,即刻就有仆人迎上去,说老爷夫人在花园里等着。裴少俊便将马交给仆人,自己径直过去了。

平日里除了考查他学业,裴行俭甚少招他过去,裴少俊略一思索就明白父亲是有事交给他办。

他这边衣裳也没来得及换,到了亭子里头先听了父亲教诲,又了解了父亲的安排后细细应下那些嘱咐,也不敢怠慢,做好准备就往洛阳去了。

春情东风拂柳丝,细雨沾花枝;骏马轻裘正少年,沉醉经年。

裴少俊身负父亲重望,自然不会在路上游山玩水耽搁时间。不过也正是春来好时节,处处无一不风景,俊俏的少年郎白驹过处,翩翩入画。

洛阳的繁华是裴少俊难以想象的,每每驻足,他便觉得那些嬉笑喧闹的言语,仿佛是一句一韵,颇让他觉得有几分兴味。

他来得正巧,三月初八,恰赶上上巳节令,正是洛阳城数一数二热闹的时候。城里人都出门祭祀宴饮,就连平日里不大出门的闺秀们也纷纷出来游玩。水边多是佳丽,千娇百媚、纤弱秀美,难怪不少青年才俊都情愿倾国倾城花下醉。

裴少俊垂下眼,他自幼苦读,裴尚书平日里又管得严,少有见过这种景象,此刻美景佳人,让他心生了几分按捺不住的激动。

到底是年少爱风流。

"所谓窈窕淑女,君子好逑。今日佳节,洛阳里被养在深闺的丽人们全都出来了,不可错过。张千,我们也凑个热闹去看看。"裴少俊将马上的缰绳一拉,顾盼神飞地对张千道。

而这个时候,裴少俊还不知道,他将在这个城里遇见一个人,他们彼此相爱,不需姿态,成就了一场传奇。

美娇娥

香风淡淡，朱帘半卷，高门深院内，一模样周正的丫鬟从阁楼里探出头来。

"小姐，你看外面这春天，真是好景色呢！"她侧头对闺阁内的小姐唤道。

那是一位面容秀美出尘、眉目含情的女子，高髻簪花、手持纨扇，只是脸上愁云微露，神色懒懒，斜依在榻上并没有应小丫鬟的话。

桌上花瓶中插着一支将开未开的杏花，算是这屋内唯一的春色，然而她的注意力全不在花上面，却是落在身前一侧的屏风上。屏风上才子佳人姿态雅意，俱是风流。

"梅香，你看这屏风上的才子佳人，他们都如此的光鲜亮丽，可真是让人羡慕。"

梅香没多想，娇憨道："小姐，为什么这才子佳人都被搬上屏风了啊？"

"往日夫妻、凤缘仙契，写上屏风，大概图的是天长地久吧。"她语气似忧似怨、似哀似怜，神情婉转，竟有几分苦涩。

梅香是个伶俐的丫头,很快便猜透了自家小姐的心思,又因为她从小服侍小姐李千金,李千金从不在她面前拿架子,她的胆子也大得很,很是有主见。

她偷偷瞧了几眼那屏风上的内容,笑嘻嘻的:"小姐看了这几围屏风许久,我倒是猜着小姐心思了,小姐怕是缺个女婿呐。"

李千金倒与寻常女儿家不同,她虽耳尖红得出血,轻咬着下唇有几分羞意,但说出来的话却叫人觉得大胆。

她看着屏风上才子佳人的故事,坦诚道:"我若是招到一个风流女婿,就不会浪费时间独坐画眉,定是银烛高照,锦帐低垂,双宿双栖恩爱缠绵。否则春宵良辰,岂不是对不住这一床鸳鸯锦被?"

到底是怎么样的主子才有怎么样的丫鬟。她丝毫不拿乔扭捏,这种大胆的话,说出去怕是要吓坏不少人。

梅香听完,眼睛一亮:"等老爷办完差事回来了,替小姐寻一门亲事可不就好。以小姐的才情相貌,还怕招不到个好女婿?"

李千金顿时心如小鹿乱撞,怦怦直跳,但又想起自身如今的处境,不禁有些神色黯淡。

李府老爷李世杰原本任京兆留守,后来因他上谏得罪武则天,才被贬到洛阳做洛阳总管。前日里得了左司家传唤,如今不在家中,也不知什么时候回来。

李千金低声叹息道:"流浪的男儿漂游在外,被耽搁的女儿只能在深闺中寂寞幽怨。我如今年方十八，却仍旧独守一衾冷被。"

她原听说自己是有婚约的，却不知为何对方一直没来提亲，也不知是对方悔婚了还是怎么。

只是偶尔想起的瞬间，她便觉得心口胀痛。自小被养在深闺中的她当然不知道发生了什么事，自己又为何会被抛弃，却因为这日日空闺而平添寂寞。

梅香心中颇为怜惜，瞧着自家小姐伶仃瘦削的身子，跺跺脚心疼道："小姐这几日越来越消瘦了。"

"我也不知道为什么就瘦了一圈，又没有得什么大病，只是最近感觉从前的衣裳宽了许多。"

"夫人说了，小姐心情不好的时候可以稍微做下女工，要比吃药好些。"

"平日里不疼不痛瞧不出什么病，只是吃不下东西，魂都没了似的，犯困贪睡得很，针线活我也不想做。"

梅香不想小姐如此消沉，赶紧亲昵地趴在李千金肩上，换了别的话来说："说起来我倒是忘了，昨日有好几家来向小姐提亲，小姐那时候怎么又不言不语不表态的？"

李千金捏紧手中的帕子，咬了咬唇，道："当时母亲一直态度不明，恐怕是心中自有计较，我插什么嘴。况且女儿家到了十六七岁，有人来提亲做媒，自有长辈和媒人做主，你让女儿家羞答答地说什么？"

梅香讪笑："老爷夫人最是疼小姐了，肯定是要替小姐寻个顶好的如意郎君。对了，小姐，今日上巳节，王孙士女都去郊外游玩，宝马香车，可热闹了。咱们也出去散散心吧。"

"不妥。"李千金迟疑了一下，摇摇头，"爹爹临走前特意叮嘱了母亲守好家门，莫让家人在他不在时惹出事端，恐怕今日母亲是不会让我离开家里的。"

"既然这样，那小姐去园子里透透气也好，老这样闷着，会憋坏身体的。"

"也好，梅香你把笔墨纸砚带着，我们去后花园。"

传情

洛阳乃花锦之地,城中无数名园,李府虽然不大,园子却也别致。李千金在梅香的陪同下在后花园里慢慢走着,因为过节,也没拘着仆人,不少都出去凑热闹了,后园十分清静。

正当春色,园中草木葱茏,水色蒙蒙,杏花娇柔殊丽,如粉云团簇,惹得李千金不由得多看了几眼。

正驻足,忽听一声骏马嘶鸣,李千金恰一抬头,只见那马上的男子俊俏非凡:乌靴挑宝镫,玉带束腰围,潋滟眸中含春水,端的是君子如玉。花影交错之下,分不清是人俊还是花美。

那一瞬间,李千金沉寂的心快速地跳动起来,她匆匆按住胸口,却不忍移首,目光痴痴地落在对方身上。

初遇,便仿佛赴了前世的盟约,彼此无意回眸,竟牵扯了万千情缘。

梅香也瞧见园子外多了个男人,心中咯噔一跳,偷偷扯了李千金的衣袖,低声道:"小姐,你别看他,当心有人瞧见了说闲话。"

"怕那些做什么,若是我先喜欢上了,便是舍弃了自己也可。"

李千金站在花丛后偷偷地瞧着,一双明眸含情带怯,心早就飞走了。这公子那样好,风度翩翩,神色也是温柔深情,李千金人生中,第一次尝到爱情的滋味。

裴少俊骑在马上,往前走了几步,正巧瞧见一座园子。里面花草陈设俱是精心,满庭花簇,月门两侧的粉墙延伸出去,飞檐彩绘,端的是古典雅致。

想起自己此次的任务是要选些花草回去,裴少俊掸了掸衣袖,俯首对张千道:"你看这所园子……"然而他话还未说完,就被园中隐藏在花后笑捻花枝的女子惊得失了分寸,只喃喃出一句,"呀,好一个佳人!"

粉墙镂空的小窗旁恰好生着一棵花树,团簇的花朵低垂到窗边,将佳人半遮半掩。起了风,那佳人的发丝也随风轻拂,摇摇曳曳的衣摆揉碎在朦胧的日光中,影影绰绰,依稀是神女下凡。

张千吓了一跳,准备去捂自家少爷的嘴,但是已经来不及了。

"雾鬓云鬟,冰肌玉骨;花开媚脸,星转双眸。恐是神仙下凡,绝非人间殊色。"裴少俊愣愣出声,仿佛被妖魅夺了神智。

风里有幽香传来,似花香,又似那佳人的吐息,惹得裴少俊心中蠢蠢欲动。从未有过如此的渴望,他想认识那位佳人,想要伴在她身边,做她肩头的那束花枝。

这种想法让他沉醉又让他心惊。

他之前便得无数女子爱慕,但此刻,他觉得那众多女子的爱慕也比不上这一佳人的回眸，只要看上一眼，他便能万劫不复。

裴少俊痴迷的情态让张千心慌，临出发前被尚书老爷吩咐了许多次，让他看着自家公子别胡闹，公子素来端方守礼，像刚才那样失态简直少见。他急道："公子，你别惹出事来，我们去城外看看吧！"

裴少俊却不理他，如今他一颗心全牵挂在那花下丽人身上，哪还听得见别的。他与那佳人四目相对，眼中情意似语还休，心有千千。若不能相守，从今往后只怕要害了相思。

月门之后的美人，似妖似仙，似美似媚。张千心知这后院的女子必定是出身大户人家，寻常人家养不出这样的女儿，便惶惶然央道："公子，我们走吧。"

裴少俊身形不动，风将园内的花瓣吹了过来，落在他身前，仿佛佳人传讯，试探郎君心意一般。裴少俊眼底一亮，似乎有了主意。

如此佳丽美人，料想应该是识字的，便与她传个信试试吧。

"张千，纸笔拿来。"裴少俊低头在纸上几笔挥就。他本就生得俊雅，低头写字的模样也好看。

园中，李千金悄悄拉下花枝看他，满心羞意："他在写什么呢？"

梅香本就不乐意那公子盯着自家小姐的唐突模样，便道："管他写什么呢，总归不像好人。"

李千金乍见那公子第一眼就已芳心暗许，听到梅香不满的话语，便忍不住替对方说话："我倒觉得不是，他仪态举止很是斯文,应该是大户人家有学识的公子。"

梅香哼了一声,却也没再反驳,跟着自家小姐一起看那公子到底要做什么。

裴少俊写好,抖了抖纸张,吹了吹还未干的墨迹,折起来递给张千,道:"张千,将这书信送过去给那位小姐,看她理不理会。"

张千苦着一张脸:"公子诶!你这让我过去,若是被人撞见,我怕是要挨一顿打。"

裴少俊假装没听见,道:"无事,我教你怎么做。如果被别人撞见了,你就说是来买花苗的;如果是那小姐问你,你就说是你家公子差你送信与她的。"

张千见他心意已决,只得点点头:"那好,公子,我去了。"

裴少俊顿了一下,似乎觉得有所遗漏,又拦住他,补充道:"如果那小姐欢喜,你便招手唤我;若是她训斥你,你就朝我摆摆手,我便离开。"

张千应道:"晓得了。"

围墙那头就是李府的花园,李府围墙虽是不高,花木却茂密,密集的花冠树枝形成天然的屏障,隙望去,影影重重。

张千走近围墙,透过镂空的花窗张望,正巧见着一个鹅黄衣衫的小丫鬟在同旁边的小姐说些什么。

"哎,小姐,快看,有人过来了。"

李千金听到脚步声传来,垂头轻咳一声,似乎在怪梅香的冒失。她自然不会冒冒失失探头去看,她是李府千金,自幼作大家闺秀被养在深院当中，即使对那公子颇有憧憬，但在未知彼此心意之前，也不能罔顾名声做出轻佻姿态。更何况，母亲还在府中，若是被惊动了，父亲那里也不好交代。

她假作无意地瞟去一眼，但花丛浓密，哪里看得真切？便眉头微蹙道："来做什么的？"

梅香道："不知道，我先去前头探探。"

张千见那黄裳的丫鬟举着袖子遮脸过来，又望了一眼远处侧头坐着的李千金，见了礼就立刻喊道："小姐，你这里花苗卖么？"

梅香上前靠近了些，低声问："谁要买花苗？"

没有急着赶人，看来是有戏。因此张千笑着答："是我家公子要买。"说着，恭恭敬敬将手上书信递给梅香，又回头对一直等候着的裴少俊招了招手。

裴少俊得了回应，心中暗喜，恨不得骑马绕上几圈。

梅香拿了信给李千金回话："小姐，那人拿了张纸过来，也不知道写了什么，你看看。"

李千金接过信，只见上面是一首诗，诗云：只疑身在武陵游，流水桃花隔岸羞。咫尺刘郎肠已断，为谁含笑倚墙头。

她心头微微一动，忍不住羞红了一张脸。透过花枝悄悄打量墙外那人，彼此视线交错后又飞快移开，她心中一紧，垂下眼眸不知如何是好。她在心中问花，问叶，也问自己，最终选了一条义无反顾的道路。

"梅香，把笔纸拿来。"

她多愁善感的内心仿佛因为这一张薄薄的信纸而撕开了一条裂缝,温柔的风吹拂进来,撩拨得心儿沉醉,一时之间,脑海中对今后的向往让她有些痴了。

许久,李千金终于落下笔,寥寥几句,尽将所思诉诸纸上。如此,她才小心翼翼道:"梅香,我要求你办件事。你替我将这首诗送过去给那位公子,可好?"

"小姐,你要我把这诗送给谁?你写的什么意思,那书生信上又说了什么,是怕有人看见还是怎么?"

梅香不懂自家小姐此刻神色上的转变,一连串的问题让李千金应接不暇。她本就做了一个人生中的大决定,很是慌乱不安,若要说心中没有半分动摇也是不可能的,但她还是想要尝试一下。

她扯着梅香的袖子,轻轻地摇了摇:"好梅香,你就替我送去吧。"

梅香少见自家小姐这样不安的神态,便坏心地想要逗逗她:"你往常怕是要打骂我,今日又为什么求我?你要我送给谁?"

"我在这头望着他还没走,估计是在等我的信。好梅香,你就当做好事,帮帮姐姐吧。"

梅香拿了信,李千金心下正要松出一口气,却听梅香坏笑一声,说道:"我偏要把这信送到老夫人那里去。"

李千金心一下子又提了起来:"梅香,我求你办事,你却要告诉老夫人,你难道不顾及我们多年的情谊吗?"

梅香挑起眉望她一眼,问:"你慌么?"

李千金愣了一下，很快就明白梅香是在吓唬她，便顺着答："我可慌了。"

　　梅香又问："你怕么？"

　　李千金道："我可怕了。"

　　梅香见好就收，嘻嘻一笑："我逗你玩呢！"

　　李千金当然知道梅香在逗自己，戳了戳梅香额头，嗔怪道："可被你这小丫头吓到了。"

情定

"深闺拘束暂闲游,手拈青梅半掩羞。莫负后园今夜约,月移初上柳梢头。"

裴少俊看完信上内容,不由得心旌荡漾。此女子不光有倾国倾城的容貌姿态,更深通文墨、志量过人,实在令人心折。

"傻笑什么呢,呆书生。我家小姐约你今夜后园相会,你可不要失信于人啊。"梅香提醒道。

"小生自当准时前往。"裴少俊深做一揖。

裴少俊心神恍惚,脚步轻飘地回到驿馆,也没什么买花苗的心思了,眼巴巴地望着外面的天色,期待夜晚快点到来,好与那佳人月下相会,互诉衷肠。

裴少俊走了,李千金也不想在园子里多待,带着梅香回了闺房。只是如今有了心上人,虽不像往日那般愁苦哀伤,但反而因为即将到来的约会心绪万端,辗转难安。

她一直以来真正近距离接触过的男子只有父亲,连家中的小厮都没有仔细看过,哪里会曾想到,如今同一个男子定下如此盟约。裴少俊的身影已经深深地进驻她的心扉了,想到今日院中以诗传情的情景，她又忍不住满面羞红，不时让梅香去打探老夫人睡下没，恨不得快点见到裴少俊。

恰逢李府夫人今天去舅母家探访了一遭，身子有些累了，便早早地遣了嬷嬷去收拾，打算歇下了，临睡前又叮嘱梅香照看着李千金，别让小姐出去了。

梅香见老夫人确实是被嬷嬷扶着进了房间才悄声退下，回到李千金房里，见李千金还睡着，上前轻轻推了推，唤道："小姐，小姐！"

李千金独自一人刚入睡没多久，听见梅香声音，蒙眬醒来，心中有些怅然若失，对梅香道："我做了个梦。"

"梦见什么了？"梅香问。

"梦见了我的如意俏郎君，合该是和我一起被写上姻缘簿的。"

梅香给她披上一件外衣，瞧她满目含情又失落的模样，打趣道："今夜你的如意郎君就要来了！"

李千金又想起裴少俊，只不过少时未见，便相思入骨，更觉这情爱果真惹人心醉也惹人心碎。

"早先我觉得自己时乖命蹇，十几年独守空闺不识情爱。现今识得情滋味又添这相思，我命真苦啊。"李千金叹道，转又问道，"梅香，现在什么时辰了？"

"申时。"

"才申时啊。"李千金在一旁榻上坐下来，闺房之内一时陷入沉默。

庭院幽寂，花鸟无语，梦中情景愈是欢悦，现实就愈是叫人难熬。李千金痴望着窗外的景色，各种猜测在脑子里轮番转来，却只能按捺住等待的痛苦。然而究竟要怎样才能从这种痛苦中解脱呢？熟悉的闺房，却是陌生的感觉，如今这房间越发地叫人觉得空旷了，也许只有见到裴少俊才能够填补心中的空缺。

梅香瞧见李千金的神情，便安抚道："小姐，等这日头下去了，时辰就差不多了。"

话虽如此，李千金神色却未见好转，反而有些惴惴起来。白皙的手指抚过扇面，她眉心微蹙，似乎陷入了沉思，过了会儿，说道："梅香，你到时候去接下裴郎。"

梅香一愣："为什么要我去接？你怕他不来？"

李千金面上愁云微露："我怕他一去不回。"

"就一条直路到底，你还怕他迷了路不成？"

她自然知道路是直的，只是拿不准裴少俊的心性，世人对女子定下严苛的标准，对男子却从来宽容。女子向往爱情总是被动，她却不甘愿就这样等着，只意味深长地说："你说路直，我却怕侯门深似海。"

"不知道你在说些什么。"梅香气嘟嘟地坐到一旁，一点儿也不明白自己小姐在担忧些什么。李千金反倒压下心中不安，同梅香细说起来。

"我与裴郎皆是清白人家，虽两情相悦，相约后园，却绝不是秦楼夜会金钗客，这其中利害关系你要明白。你暂且将你那小性子忍耐忍耐，我们这深宅大院，太过清幽，与那些市井热闹之地不同,稍不注意就被人发现了。"

"这也不行,那也不行,小姐你到底要怎样才行嘛!"

"我是怕你粗心大意,弄出声响,惹人来了。"

"那小姐你说怎么办?"

"我娘每天晚上要烧一炷香才会歇息,等我娘烧过香,你再去接裴郎,小心些,应是不会轻易被察觉的。"

"小姐,我跟你说,老夫人早已经睡了,一准是不会再起了。今天夜里嬷嬷也在前面守着库房,不会有人发现的。等天黑了我点上灯就替你接姐夫去。"

夜色转深,李府庭院花木繁多,倚墙而生,枝叶姿态在夜色掩映下妙趣横生,意味无穷。然而伫立在墙外的裴少俊此刻一心牵挂在李千金身上,无心欣赏此景,只是望墙兴叹。

看着在墙下来回踱步的裴少俊,张千不由得道:"公子你快去啊,时辰到了。"

裴少俊抬头看着矮墙,有些犯难:"我怎么进得去?"他向来守礼,哪做过这种爬墙私会的事,而今冲动下,竟不知道该怎么办。

张千倒是有办法,蹲下做了个托举的动作:"公子,我在下面托着你,你跳墙过去。"

裴少俊脑中天人交战,想了想正等待着他的李千金,把心一横,由着张千把自己托上墙。跳下去前他回头对张千道:"你在墙外等我就好。"说罢,翻身下墙,正碰上来接他的梅香。

"梅香,我来了。"

梅香点点头,引着裴少俊避开园中仆人来到李千金闺房门口:"你们两个说话,我替你们把门。"说罢,将人推进去,自己守在门口。

裴少俊被梅香一推,跌进屋里差点摔倒,还未看清房内的摆设就听见一声轻笑,抬眸间见房中烛火幽幽,屏风后佳人娥首低垂、风姿绰约,忙正身稽首。

"少俊一穷书生,承蒙小姐不弃,另眼相待,实在舍身难报。"

屏风后的李千金动了动,最终还是按捺不住,舍了屏风,大大方方地站在了裴少俊的面前,一双秋水般的明眸依稀带着笑意。李千金她身姿婀娜,有闭月羞花之貌,对着裴少俊一笑,裴少俊便心神一荡,什么话也说不出来了。

此刻,李千金的一举一动都令人心荡神怡,二人不知不觉就坐到一起悄声说着话。房内逐渐声响渐消,梅香便机灵地离了门口,也不去顾里头二人颠倒了鸾凤,被翻了红浪。

情奔

是夜，月明星稀，寂静的李府中除了院中传来的几声细微鸟鸣，就是李千金厢房里的悄声私语。

原本在前面库房守着的李嬷嬷因忘了东西回来取，恰好路过李千金的院子，明明夜已转深，自家小姐房中却仍亮着灯火，不由有些纳闷，才及走进，竟听见小姐房中隐约传来男子声音。

李嬷嬷心下骇然，霎时脸色大变，以为是自己听错了，急忙绕去门前想要探个究竟。

原本因房中动静而避远了些的梅香，瞧见手里提着一盏灯笼快步赶过来的李嬷嬷，顿时心道不好，连忙折返回来，拍着门道："小姐快灭灯，嬷嬷来了。"

身材有些佝偻，手提一盏灯笼，面上带着凝重的嬷嬷很快到了门口，见房中灯火骤然熄灭，顿了一下，心头疑虑更重了。她敲了敲门，房内没有应声，便直接推门进去了。

一踏进房内，灯笼烛光照过去，只见从李千金床上跌下个衣衫不整的男人来，正慌忙想从窗户爬出去，又似乎被进来的李嬷嬷给吓住了，一时进也不是退也不是，不尴不尬地愣在那里。

李嬷嬷见着房中景象，瞪大眼睛看着小姐房中多出来的男人，想到老夫人得知后会发生的情况，又惧又怒，呵斥道："你还往哪里跑，我都听到多时了！"

灯笼的光线微弱，昏暗的房间内看不清各人的脸色，裴少俊本就心中慌乱，如今被人当场抓获，又羞又愧，惊惧之下竟然扑通一声跪了下来。

李千金在嬷嬷进来后便躲在帐后收拾，此刻见裴少俊羞愧难当地跪在地上，十分心疼，又想到她二人恐怕今天就要被拆散，顿生凄婉悲凉之情。

她从帐后出来，也跪在裴少俊旁边，恳求嬷嬷："如今我已没有脸面见父母，只求嬷嬷你可怜可怜我，放我们俩一起离开这里，我至死都不会忘记嬷嬷的大恩大德。"

一听自家小姐竟然要和这男子私奔，还求她放过，李嬷嬷倒吸了一口气。在李嬷嬷心中，李千金是府中娇养的大家闺秀，一向知书达理，断不会同陌生男子私相授受，肯定是被这跪着的贼人骗了。

她怒指着裴少俊，不敢置信地对李千金道："小姐是未出阁的闺女，被他骗去了身子，又怎能随他而去，这汉子是谁家的？"

裴少俊当然不会报出自己名字来，这要是被他父亲知悉，又岂能好过，便含糊说自己是客居异乡的书生，只企盼嬷嬷能放过他。

嬷嬷对裴少俊含糊其词的说法十分不满，怒道："这里可不是你风流调情的地方！"

李千金见嬷嬷将裴少俊看作那种寻花问柳的男子，立刻替他辩解道："他是奉皇命来这里买花苗的正经人，比那些画眉郎有气概多了，不是那种风流浪子。"

李嬷嬷不能朝自家小姐撒气，但想到李府门规森严，一般人是进不来的，定是有人接引，顿时瞪向当时站在门外放风的梅香："是不是梅香这奴才放人进来祸害了小姐！"

"这和梅香有什么关系？我和裴郎是一见倾心，两情相悦的。嬷嬷你是聪明人，男女之情不就是这样么？"

"还男女之情，到底知不知羞！小姐你是看上这穷酸书生哪一点了？不行，虽说家丑不可外扬，但这男人定不可轻饶。他深夜闯入李府宅邸，我要将他送进官府。"说罢就要上前拿住裴少俊。

裴少俊一听李嬷嬷要拿他去见官，哪肯坐以待毙，万一进了官府，他的名声、前途可就全没了。当下什么都不顾了，学着那市井无赖喊道："李嬷嬷，明明是你收了我买花苗的钱让梅香带我进来的，你说要见官，那我们现在就去见官！"

梅香立刻明白了裴少俊的用意，也忙道："呀，你收了这秀才的银子，让我去带他来，就算是见了老夫人，我也是这样实话实说。"

"你们含血喷人，老夫人是不会相信你们的！"

李千金满面含泪，解下缕带和裙刀作势要自尽："今日我若死在这里，全是嬷嬷逼迫，传出去便是嬷嬷你图财害命！"

嬷嬷心中一慌，赶忙拦下李千金，又怕吓着她真让她伤着自己。嬷嬷心中明白，自己虽然很得老夫人信任，但李千金到底是老夫人的女儿，若真出了什么事，到时候自己有一百张嘴都说不清了，反而白白送命。

权衡利弊后，李嬷嬷终于妥协了："今晚的事我不告诉老夫人。但是，现在也只有两条路摆在你们面前：第一，小姐你让这秀才考取功名去，考上了，再来娶你，考不上，他就别想了；第二，今夜我放你二人离开，只当没见过的，若是这秀才日后得了官，小姐再回来与老爷夫人相认。"

李千金听嬷嬷松了口，一双美目在昏暗中尽显挣扎，她咬了咬唇，犹豫许久，终于是一把握住裴少俊的手。

"我选择和裴郎离开。"

她虽然已经做出了决定，但是眉头却皱得愈发紧了。她以前从来都不是一个坚韧的人，但是遇见裴郎以后，她便将他看作了人生的全部。她有太多的渴望和梦想，在爱情终于触手可及的时候，她想努力一把，也许这努力在别人看来是大逆不道甚至是可笑的，但至少不枉她这一场人生。

李千金现在唯一感到遗憾的，就是父母养育她多年，她却在做出这个决定后就不能陪伴在父母身边了。

知晓李千金心意已决，李嬷嬷长叹一声，说道："我虽然是因为利害关系放了你二人离开，但是小姐，老仆我服侍李家几十年，是看着小姐长大的，你若是真的铁了心和这秀才走，我也不愿拆散一对佳偶，只是你以后自己要多小心注意些。"

李千金顿时悲痛万分，哽咽回道："嬷嬷，母亲年事已高，我又怎忍心……是千金不孝！"
　　"小姐你放心，老仆自会照顾好老夫人。"
　　李千金离开后，李嬷嬷暗自思量：等夫人问起小姐，就撒个谎，说不知道小姐怎么走了，想来老夫人为了名声也不会声张，等到时候小姐回来再认亲，也是可行的。

李府内是什么样，暂且不提，只说这多年之后的裴府。

一户高门深院内，不知何处传来几声嬉笑声，细看过去，竟是一双天真烂漫的孩童。两个孩子都生得一副好样貌，男的六七岁，女的只有四岁左右。

花园里，男孩儿折了一朵花在前面奔跑，女孩儿在后面追着去够哥哥手上那朵花。一位气质恬静娴雅，盘着头发的妇人站在廊下温柔地笑着，赫然是当初跟着裴少俊离开洛阳的李千金。

不曾有父母之命，不曾有媒妁之言，只因那墙头马上的一眼，李千金便和裴少俊有了一夜奔逃和七年相守。

七年岁月，足以将一个养在深闺笑捻花枝、调风弄月的少女打磨成一位柔韧坚强的母亲。

她不曾拥有名分，不敢见自己的父母，不敢出现在公婆的眼前，她甚至不能让自己的孩子光明正大地在外面玩耍，她的天地只有这尚书府后花园的一隅。但尽管如此，她也从未后悔过自己当初的选择，望着自己一双出色的儿女，李千金脸上的神色便又坚定了许多。

白皙细腻的手牵起儿女，李千金温柔仔细地替他们整理了被弄乱的衣裳。因为一双儿女分别出生在端午和重阳，便以端端和重阳命名了，两孩儿的模样瞧上去同裴少俊像了七八分。

"别太过吵闹，惹了人注意。你们不能出这后院，知道吗？去房里玩儿吧。"李千金目光灼灼地盯着外面，却最终带着儿女退回屋内。二十多年的人生里，她遇到了良人，收获了爱情和家庭，但也同时失去了自由，出不得这方寸天地。

裴尚书府的宅院和李府一样，院子里也种了不少花草，虽不够精细却长势繁茂，鹅卵石铺成的小路尽头，裴少俊正在给看守后院的老仆交代一些话。

"今日清明，我与母亲要去郊外祭祖，父亲因畏寒留在府中。你仔细照看着我的妻儿，免得叫我父亲发现了。"

"少爷放心，有我在这里，这后院里的事绝不会有人知晓的。别说老爷不来这里，就算老爷来了，凭我三寸不烂之舌也能将话圆回去，不会泄露半分。"

当年裴少俊带着李千金回到裴府，却担心惹怒父亲裴行俭，不敢将人领到其面前，便将人在后院藏了七年，每逢父亲要给他说亲，他就找些借口推脱了过去，直到现在两个孩子相继长大，都未曾让人发现。

"若无疏漏，我回来后定会好好赏你。"得了保证，裴少俊便同母亲一起离开了。

李千金在后院独坐了会儿。或是因为时节，她被微风中裹挟着的愁绪所染,今日又想起了远在故乡不能见面的父母,恍如一枕蝶梦,几经流年过后,已不知今夕何夕。

她一梦醒来,依然身处后院,天还是那个天,就连花草也未曾改变。倏忽之间,有些拖沓的脚步声响起,李千金似乎惊到了一般,赶紧起身去掩好门扉,却发现来的是熟识的老仆。

"夫人,少爷今日出门祭祖去了,差我特意过来告知一声。"

李千金有些落寞,她掩饰了脸上的神情,点点头:"那你可要替我注意些了,免得裴老爷过来撞见。"

"那当然,不过我有个请求。"老仆咽了咽口水,搓着手道,"今日清明,夫人可有些吃食酒水,给我一些,让我吃饱,我就在门口坐着,替您看着门。"

李千金没有多说,拿了些酒肉吃食给老仆,老仆接过东西,提点道:"昨夜里两个小主子把墙上的花都折了,今天就别让他们出来了,只让他们在房里玩耍就好,免得被老爷看见。"

"原来如此,难怪昨天我孩儿衣服被扯破了,手也被刺伤了,我会拦着他们的,多谢你提醒了。"

话虽如此,但不知道为什么,往日乖巧的两个孩子今天却十分闹腾,一直闹着要见爹爹。

李千金扯着绣线点了点男孩儿额头:"傻小子,你爹还未回来呢。"

端端安静了会儿又闹着要去接自家爹爹,连带着重阳也跟着闹起来。李千金有些头疼:"这时候还不是你爹回来的时间,今天怎么总闹着要去接他?你们让我把这绣完,自己玩会儿,别闹了。"

见娘亲不搭理自己只顾做绣活儿,两个小孩就偷偷跑出去玩了。老仆役酒足饭饱有些犯困,靠在后院门口打盹,挡了路,出不去的端端闹醒了老仆。

老仆拎着端端:"吓死我了,小祖宗,你要玩儿回房间去。"

刚送走端端,重阳又跑了过来,笑着爬墙想摘上面的花。老仆把她抱下来:"我的小姑奶奶,女孩子家家的,不能这么顽劣,快回房间去,当心我告你们状去。"

老仆把花给她,重阳"咯咯"笑着跑了。见两个小孩儿只是在院子里闹腾,没再打算跑出去,老仆觉得应该出不了什么大问题,就又睡了。

惊院

在屋里待得烦闷的裴尚书从榻上坐起来,也不想睡了,夫人和儿子都去祭祖了,他一个人没什么事做,理了理衣裳,带着贴身的下人就往后花园去。

他这几日未曾到花园里来,却不想花园里好些花不知被谁糟蹋了,正要踹醒守门的仆役责问一番,就见到花园里跑过两个小孩子,手上还抓着折下的花枝。他顿时一股怒气冲上心头,上去踢了打瞌睡的老仆一脚。

老仆被人从梦里踹醒,慌慌张张地抱着扫帚还没看清人,就听裴行俭沉着声问:"那俩孩子是谁家的?"

老仆还迷糊着,端端听到后跑到裴尚书跟前,瞅着这位长胡子的老人,得意地答道:"是裴家的。"

以往他这样答,娘总会夸他聪明,然后摸摸他的头给他好吃的,但是面前这位老人面色却有些不太好,让他有些吓着了。

裴行俭听他说裴家的,愣了一下,下意识问了一句:"哪个裴家的?"

"裴尚书家的。"

这回回答裴尚书的是那个小个儿的女孩儿，裴尚书打量了她几眼，又去看她身边站着的那个大点的男孩儿，隐约觉得这俩小孩有点面善，那长相似乎在哪里见过。

老仆见这情况，心中暗叹糟糕，赶紧打着哈哈将俩小孩往一边赶着，一边说话，想转移裴尚书的注意力："去去去，谁不知道这花园是裴尚书家的？"

重阳见老仆凶她，有些难过又有些怕，憋着眼泪瞪着面前的人："你们欺负我，我要告诉我爹娘去。"

这下更糟了，要是裴尚书问起他们爹娘是谁，不就露馅了！老仆赶紧抢道："你们两个折坏花木还要去跟爹娘告状？过来我打！"瞧见端端和重阳跑远，还佯装生气，"你们要往哪里走？不从前面走，往后面去。"

裴行俭浸淫官场数十年，这点小伎俩瞒不过他的眼睛，他盯着那两个小童跑远的方向若有所思，瞥了一眼两股战栗的老仆役，道："我要去后院书房看看。"

老仆役冷汗直下，却也不敢拦住裴尚书，只能胆战心惊地跟在他身后。

端端和重阳跑回后院书房，一见到李千金就连忙扑上去。

"我们两个人去接爹爹，碰到一个老人，问我们是谁家的。"

李千金听完，觉得事情不好。"我不是叫你们不要出去，怎么不听话？"她一边小声责备孩子，一边赶紧去关上书房的门，却见裴尚书已经走过来了。

"哪里来的妇道人家?"裴尚书脸一沉,低声质问道。

老仆役想起裴少俊临走时的嘱托,不得不又硬着头皮胡说八道:"哎呀,原来是这妇人偷折了花,藏到这里来了。"

裴行俭睨了一眼老仆役,并没有理会他的话,直接对自己身后的下人道:"把他们带到芙蓉亭来。"

李千金跟随着仆人往芙蓉亭走,一路上心如擂鼓,血色上涌,涨得脸色通红。那守门的老仆也跟了过来,还想替李千金遮掩过去。

"这妇人折了两朵花,怕老爷发现才躲了起来,老爷还是放她回去吧。"

李千金这时却不知从哪里获得了勇气,她早已经不愿意这样藏头露尾地躲着了,她是裴少俊的妻子,这并不是什么见不得人的事。她对裴行俭行了个礼,道:"我不是什么别的人,我正是裴少俊的妻室。"

裴行俭怒火中烧,再结合起这几年来裴少俊对于亲事的态度和做法,顿时就明白了些事情。难怪每次给少俊说亲事他总是推三阻四,说以事业为重,总是以功课为借口逗留在后院书房,却不承想他是在后院养了个女人,竟然连孩子都有了。

"谁是媒人,下了多少聘礼,谁主婚的?"裴行俭明知这些都不会有,却故意把一连串问题丢到李千金身上。他在恼恨儿子竟然不顾门风,做出这等败坏之事。

李千金受到责问,垂头不语,她是与裴少俊私奔离家的,这些全都没有。

裴行俭又指着两个小孩道:"这两个小的又是谁家的?"

仆役心中一跳,赶紧说好话:"老爷啊,这是一分钱不花,白得了一个如花似玉的儿媳妇和两个天真可爱的小孙儿。这是件大喜事啊,该等我去买羊回来庆祝才是。"

"庆祝?!这妇人就是娼妓优伶!败坏我裴家门风!"

李千金捂住心口,羞得满脸通红,却硬撑着挺直脊梁,直面裴尚书反驳道:"我是官宦人家的清白女儿,不是下贱之人!"

"闭嘴!你一个妇道人家,却勾引我儿子,还引诱他带你私奔,罪不可赦,应该送到教坊司里去,打断你的腿!"裴行俭气得拍了一巴掌桌子,"我要搞清楚这件事,你们把这老东西拖下去审问,他肯定是知情的!"

老仆役见要挨教训,当即惊慌地指着张千道:"老爷,七年前少爷去洛阳买花苗,是这家伙跟着,是他撺掇少爷将人带回来的!"

张千心道,这老家伙害死我了!

裴尚书一听,竟然是七年前就开始了,他的好儿子竟然瞒了他七年,这府中上下怕是串通一气,没把他这个老爷放在眼里了!

"去把老夫人和少爷叫回来!"

辩情

柳氏和裴少俊被人叫了回来，一进门就感觉到了风雨欲来的气氛，及至裴行俭跟前，还没来得及询问，裴少俊就看见了跪在一旁的李千金和被吓得瑟缩成一团的端端与重阳。

他心中咯噔一跳，脑子里蹦出"完了"两个字。

果然，人才走到跟前，裴行俭就指着柳氏的鼻子大骂道："好你个做娘的，你竟然和儿子串通一气，欺瞒我这么长时间，做出这等不要脸的事。"

柳氏被自家老爷怒气冲天的模样吓到了，抚着胸口惊恐道："老爷您在说什么啊，我什么都不知道啊！这跪着的又是谁？"

裴行俭一个茶杯砸向裴少俊："问你的好儿子去！"他用气得发抖的手指着李千金母子三人，"你跟我说你要专心功课考取功名，这就是你七年做下的功课？我要把你们都送去官府，按律处置！"

他这是气昏了头了，柳氏赶忙替自己儿子求情，裴少俊也"咚"的一声跪在他爹面前，哀求道："父亲，孩儿乃堂堂卿相之子，您怎能将我送去官府？您要是气我有辱门风，我写封休书便是，恳请父亲宽恕。"

"那你赶紧把她休了！"

李千金听他们所言，简直难以置信。

裴行俭瞪着跪在地上的李千金，越瞧越不顺眼，认定了是这女人勾引自己孝顺懂事的儿子，令他犯错。此时更是一声声指责她："我本效仿八烈周公，我夫人品德好似三移孟母，却因为你这个不守妇道的女人平白坏了少俊的前程，败坏了我家家门。你若真是官宦人家的清白女儿，又怎会和人私奔？你这不见父母，又无媒人，实在败坏风俗，怕是一女侍多夫！"

这话说得难听，十足的羞辱。李千金愤怒得脸色通红，她大声道："我只有少俊一个！"

"女慕贞洁，男效良才，聘则为妻，奔则为妾！你这名不正言不顺，还不哪里来回哪里去！"

"我这明明是天赐良缘，怎么会名不正言不顺！"

"呵，"裴尚书冷笑一声，似乎在笑她的痴心妄想，当即从柳氏头上拔下一根玉簪，扔给李千金，"你说天赐良缘，那你把这根玉簪磨成针细。它要是不断，我便承认你是天赐良缘，要是断了，你便自己离开吧！"

李千金捧着玉簪，满面凄凉。她朝裴少俊看过去，裴少俊不忍地撇开头。李千金握紧玉簪，一咬牙，走到一旁寻了块石头磨起来。她心中凄苦，又有万般不甘，手上一抖，"叮当"一声，玉簪断成两截。

李千金脸色苍白，手上捧着断成两截的玉簪，好似心也碎成几块。

裴尚书瞧她一副凄惨模样，丝毫不心软，冷声道："可是断了？那还不速速离去。"

"不行。"李千金下意识道。她也不知道自己在坚持什么，这院中避开她眼神的男人是她的相公，站在上方指责她的明明是她的公婆，她的孩儿也在这里，却为什么要她离开？

"还不死心？那你用丝悬银壶汲水，若丝不断，我便承认你和我儿是夫妻。"

李千金惨笑一声，跪坐在地上："你又是让我石上磨玉簪，又是让我井底引银瓶，我根本没有选择。"

"你知道就好。"裴行俭鄙夷地说。

"你将我夫妻分离，我又该如何？"

"谁管你如何，你爱嫁哪个嫁哪个，反正不能是我家！"裴尚书怒甩衣袖，仍旧气愤难当。见裴少俊欲言又止地看向自己，颇有些恨铁不成钢，怒火未消又升一层，"你看什么，赶紧给我把休书写了，收拾包袱滚去考官应举！这一儿一女留在府上。张千，给我将这不知羞的女人赶出去！"

团圆

　　李千金不得已回到洛阳李府。她才知道父母早已经离世了，只留下几个仆役和宅邸田舍。虽然不愁吃穿用度，但因为失去了父母，又和儿女分离，李千金心境十分凄苦，日日忧愁。

　　不知端端和重阳如今过得怎样，是长胖了，还是瘦了，现在应该又长高了些吧。李千金手上做着小孩儿穿的衣裳，心里明白这衣裳做了也没法见到自己孩儿穿上。

　　想到孩儿就会想起孩儿的爹，那个狠心休了她的男人。一见倾心，以为是有了归宿，没想到是误了终生，到头来只落得离人泪不尽，凄凄朱窗冷。

　　梅香见李千金自回来后总是郁郁寡欢，想劝她出去走走，但李千金却再也不愿意出去了，怕又触景生情，平添感伤。

　　梅香见劝不动，只好作罢。如今府上没什么人，她还需要出门买些要用的东西，却不料一打开门就见着府门口站着个熟人。

　　那熟人正是状元及第后的裴少俊，如今他意气风发，更加显得丰神俊朗，只是看在梅香眼里就不是那回事了。

　　裴少俊看见梅香，心中一喜，赶紧上前，伸长了脖子往府门后探望,看不清里面情况,便换上一副温柔笑脸问道:"梅香,你家小姐在吗?"所谓伸手不打笑脸人,他如今满怀诚意来迎回李千金,梅香当初就帮过他们,这回应该也不会拒绝的。

梅香一想到这人让自家小姐吃了许多苦,最后还休了小姐,心中气不打一处来,当即眉毛一竖,瞪着一双杏眼,怒斥道:"我怎么不知道这里有什么小姐,你这人太不长眼了,挡人家门口做什么?""啪"的一声,梅香拍上门,丝毫不给面子地将裴少俊关在门外。

门刚一关上,梅香就一脸喜色奔向李千金房内:"小姐小姐,姐夫在门口,你高不高兴?"

李千金闻言百感交集,一下子站了起来,拿在手中缝补的衣服也掉了,但很快她又平静下来,觉得这是梅香在哄自己高兴,只埋怨道:"你这丫头,又在胡说。"说罢,低头去捡掉了的东西。突然,她手指一抖,记起了一件事。

梅香刚要说是真的,又见李千金突然抬头,期盼地问道:"果真是他?他穿的什么衣服?"

"是真的!我没骗你。小姐,他穿的秀才衣服。"

李千金有些疑惑,像是没想到一般,喃喃道:"怎么会穿的是秀才衣服?他不是已经参加科考了吗?"

裴少俊终于还是见到了李千金,细细打量了下对方依旧美丽却十分憔悴的面容,心中泛起些疼惜。他上前握住李千金的手:"小姐别来无恙,我今日寻你,是想和你重归于好,再续前缘。"

李千金冷笑一声，抽回手："裴少俊，你这是说的什么话？怕是到时候又污蔑我伤风败俗、不守妇道，要将我送官处置，我可担不起那个罪名！"

　　裴少俊知道她是对自己父亲当初说的那番话心存怨气，温声软语地哄道："小姐，我如今得了官，就在此处做县尹，能够做自己的主了，不会再让你受委屈的。"裴少俊观察了下李千金的神色，最后道，"我今日就将行李搬过来。"

　　李千金气急，一跺脚："我这里住不下！你怎么这么没脸没皮。"

　　裴少俊道："我与你是夫妻，你怎么能不认我？"

　　"夫妻？当初难道不是你休的我？"

　　裴少俊否认道："那是被父亲逼的，并不是我自愿。那种情况下我也没办法，如今我来，正是认错，只求能重归于好。"

　　"呵，你们家一个是八烈周公，一个是三移孟母，我原本是好人家女儿却要被污蔑成娼妓优伶，还怪我辱没你家门风，坏了你的前程。现如今又来求我相认？你们打了好算盘却不想我愿不愿意！"

　　"那你说，你要怎样才肯认回我们？端端和重阳也不能这么小就没有了娘亲啊，他们总哭闹着要找你。"裴少俊见李千金态度坚决，只得动之以情、晓之以理，顺便将端端和重阳拿出来说事儿。果然李千金一听到端端和重阳的名字，眼圈就红了，一双美目盈满了泪水，几欲落下。

　　裴少俊趁机环住佳人轻轻安抚。李千金却好似找到了发泄的出口,泪如雨下:"你父母一个号称治国忠臣,一个标榜操守贤德,对自家儿媳却能如此狠心。别人夫妻琴瑟和鸣,他们却偏偏要拆散你我。我又做错了什么?我的端端和重阳也被迫与我分离,真是苦坏了我!"

"是是是,是父亲和母亲的错。他们早就明白了,现在就在门口,我去接他们进来和你说,好不好?"

裴尚书站在李府门口,看着高高悬挂的牌匾,心中一跳。这不是当初和自家定下亲事的李家么?世间竟有这般巧合之事。

见父亲母亲带着端端重阳来了,裴少俊赶忙朝俩小孩儿使了使眼色。两个小孩儿本就许久未见到娘亲,不需要爹爹开口,一见到李千金就哭着扑上去了。一时间,母子三人哭作一团,场面倒分外感人。

裴尚书和柳氏见到她母子三人相聚的场景,也是既愧疚又感动。尤其是裴尚书,从进门就憋了许久的话,此刻终于找到时机说出口。

"闺女啊!我哪里知道你是李世杰的女儿,我当初派人来你家提亲,谁知道你早已经和少俊在一起离了家。你怎么不说你的身世呢?我竟然还错怪你是娼妓优伶。这杯酒是我向你赔不是的,也请你看在孩子的面上,认了我们,和少俊重归旧好吧!"

李千金一犹豫,端端和重阳就一人各抱着她一条腿哭号,这赖皮劲儿也不知随了哪个。

"娘亲,你不要我们了吗?娘亲,我们不要离开你。"

李千金一看两个哭得凄惨的儿女,心中立刻软了十分:"我怎么可能会不要你们呢？你们又没有错。"再一看，裴少俊在一旁紧张期待地看着她。李千金心中叹了一口气，她又固执地坚持什么呢？虽然她依旧怨，但她也得承认，她放不下她的孩子，也放不下她爱着的裴郎。

"罢了罢了，过去的事情就让它过去吧！我答应你们了。"

"哎！"裴尚书高兴地应了一声，裴少俊也是松了一口气的表情。

"来来来，今天高兴，大家一起喝一杯，庆祝一下。"说着，裴尚书让人执银壶倒酒。

李千金一见到那银壶，往事又上心头。虽说要放下，但到底是意难平，便忍不住说道："看到银瓶玉簪就不由得又想到当初，真怕又一次玉折瓶坠，给我一封休书！"

裴尚书脸上喜气的神色一顿，尴尬道："哎呀，往事休提，往事休提。你说你当初要待在家里等我们来提亲多好，非要瞒着我们私奔。"

李千金唇角一挑："这我就要跟公公婆婆说个理了。卓文君因一曲《凤求凰》同司马相如私奔能成就一场佳话，怎到了我这里，墙头马上以诗传情就要逊一筹，受到非议呢？"

裴尚书连连道："是老夫的错，只要这姻缘天配合，墙头马上亦好逑啊！"

裴少俊墙头马上

◎ 白朴 著

《裴少俊墙头马上》讲述的是一个喜剧爱情故事,该剧的故事情节改编自白居易的《井底引银瓶》。

作者用曲折的情节和生动的人物描写,有力地控诉了在当时的社会背景下男女爱情婚姻的不自由。女主人公李千金打破世俗观念的束缚勇敢追求自己的爱情和婚姻,在感情上敢爱敢恨的果决更是对以往戏剧中女性角色的一大突破。

第一折

（冲末扮裴尚书引老旦扮夫人上，诗云）满腹诗书七步才，绮罗衫袖拂香埃。今生坐享荣华福，不是读书那里来。老夫工部尚书裴行俭是也。夫人柳氏，孩儿少俊。方今唐高宗即位仪凤三年，自去年驾幸西御园，见花木狼藉，不堪游赏。奉命前往洛阳，不问权豪势要之家，选拣奇花异卉，和买花栽子，趁时栽接。为老夫年高，奏过官里，教孩儿少俊承宣驰驿，代某前去。自新正为始，得了六日宣限，那的是老夫有福处。少俊三岁能言，五岁识字，七岁草字如云，十岁吟诗应口，才貌两全，京师人每呼为"少俊"。年当弱冠，未曾娶妻，不亲酒色。如今差他出去公干，万无一失。教张千伏侍舍人，在一路上休教他胡行，替俺买花栽子去来。（下）

（外扮李总管上，云）老夫姓李，双名世杰，乃李广之后，当今皇上之族。嫡亲三口儿，夫人张氏，有女孩儿小字千金，年方一十八岁，尤善女工，深通文墨，志量过人，容颜出世。老夫前任京兆留守，因讽谏则天，谪降洛阳总管。老夫当初曾与裴尚书议结婚姻，只为宦路相左，遂将此事都不提起了。如今左司家

勾唤我，今日便行，留下夫人与孩儿紧守闺门，待我回来，另议亲事，未为迟也。（下）

（正末扮装舍人引张千上，云）小生是工部尚书舍人裴少俊。自三岁能言，五岁识字，七岁草字如云，十岁吟诗应口，才貌两全，京师人每呼为"少俊"。年当弱冠，未曾娶妻，惟亲诗书，不通女色。承宣驰驿，前来洛阳，不问权豪势要之家，名园佳圃，选拣奇花，和买花栽子，就用铺车装送，来日起程。今日乃三月初八日，上巳节令，洛阳王孙士女，倾城玩赏。张千，咱每也同你看去来。（下）

（正旦扮李千金领梅香上，云）妾身李千金是也。今日是三月上巳，良辰佳节，是好春景也呵！

（梅香云）小姐，观此春天，真好景致也！

（正旦云）梅香，你觑着围屏上才子佳人，士女王孙，是好华丽也。

（梅香云）小姐，佳人才子为甚都上屏障？非同容易也呵！

〔仙吕〕〔点绛唇〕

（正旦唱）往日夫妻，夙缘仙契。多才艺，倩丹青写入屏围，真乃是画出个蓬莱意。

（梅香云）小姐看这围屏，有个主意，梅香猜着了也：少一个女婿哩！

〔混江龙〕

（正旦唱）我若还招得个风流女婿，怎肯教费工夫学画远山眉！宁可教银缸高照，锦帐低垂，菡萏花深鸳并宿，梧桐枝隐凤双栖。这千金良夜，一刻春宵，谁管我衾单枕独数更长，则这半床锦褥枉呼做鸳鸯被。（梅香云）等老相公回来呵，寻一门亲事，可不好也。（正旦唱）流落的男游别郡，耽阁的女怨深闺。

（梅香云）小姐这几日越消瘦了。

〔油葫芦〕

（正旦唱）我为甚消瘦春风玉一围，又不曾染病疾，近新来宽褪了旧时衣。（梅香云）夫人道：小姐不快时，少做女工，胜服汤药。（正旦唱）害的来不疼不痛难医治，吃了些好茶好饭无滋味，似舟中载倩女魂，天边盼织女期。这些时困腾腾，每日家贪春睡，看时节针线强收拾。

〔天下乐〕

（正旦唱）我可便提起东来忘了西。（梅香云）昨日几家来问亲，小姐不语怎么？（正旦唱）咱萱堂又觑着面皮，至如个穷人家女孩儿到十六七，或是谁家来问亲，那家来做媒，你教女孩儿羞答答说甚的？

（梅香云）今日上巳，王孙士女，宝马香车，都去郊外玩赏去了。咱两个去后花园内看一看来。

（正旦云）梅香，将着纸墨笔砚，咱去来。（做行科）

〔那吒令〕

（正旦唱）本待要送春向池塘草萋，我且来散心到荼蘼架底，我待教寄身在蓬莱洞里。蹙金莲红绣鞋，荡湘裙鸣环珮，转过那曲槛之西。

〔鹊踏枝〕

（正旦唱）怎肯道负花期，惜芳菲。粉悴胭憔，他绿暗红稀，九十日春光如过隙，怕春归又早春归。

〔寄生草〕

（正旦唱）柳暗青烟密，花残红雨飞。这人人和柳浑相类：花心吹得人心碎，柳眉不转蛾眉系。为甚西园恁景狼藉？正是东君不管人憔悴！

〔幺篇〕

（正旦唱）榆散青钱乱，梅攒翠豆肥。轻轻风趁蝴蝶队，霏霏雨过蜻蜓戏，融融沙暖鸳鸯睡。落红踏践马蹄尘，残花酝酿蜂儿蜜。

（裴舍骑马引张千上，云）方信道洛阳花锦之地，休道城中有多少名园。（做点花本科，云）你觑这一所花园。（做见旦惊科，云）一所花园。呀！一个好姐姐！

（正旦见末科，云）呀！一个好秀才也！

〔金盏儿〕

（正旦唱）兀那画桥西，猛听的玉骢嘶。便好道杏花一色红千里,和花掩映美容仪。他把乌靴挑宝镫,玉带束腰围,真乃是能骑高价马,会着及时衣。

(正末云)你看他雾鬓云鬟,冰肌玉骨,花开媚脸,星转双眸。只疑洞府神仙,非是人间艳冶。

(梅香云)小姐,你听来。

〔后庭花〕

(正旦唱)休道是转星眸上下窥,恨不的倚香腮左右偎。便锦被翻红浪,罗裙作地席。(梅香云)小姐休看他,倘有人看……(正旦唱)既待要暗偷期,咱先有意,爱别人可舍了自己。

(梅香云)小姐,你却顾盼他,他可不顾盼你哩!

(张千上,云)舍人,休要惹事,咱城外去来。(做催科)

(裴舍云)四目相觑,各有眷心。从今已后,这相思须害也。

(张千做催打马科,云)舍人,去罢!

(裴舍云)如此佳丽美人,料他识字,写个简帖儿嘲拨他。张千,将纸笔来,看他理会的么。(做写科,云)张千,将这简帖儿与那小姐去。

(张千云)舍人使张千去,若有人撞见,这顿打可不善也。

(裴舍云)我教你:有人若问呵,则说俺买花栽子,不妨事。若见那小姐,说俺舍人教送与你。

(张千云)舍人,我去。

(裴舍云)那小姐喜欢,你便招手唤我,我便来;若是抢白,你便摆手,我便走。

（张千云）我知道。（做见旦科，云）小姐，你这后花园里有卖花栽子么？

（梅香云）这里花栽子谁要买？

（张千云）俺那舍人要买。（做招手）

（裴舍望科，云）谢天地，事已谐矣！

（梅香做叫科，云）小姐，那两个人拿过一张儿纸来，不知写甚么，小姐看咱！

（正旦做念诗科，云）只疑身在武陵游，流水桃花隔岸羞。咫尺刘郎肠已断，为谁含笑倚墙头。梅香，将纸笔来。（做写科，云）梅香，我央你咱，你勿阻我。将这一首诗送与那舍人。

（梅香云）小姐，教我送这诗与谁去也？诗中意怎生？见那秀才道甚的？则怕有人撞见怎了？

（正旦云）好姐姐，你与我走一遭去！

（梅香云）你往常打我骂我，今日为甚的央我？着我寄与谁？

[幺篇]
（正旦唱）你道是情词寄与谁，我道来新诗权做媒。我映丽日墙头望，他怎肯袖春风马上归！怕的是外人知，你便叫天叫地。哎！小梅香好不做美。

（梅香云）这简帖我送与老夫人去。

（正旦云）梅香，我央及你，要告老夫人呵，可怎了！

（梅香云）你慌么？

（正旦云）可知慌哩。

（梅香云）你怕么？

（正旦云）可知怕哩。

（梅香云）我逗你耍哩。

（正旦云）则被你唬杀我也。

（梅香送裴舍科，云）俺小姐上复舍人，看这首诗咱。

（裴舍看科，诗云）深闺拘束暂闲游，手拈青梅半掩羞。莫负后园今夜约，月移初上柳梢头。千金作。这小姐有倾城之态，出世之才，可为囊箧宝玩。

（梅香云）俺小姐道来：今夜后园中赴期，休得失信。

（裴舍云）张千，俺打那里过去？

（张千云）跳墙过去。

（梅香转向旦云）小姐，他待跳墙来也！

〔赚煞〕

（正旦唱）这一堵粉墙儿低，这一带花阴儿密。与你个在客的刘郎说知：虽无那流出胡麻香饭水，比天台山到径抄直。莫疑迟，等的那斗转星移，休教这印苍苔的凌波袜儿湿。将湖山困倚，把角门儿虚闭，这后花园权作武陵溪。（下）

（裴舍云）惭愧！这一场喜事，非同小可。只等的天晚，便好赴约去也！

（诗云）偶然间两相窥望，引逗的春心狂荡。今夜里早赴佳期，成就了墙头马上。（下）

第二折

（夫人同老旦嬷嬷上，云）老身是李相公夫人。相公左司家唤的去了，不见回来。今日老身东阁下探妗子回来，身子有些不快。天色晚也，梅香，绣房中道与小姐，休教他出来。嬷嬷，收拾前后，我歇息去也。（下）

（裴舍上，云）我回到这馆驿安下，心中闷倦，那里有心去买花栽子，巴不得天晚了也！我如今与小姐赴期去来。（下）

（正旦同梅香上，云）今日因去后园中看花，墙头见了那生，四目相视，各有此心，将一个简帖儿约今夜来赴期。我回到绣房中。梅香，不知夫人睡去也不曾？

（梅香云）我去看来。（下）

（正旦做睡，梅香推科，云）小姐，小姐！

（正旦醒科，云）我正好做梦哩。

（梅香云）你梦见甚么来？

〔南吕〕〔一枝花〕

（正旦唱）睡魔缠缴得慌，别恨禁持得煞。离魂随梦去，几时得好事奔人来?一见了多才,口儿里念,心儿里爱,合是姻缘簿上该。则为画眉的张敞风流,掷果的潘郎稔色。

(梅香云)今夜好歹来也,则管里作念的眼前活现。

〔梁州第七〕
（正旦唱）早是抱闲怨时乖运蹇,又添这害相思月值年灾。（带云）休道是我,（唱）天若知道和天也害。（云）梅香,这早晚多早晚也?（梅香云）是申牌时候了。（正旦唱）几时得月离海峤?才则是日转申牌!（梅香云）小姐,日头下去了,一天星月出来了。（正旦唱）怕露惊宿鸟,风弄庭槐。看银河斜映瑶阶,都不动纤细尘埃。月也,你本细如弓一半儿蟾蜍,却休明如镜照三千世界,冷如冰浸十二瑶台。禁炉瑞霭,把刺团圞明月深深拜。你方便,我无碍。深拜你个嫦娥不妒色,你敢且半霎儿雾锁云埋。

(梅香云)这场事也非容易哩!

〔牧羊关〕
（正旦唱）待月帘微簌,迎风户半开。你看这场风月规划。（梅香云）怎生规划?（正旦云）你与我接去!（梅香云）怕他不来,倒教我去接他!（正旦唱）就着这风送花香,云笼月色。（梅香云）小姐,为甚么着我接他去?（正旦唱）你道为甚着你个丫鬟迎少俊?我则怕似赵杲送曾哀。（梅香云）这里线也似一条直路,怕他迷了道儿?（正旦唱）你道芳径直如线,我道侯门深似海。

（梅香云）你两个头目自说话来。

〔骂玉郎〕
（正旦唱）相逢正是花溪侧，也须穿短巷过长街。（梅香云）到那里便唤你来。（正旦唱）又不比秦楼夜宴金钗客，这的担着利害，把你那小性格且宁耐。

〔感皇恩〕
（正旦唱）咱这大院深宅，幽砌闲阶，不比操琴堂、沽酒舍、看书斋。（梅香云）迟又不是，疾又不是，怎生可是？（正旦唱）教你轻分翠竹，款步苍苔，休惊起庭鸦喧、邻犬吠，怕院公来。

（梅香云）小姐，这来时可着多早晚也？

〔采茶歌〕
（正旦唱）把粉墙儿挨，角门儿开，等夫人烧罢夜香来。月色朦胧天色晚，鼓声才动角声哀。

（梅香云）我说与你，夫人已睡了也，一准不来了。今夜嬷嬷又在前面守着库房门哩。天色晚了，我点上灯，就接姐夫去。

（裴舍引张千上，云）张千，休大惊小怪的，你只在墙外等着。（做跳墙见科，云）梅香，我来了也。

（梅香云）我说去。小姐，姐夫来了也。你两个说话，我门首看着。

（裴舍云）小生是个寒儒，小姐不弃，小生杀身难报。

（正旦云）舍人则休负心！

〔隔尾〕

（正旦唱）我推粘翠靥遮宫额，怕绰起罗裙露绣鞋。我忙忙扯的鸳鸯被儿盖，翠冠儿懒摘，画屏儿紧挨，是他撒滞殢把香罗带儿解。

（嬷嬷上，云）这早晚，小姐房里有人说话？在窗下听咱。呀！果然有人，我去觑破他。

（梅香云）小姐，吹灭了灯，嬷嬷来也！

（嬷嬷云）吹灭了灯？我听的多时了也。你待走那里去？

（裴舍同旦做跪科，正旦云）是做下来也，怎见父母！奶奶可怜见，你放我两个私走了罢，至死也不敢忘你。

（嬷嬷云）兀的是不出嫁的闺女，教人营勾了身躯，可又随着他去。这汉子是谁家的？

（裴舍云）小生是客寄书生，乞容宽恕！

（嬷嬷云）俺这里不是赢奸买俏去处！

〔红芍药〕

（正旦唱）他承宣驰驿奉官差，来这里和买花栽。又不是瀛州、方丈接蓬莱，远上天台。比画眉郎多气概，骤青骢踏断章台。（嬷嬷云）都是这梅香小奴才勾引来的！（正旦唱）枉骂他偷寒送暖小奴才，要这般当面抢白。

（嬷嬷云）不是这奴胎是谁？

〔菩萨梁州〕

（正旦唱）是这墙头掷果裙钗，马上摇鞭狂客。说与你个聪明的奶奶，送春情是这眼去眉来。（嬷嬷云）好可羞也那不羞！眼去眉来，倒与真奸真盗一般。教官司问去。（正旦唱）则这女娘家直恁性儿乖，我待舍残生还却鸳鸯债，也谋成不谋败。是今日且停嗔，过后改，怎做的奸盗拿获？

（嬷嬷云）你看上这穷酸饿醋甚么好？

〔牧羊关〕

（正旦唱）龙虎也招了儒士，神仙也聘与秀才，何况咱是浊骨凡胎。一个刘向题倒西岳灵祠，一个张生煮滚东洋大海。却待要宴瑶池七夕会，便银汉水两分开。委实这乌鹊桥边女，舍不的斗牛星畔客。

（嬷嬷云）家丑事不可外扬。兀那汉子，我将你拖到官中，不道的饶了你哩！

（裴舍云）嬷嬷，你要了我买花栽子的银子，教梅香唤将我来，咱就和你见官去来！

〔三煞〕

（正旦唱）不肯教一床锦被权遮盖，可不道九里山前大会垓，绣房里血泊浸尸骸。解下这褛带裙刀，为你逼的我紧也，便自伤残害，颠倒把你娘来赖。（梅香云）你要他这秀才的银子，教我去唤将他来。便见夫人也则实说。（嬷嬷云）夫人也不信。（正旦唱）你则是拾的孩儿落的摔，你待致命图财。

〔二煞〕

（正旦唱）我怎肯掩残粉泪横眉黛，倚定门儿手托腮，山长水远几时来？且休说度岁经年，只一夜冰消瓦解，恁时节知他是和尚在钵盂在？他凭着满腹文章七步才，管情取日转千阶。

（嬷嬷云）亲的则是亲，若夫人变了心，可不枉送我这老性命？我如今和你商量，随你拣一件做：第一件，且教这秀才求官去，再来娶你；不着，嫁了别人。第二件，就今夜放你两个走了，等这秀才得了官，那时依旧来认亲。

（正旦云）嬷嬷，只是走的好！

〔黄钟尾〕

（正旦唱）他折一枝丹桂群儒骇，怎肯十谒朱门九不开。（嬷嬷云）若以后泄漏出些风声，枉坏了一世前程，拆散了一双佳配。常言道：一岁使长百岁奴。我耽着利害放你，则要一路上小心在意者。（正旦云）母亲年高，怎生割舍！（嬷嬷云）夫人处有我在此，你自放心去罢！（正旦同裴谢科，正旦唱）不是我敢为非敢作歹，他也有风情有手策；你也会圆成会分解，我也肯过从肯耽待。便锁在空房嫁在乡外，你道父母年高老迈，那里有女孩儿共爷娘相守到头白？女孩儿是你十五岁寄居的堂上客。

（同裴舍、梅香下）

（嬷嬷云）他每去也。若夫人问时，说个谎，道不知怎生走了。料夫人必然不敢声扬。等待他日后再来认亲，也未迟哩。

（下）

第三折

（裴尚书上，云）自从少俊去洛阳买花栽子回来，今经七年。老夫常是公差，多在外，少在里。且喜少俊颇有大志，每日只在后花园中看书，直等功名成就，方才娶妻。今日是清明节令，老夫待亲自上坟去，奈畏风寒，教夫人和少俊替祭祖去咱。（下）

（裴舍引院公上，云）自离洛阳，同小姐到长安七年也。得了一双儿女，小厮儿叫做端端，女儿唤做重阳。端端六岁，重阳四岁，只在后花园中隐藏，不曾参见父母，皆是院公伏侍，连宅下人也不知道。今日清明节令，父亲畏风寒，我与母亲郊外坟茔中祭奠去。院公，在意照顾，怕老相公撞见。

（院公云）哥哥，一岁使长百岁奴。这宅中谁敢提起个李字！若有一些差失，如同那赵盾便有灾难，老汉就是灵辄扶轮，王伯当与李密叠尸，为人须为彻。休道老相公不来，便来呵，老汉凭四方口，调三寸舌，也说将回去。我这是蒯文通、李左车。哥哥，你放心，倚着我呵，万丈水不教泄漏了一点儿。

（裴舍云）若无疏失，回家多多赏你。（下）

（正旦引端端、重阳上，云）自从跟了舍人来此呵，早又七年光景，得了一双儿女。过日月好疾也呵！

〔双调〕〔新水令〕

（正旦唱）数年一枕梦庄蝶，过了些不明白好天良夜。想父母关山途路远，鱼雁信音绝。为甚感叹咨嗟，甚日得离书舍？

〔驻马听〕

（正旦唱）凭男子豪杰，平步上万里龙庭双凤阙；妻儿真烈，合该得五花官诰七香车。也强如带满头花，向午门左右把状元接；也强如挂拖地红，两头来往交媒谢。今日个改换别，成就了一天锦绣佳风月。

（正旦云）我掩上这门，看有甚人来此。

（院公持扫帚上，云）哥哥祭奠去了，嫂嫂跟前回复去咱。

（见科，云）嫂嫂，舍人祭奠去了。院公特地说与嫂嫂得知。

（正旦云）院公，可要在意者，则怕老相公撞将来。

（院公云）老汉有句话敢说么。今日清明节，有甚节令酒果，把些与老汉吃饱了，只在门首坐着，看有甚的人来。

（旦与酒肉吃科）

（院公云）夜来两个小使长把墙头上花都折坏了，今日休教出来，只教书房中耍，则怕老相公撞见。

〔乔牌儿〕

（正旦唱）当拦的便去拦，我把你个院公谢。想昨日被棘针都把衣袂扯，将孩儿指尖儿都挺破也。

（端端云）奶奶，我接爹爹去来。

（正旦云）还未来哩！

〖幺篇〗

（正旦唱）便将球棒儿撇，不把胆瓶藕。你哥哥，这其间未是他来时节，怎抵死的要去接？

（院公云）我门口去吃了一瓶酒，一分节食，觉一阵昏沉。倚着湖山睡些儿咱！

（端端打科）

（院公云）唬杀人也。小爷爷！你要到房里耍去。

（又睡科，重阳打科）

（院公云）小奶奶，女孩家这般劣！

（又睡科，二人齐打科）

（院公云）我告你去也，快书房里去！

（裴尚书引张千上，云）夫人共少俊祭奠去了，老夫心中冈倦，后花园内走一遭去，看孩儿做下的功课咱。（见院公云）这老子睡着了。（做打科）

（院公做醒，着扫帚打科，云）打你娘，那小厮……（做见慌科）

（尚书云）这两个小的是谁家？

（端端云）是裴家。

（尚书云）是那个裴家？

（重阳云）是裴尚书家。

（院公云）谁道不是裴尚书家花园。小弟子还不去！

（重阳云）告我爹爹、奶奶说去。

（院公云）你两个采了花木，还道告你爹爹、奶奶去？跳起恁公公来也，打你娘！

（两人走科）

（院公云）你两个不投前面走，便往后头去？

（二人见旦科，云）我两人接爹爹去，见一老爹，问是谁家的。

（正旦云）孩儿也，我教你休出去，兀的怎了！

（尚书做意科，云）这两个小的，不是寻常之家。这老子其中有诈，我且到堂上看来。

〔豆叶儿〕

（正旦唱）接不着你哥哥，正撞见你爷爷。魄散魂消，肠慌腹热，手脚獐狂去不迭。相公把拄杖掂详，院公把扫帚支吾，孩儿把衣袂掀者。

（尚书云）咱房里去来。

（到书房，正旦掩门科）

（尚书云）更有谁家个妇人？

（院公云）这妇人折了俺花，在这房内藏来。

〔挂玉钩〕

（正旦唱）小业种把栊门掩上些，道不的跳天撅地十分劣。被老相公亲向园中撞见者，唬的我死临侵地难分说。（尚书云）拿的芙蓉亭上来。（正旦唱）氲氲的脸上羞，扑扑的心头怯，喘似雷轰，烈似风车。

（院公云）这妇人折了两朵儿花，怕相公见，躲在这里。合当饶过教家去。

（正旦云）相公可怜见，妾身是少俊的妻室。

（尚书云）谁是媒人？下了多少钱财？谁主婚来？

（旦做低头科）

（尚书云）这两个小的是谁家？

（院公云）相公不合烦恼合欢喜。这的是不曾使一分财礼，得这等花枝般媳妇儿，一双好儿女。合做一个大筵席，老汉买羊去。大嫂，请回书房里去者。

（尚书怒科，云）这妇人决是娼优酒肆之家！

（正旦云）妾是官宦人家，不是下贱之人。

（尚书云）嗏声！妇人家共人淫奔，私情来往，这罪过逢赦不赦。送与官司问去，打下你下半截来。

【沽美酒】

（正旦唱）本是好人家女艳冶，便待要兴词讼、发文牒，送到官司遭痛决。人心非铁，逢赦不该赦？

【太平令】

（正旦唱）随汉走怎说三贞九烈，勘奸情八棒十挟。谁识他歌台舞榭，甚的是茶房酒舍。相公便把贱妾拷折下截，并不是风尘烟月。

（尚书云）则打这老汉，他知情。

（张千云）这个老子，从来会勾大引小。

（院公云）相公，七年前舍人哥哥买花栽子时，都是这厮撺大引小,着舍人刁将来的。

（张千云）老子攀下我来也。

（尚书云）是了,敢这厮也知情！

〔川拨棹〕

（正旦唱）赛灵辄、蒯文通、李左车,都不似季布喉舌。王伯当尸叠,更做道向人处无过背说,是和非须辩别。

（尚书云）唤的夫人和少俊来者。

（夫人、裴舍上,见科）

（尚书云）你与孩儿通同作弊,乱我家法。

（夫人云）老相公,我可怎生知道？

（尚书云）这的是你后园中七年做下功课。我送到官司,依律施行者。

（裴舍云）少俊是卿相之子,怎好为一妇人,受官司凌辱,情愿写与休书便了。告父亲宽恕。

〔七弟兄〕

（正旦唱）是那些劣懒,痛伤嗟,也时乖运蹇遭磨灭,冰清玉洁肯随邪,怎生的拆开我连理同心结！

（尚书云）我便似八烈周公,俺夫人似三移孟母。都因为你个淫妇,枉坏了我少俊前程,辱没了我裴家上祖。兀那妇人,你听者！你既为官宦人家,如何与人私奔？昔日无盐采桑于村野,齐王车过见了,欲纳为后同车。而无盐曰：不可,禀知父母,方可成婚；不见父母,即是私奔。呸！你比无盐败坏风俗,做的个男游九郡,女嫁三夫。

(正旦云)我则是裴少俊一个。

(尚书怒云)可不道"女慕贞洁,男效才良";"聘则为妻,奔则为妾"。你还不归家去!

(正旦云)这姻缘也是天赐的。

(尚书云)夫人,将你头上玉簪来。你若天赐的姻缘,问天买卦,将玉簪向石上磨做了针儿一般细。不折了,便是天赐姻缘;若折了,便归家去也。

〔梅花酒〕

(正旦唱)他毒肠狠切,丈夫又软揞些些,相公又恶噷噷乖劣,夫人又叫丫丫似蝎蜇。你不去望夫石上变化身,筑坟台上立个碑碣。待教我漫憹憹,愁万缕,闷千叠;心似醉,意如呆;眼似瞎,手如瘸;轻拈掇,慢拿捻。

〔收江南〕

(正旦唱)呀!珰叮珰掂做了两三截。有鸾胶难续玉簪折,则他这夫妻儿女两离别。总是我业彻,也强如参辰日月不交接。

(尚书云)可知道玉簪折了也,你还不肯归家去?再取一个银壶瓶来,将着游丝儿系住,到金井内汲水。不断了,便是夫妻;瓶坠簪折,便归家去。

(正旦云)可怎了也!

〔雁儿落〕

（正旦唱）似陷人坑千丈穴，胜滚浪千堆雪。恰才石头上损玉簪，又教我水底捞明月。

〔得胜令〕

（正旦唱）冰弦断，便情绝；银瓶坠，永离别。把几口儿分两处。（尚书云）随你再嫁别人去。（正旦唱）谁更待双轮碾四辙？恋酒色淫邪，那犯七出的应拼舍；享富贵豪奢，这守三从的谁似妾！

（尚书云）既然簪折瓶坠，是天着你夫妻分离。着这贼丑生与你一纸休书，便着你归家去。少俊，你只今日便与我收拾琴剑书箱，上朝求官应举去。将这一儿一女收留在我家。张千，便与我赶离了门者！（下）

（裴舍与旦休书科）

（正旦云）少俊！端端！重阳！则被你痛杀我也！

〔沉醉东风〕

（正旦唱）梦惊破情缘万结，路迢遥烟水千叠。常言道有亲娘有后爷，无亲娘无疼热。他要送我到官司，逞尽豪杰。多谢你把一双幼女痴儿好觑者，我待信拖拖去也。

（正旦云）端端、重阳，儿也！你晓事些儿个，我也不能够见你了也！

〔甜水令〕

（正旦唱）端端共重阳，他须是你裴家枝叶。孩儿也！啼哭的似痴呆，这须是我子母情肠厮牵厮惹，兀的不痛杀人也！

〔折桂令〕

（正旦唱）果然人生最苦是离别。方信道花发风筛，月满云遮。谁更敢倒凤颠鸾，撩蜂剔蝎，打草惊蛇？坏了咱墙头上传情简帖，拆开咱柳阴中莺燕蜂蝶。儿也咨嗟，女又拦截。既瓶坠簪折，咱义断恩绝！

（张千云）娘子，你去了罢！老相公便着我回话哩。

（正旦云）少俊，你也须送我归家去来。

〔鸳鸯煞〕

（正旦唱）休把似残花败柳冤仇结，我与你生男长女填还彻。指望生则同衾，死则共穴。唱道题柱胸襟，当垆的志节。也是前世姻缘，今生今业。少俊呵，与你干驾了会香车，把这个没气性的文君送了也！（下）

（裴舍云）父亲，你好下的也。一时间将俺夫妻子父分离，怎生是好？张千，与我收拾琴剑书箱，我就上朝取应去。一面瞒着父亲，悄悄送小姐回到家中，料也不妨。

（诗云）正是：石上磨玉簪，欲成中央折。井底引银瓶，欲上丝绳绝。两者可奈何，似我今朝别。果若有天缘，终当做瓜葛。

（下）

第四折

（正旦引梅香上，云）自从裴少俊将我休弃了，回到洛阳，父母双亡，遗下几个使数和那宅舍庄田，依还的享用富贵不尽。则是撇下一双儿女，又未知少俊应举去得官也不曾，好伤感人也！

〔中吕〕〔粉蝶儿〕

（正旦唱）帘卷虾须，冷清清绿窗朱户，闷杀我独自离居。落可便想金枷，思玉锁，风流的牢狱。（内做鸟鸣科）（唱）谁叫你飞出巴蜀，叫离人不如归去。

〔醉春风〕

（正旦唱）家万里梦蝴蝶，月三更闻杜宇。则兀那墙头马上引起欢娱，怎想有这场苦，苦！都则道百媚千娇，送的人四分五落，两头三绪。

（裴舍上，诗云）亲捧丹书下九重，路人争识五花骢。想来全是文章力，未必家门积善功。小官裴少俊，自从上朝取应，一举状元及第，就除洛阳县尹之职。来到这洛阳城，我且换了衣服，跟寻我那李千金小姐去。问人来,则这里便是李总管家。府门首兀的不是梅香,小姐在家么?

(梅香见科,云)我则做不知。我这里有甚么小姐!这个汉子不达时务,你这里立地,我家去也。(见旦科,云)你欢喜也!姐夫在门首。

(正旦云)这妮子又胡说!果然是他,你看他穿着甚么衣服哩?

(梅香云)他穿着秀才的衣服。小姐,真个我不说谎。

(正旦云)可怎生穿着秀才衣服?

【满庭芳】

(正旦唱)长安应举,羞归故里,懒睹乡闾。他那里谈天口喷珠玉,一划的者也之乎。他那三昧手能修手模,读五车书会写休书。教斋长休题柱,想他人有怨语,兀的不笑杀汉相如。

(裴舍云)梅香进去了就不出来,我自过去。(做见旦科,云)小姐,间别无恙?今日还来寻你,依旧和你相好,重做夫妻。

(正旦云)裴少俊,你是说甚么话!

【普天乐】

(正旦唱)你待结绸缪,我怕遭刑狱。我人心似铁,他官法如炉。你娘并无那子母情,你爷怎肯相怜顾?问的个下惠先生无言语,他道我更不贤达败坏风俗,怎做家无二长,男游九郡,女嫁三夫!

(裴舍云)小姐,我如今得了官也。我父亲致仕闲居,我特来认你,我就在此处为县尹。

【迎仙客】

（正旦唱）你封为三品官，列着八椒图，你父亲告致仕，却离了京兆府。吏部里注定迁移，户部里革罢了俸禄。枉教他遥授着尚书，则好教管着那普天下姻缘簿。

（裴舍云）我则今日就搬将行李来。

（正旦云）我这里住不的！

【石榴花】

（正旦唱）常言道"好客不如无"，抢出去又何如，我心中意气怎消除！你是窨付、负与、何辜，既为官怎脸上无羞辱？（裴舍云）我与你是儿女夫妻，怎么不认我？（正旦唱）你道我不识亲疏。虽然是眼中没的珍珠处，也须知略辨个贤愚。

（裴舍云）这是我父亲之命，不干我事。

【斗鹌鹑】

（正旦唱）一个是八烈周公，一个是三移孟母。我本是好人家孩儿，不是娼人家妇女，也是行下春风望夏雨。待要做眷属，枉坏了少俊前程，辱没了你裴家上祖！

（裴舍云）小姐，你是个读书聪明的人，岂不闻："子甚宜其妻，父母不悦，出。子不宜其妻，父母曰：'是善事我。'则行夫妇之礼焉，终身不衰。"

（正旦云）裴少俊，你是不知，听我说与你咱。

〔上小楼〕

（正旦唱）恁母亲从来狠毒，恁父亲偏生嫉妒。治国忠直，操守廉能，可怎生做事糊突！幸得个鸾凤交，琴瑟谐，夫妻和睦，不似你裴尚书替儿嫌妇。

（尚书引夫人、端端、重阳上，云）老夫裴尚书。我问人来，这便是李总管家府里。听的少俊孩儿得了官，授本处县尹，媳妇儿不肯认他。我引着两个孩儿同老夫人，可早来到也。左右，报复去，道裴尚书在于门首。

（祗候报科）

（裴舍云）呀！父亲在门首，我接去。父亲，你孩儿得了官也，授本处县尹。媳妇不肯相认，道我当初休了他来。

（尚书云）孩儿在那里？（见旦科，云）儿也，谁知道你是李世杰的女儿，我当初也曾议亲来，谁知道你暗合姻缘。你可怎生不说你是李世杰的女儿，我则道你是优人娼女。我如今和夫人、两个孩儿牵羊担酒，一径的来替你陪话，可是我不是了。左右，将酒来，你满饮此一杯。

〔幺篇〕

（正旦唱）他把酒盏儿擎，我便把认字儿许？（夫人云）你看我的面皮，我替你抬举的两个孩儿偌大也，你认了俺者。（端端、重阳云）奶奶，你认了俺者！（正旦唱）赤紧的陶母熬煎，曾参错见，太公跋扈。一个儿，一个女，都一时啼哭。（带云）哎！儿，则被你想杀我也！（唱）须是俺断不了子母肠肚。

（尚书云）哎！你认了我罢。

（正旦云）你休了我，我断然不认！

（尚书云）你既不认，引着孩儿回去。

（端端、重阳悲云）奶奶，你好狠也，则被你痛杀我也！你若不认，要我两个性命怎的？我两个死了罢！

（正旦云）我待不认来呵，不干你两个事，罢，罢，罢！我认了罢！公公、婆婆，你受媳妇几拜。

（尚书云）既是孩儿认了，将酒来！我与你庆喜，你满饮一杯者。

（正旦拜受科）

〔十二月〕

（正旦唱）这是你自来的媳妇，今日参拜公姑。索甚擎壶执盏，又怕是定计铺谋。猛见了玉簪银瓶，不由我不想起当初。

〔尧民歌〕

（正旦唱）呀！只怕簪折瓶坠写休书。（尚书云）孩儿，旧话休提。（正旦唱）他那里做小伏低劝芳醑，将一杯满饮醉模糊。（裴舍云）小姐，须索欢喜咱。（正旦唱）有甚心情笑欢娱？踌也波蹰，贼儿胆底虚，又怕似赶我归家去。

（尚书云）孩儿也，你当初等我来问亲可不好？你可瞒着我私奔来宅内，你又不说是李世杰女儿。

（正旦云）父亲，自古及今，则您孩儿私奔哩？

〔耍孩儿〕

（正旦唱）告爹爹奶奶听分诉，不是我家丑事将今喻古。只一个卓王孙气量卷江湖,卓文君美貌无如。他一时窃听求凰曲,异日同乘驷马车,也是他前生福。怎将我墙头马上,偏输却沽酒当垆!

〔煞尾〕

（正旦唱）今日个五花诰准应言,七香车谈笑取。愿普天下姻眷皆完聚,荷着万万岁当今圣明主。

（尚书云）今日夫妻团圆,杀羊造酒,做庆喜的筵席。

（诗云）从来女大不中留,马上墙头亦好逑。只要姻缘天配合,何必区区结彩楼。

题目　李千金月下花前
正名　裴少俊墙头马上

梧桐雨

长安回望绣成堆,山顶千门次第开。
一骑红尘妃子笑,无人知是荔枝来。

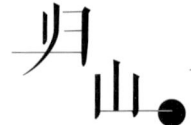

"安禄山回来记得及时向我通传。"张守珪坐在案前吩咐。

昨日奚、契丹两部落擅自杀害公主,张守珪差遣安禄山率兵前去讨伐,一直都没有消息回来。这些年国泰民安,军士都在休养生息,突然出了这样的事,不知为什么,莫名让他有些不安。

因张守珪发话了,安禄山一回来就被带到了他的面前。

"安禄山,此次征讨结果如何?"张守珪头也没抬,一边翻看着案上的卷宗一边问道。

安禄山小心觑了他一眼,见他没动怒,心中有了几分计较。痴肥的身子不自在地动了动,白胖的脸上故作惶恐,跪地俯首,将早已想好的借口道出:"敌众我寡,军士胆怯,遂败北了。"

张守珪叹了一口气,不听他狡辩:"你损军失机,罪无可恕,按律当斩,推下去!"摆了摆手,示意左右将人带下去按军法处置,张守珪不欲再看他的挣扎和乞求。

安禄山听到此言,慌了起来,他边挣扎边高呼:"主帅,难道您不想灭掉奚、契丹两部吗?为何要杀我?!"

张守珪一顿,他当然想灭奚、契丹两部落,只是安禄山延误军机,触犯了军规,哪能是他可以饶恕的?他又看了安禄山几眼,此人骁勇,杀了确实可惜。

"先放开他吧。"张守珪揉了揉额角,道,"我惜你勇猛,但是国有定法,我也不能擅自放了你。这样吧,我让人押你上京,由圣上决断。"

见还有机会保住性命,安禄山当即跪拜:"多谢主帅不杀之恩。"他知京中之人多享乐,只要他打点得到位,到时岂止能保命,飞黄腾达也不是不可能的。

安禄山被带走后,张守珪又幽幽吐出一口气:"希望他这次能求得圣上恩典,得个教训。如此我也尽我所能了。否则斩杀一胡人,哪里需要圣上做决断呢?"

长安城内,金镶珠缀,画拱交映,丝竹声响绵绵不绝,胡姬舞女轻歌曼舞。

唐玄宗牵着杨贵妃如柔荑一般的手,小心翼翼地让她坐下后,才吩咐高力士开宴奏乐。

如此殊荣,当今也只有太真贵妃杨玉环一人能够享有。

才坐下片刻,丞相张九龄就跪伏在殿外,直言有要事上奏。

被打扰了兴致的玄宗眉头轻蹙。杨贵妃抬头看了他一眼,指着远处的花朵凑过去悄声说了些什么,牡丹般艳丽倾城的脸上露出一抹动人的笑容。美人一笑百媚生,玄宗被人打扰的那一丝不悦立刻消散了,变得和颜悦色起来。

"让他进来。"

丞相张九龄入内叩拜。

"卿有何事？"

"近日边城守将张守珪押送延误军机的藩将安禄山来京，按律该斩，但惜其骁勇不敢擅做决断，特来请旨。"

唐玄宗原不欲理会这事，但见一侧的杨贵妃露出好奇的神色，便改了口："你带那藩将上来我看看。"

张九龄去领了安禄山来，唐玄宗左右打量此人，说道："瞧着是一员好将，武艺如何？"

安禄山叩首："臣能左右开弓，十八般武艺，样样皆通，还能通六蕃言语。"

玄宗见此人颇为自信，便想戏耍他一番，问："你这等肥胖，这浑圆的腹中是什么呀？"

安禄山眼珠一转，语气甚为诚恳，答："唯有赤胆忠心。"

他这话深得玄宗的心。玄宗心中大悦，对张九龄道："丞相，此人不杀，留他做个白衣将领吧。"

张九龄心下不安，安禄山生就一副异相，留着必会酿成大祸，劝诫道："陛下，此人生得异相，留他恐有后患啊！"

玄宗却觉得张九龄过于谨慎，不以为意道："爱卿勿要效王夷甫识石勒，留着怕什么，放了吧。"话音一落，安禄山即刻叩首谢恩，并且在大殿上跳起舞来。

玄宗见他行为奇异，惊道："你这是在做什么？"

"陛下，这是胡旋舞。"

玄宗一侧的杨贵妃见他这憨傻逗趣的模样，不禁娇笑起来：

"陛下,这人生得矮圆,又会这旋舞,留着解闷倒也不错。"

她这一笑,眼若星辰。玄宗见了,心顿时化成一摊水,恨不得什么都给她,自然是立刻就应了:"既然贵妃喜欢,那朕就将他赐予贵妃做义子吧。"

"多谢陛下圣恩。"杨贵妃柔柔地答道。

跪伏着的安禄山这时候偷偷抬起视线去看那个千娇百媚的女人。一边为保住性命而庆幸,一边又感叹这贵妃果然盛宠殊极,这等的美人,若是自己的……

张九龄看着那和乐的三人,心中颇为郁结,这安禄山本该被斩杀,现在不仅保下一命,还入了贵妃的眼,长此以往,定然后患无穷。

面对这样的情形,张九龄也别无他法,只好寻了国舅杨国忠,望他能在陛下面前进谏一番。

玄宗下朝来,本欲去御书房批改奏折,却因对杨贵妃想念得紧,临时改道,朝后宫的方向走去。

才及靠近,便听闻一阵阵嬉闹声,玄宗问:"后宫中何事如此喧闹?"

随行的宫娥前去询问了一番,片刻回来禀报:"回陛下,是贵妃娘娘在给安大人做洗儿会。"

玄宗这才忆起早些时候让杨贵妃认了个义子,心中感叹:想不到贵妃对此事如此上心,定是宫中烦闷。若她能够高兴一些,便叫安禄山多进宫走动走动,给她解解闷儿也好。

约是爱屋及乌，玄宗吩咐道："既然是做洗儿会，去取些金银来，赏赐给他做贺礼。找人去宣安禄山，朕要封他官职。"

安禄山来得很快，脸上还夹杂着惶恐和欣喜的神情。

安禄山恭恭敬敬跪地叩首："谢陛下赏赐，陛下急宣臣来，可是有要事？"

玄宗摆摆手，安抚道："朕今天宣你过来不为别的，你既然是贵妃义子，理当也是朕的义子。一介白衣不好出入宫内，朕封你为平章政事，你日后进宫逗贵妃开心也方便些。"

安禄山顿时心花怒放，他才讨得了美人欢心，正是舍不得的时候。玄宗此举正合他意，不仅身处高位，且可时常进宫与美人相见，于是又是装作诚惶诚恐的样子谢了圣恩。

杨国忠在一侧打量这人，想起张九龄对安禄山的评价，更觉得这人心机深不可测。此人仅凭三言两语就在圣上和贵妃面前得了宠，这让他觉察到了危机，连忙上前劝诫。

"陛下，不可啊！安禄山乃罪臣，按例当斩，陛下赦免他死罪已是圣恩。他本无功勋，哪里担得起平章政事一职？更何况胡人狼子野心，不可居留左右。望陛下圣鉴！"

杨国忠说得诚恳无比，再加上张九龄也在一旁劝诫，玄宗犹豫了起来。

"说得也是。"玄宗稍稍思索，改口道，"安禄山，朕且封你为渔阳节度使，统领蕃汉兵马，镇守边庭。"

安禄山心下不快，面上却不显，只朝玄宗再次拜谢。

玄宗有意安抚他，于是道："卿休要怨朕，这是国家典制，不可轻易变动。望你早立军功,下次升擢。"

安禄山出了宫门,脸色顿时一沉。杨国忠真是欺人太甚,竟然在玄宗面前落他面子,从平章政事变成渔阳节度使,明升暗贬。

不知想起什么,他神色一转,本就十分小的眼睛显出些淫邪之色来:"好不容易与贵妃娘娘攀上些交情,那样神仙似的美人,如今要远离她,怎生放得下……罢了,等我到渔阳厉兵秣马,再做打算。"

"我那义子已经离京了?"杨贵妃斜卧榻上,意态慵懒。

"回禀娘娘,是的。"

"唉!"她轻叹了声,显露出的愁绪惹得旁人心疼,"难得能见到个知我心思,替我解闷的,如今却不能再见,好是烦恼。"

"今日七夕,娘娘要是闷了,可以乞巧一番。"宫娥敛眉低声道。

"甚好。且陛下今日要设宴长生殿,你扶我先去沐浴。"杨贵妃从榻上起身,在宫娥的搀扶下,步态轻盈地前往浴池温泉。

温泉水滑过白皙如凝脂堆雪的肌肤,被金钩挂起的白色纱幔外,金蟾模样的香炉里轻烟袅袅。

两名宫娥轻轻地揉捏杨贵妃的双臂,替她抹上香膏,水汽朦胧,如名花隔云端。

梳好云鬓,插好步摇,杨贵妃悠然转身:"走吧,去长生殿排设乞巧筵。"

朝事烦闷,玄宗微合上眼,脑海里出现的是杨贵妃的一颦一笑。可睁开眼往下一看，却全是枯燥沉闷的朝臣。

他迫不及待地想见到他的贵妃，那个叫他放在心尖尖上的人。

可再急切也要等到下朝，这个独一无二的位置是束缚他感情的牢笼。他能给她最好的，却也给不了她最平常的。

朝事一结束，玄宗立刻吩咐内侍赶往长生殿。

走在御花园中穿过花丛的小路上，便是那枝头的粉蕊也能叫他想起贵妃的香腮，犹如酒到酣处微醺，迷离迷醉。

晚来风起，沉醉不知，短暂的路程也能平添相思。宫娥挑着绛纱灯在前面引路，灯火杳杳，玄宗恍惚间仿佛听见贵妃的泠泠笑语。

清风中，远远传来仙乐之声，悠悠扬扬。

沉醉的人略微清醒："是哪里这般热闹？"

宫娥答："禀陛下，是太真贵妃娘娘在长生殿乞巧排宴。"

玄宗含笑道："你们不要弄出声响，朕悄悄过去，给她一个惊喜。"

宫娥立刻噤声慢行，玄宗在前面悠悠地走着，待靠近前楹，轻轻斜划拨开珠帘，长生殿里荧煌一片。

银烛影重重，红袖遮翠微。

贵妃专心地为乞巧宴做着准备，丝毫没有发现站在珠帘后的帝王正微笑地注视着她。

蓦地，伴驾太监一声尖锐唱喏："万岁驾到。"

殿内一阵惊惶。则见殿内娉娉袅袅，全做柳外莺啼，杨贵妃步步生娇，拜道："万岁，您来了！"

玄宗忙扶起贵妃，握着她的手，边行边问："卿在此做什么？"

"今逢七夕，妾在此设瓜果之会，向天孙乞巧呢！"

玄宗四处打量一番，又将目光落于贵妃娇媚的脸庞上："你做得甚好。"

贵妃抿唇一笑，明眸皓齿，顿使玄宗心中升起万般柔情，如同浮萍随水，荡漾漂摇。

玄宗从后方宫娥手中拿过一方锦盒，亲自打开递与贵妃："这对金钗和这钿盒是朕送予爱妃的。"

"谢陛下圣恩。"杨贵妃接过帝王赏赐的礼物，低眉敛目，轻声道，"陛下，这秋光可人，不如妾身陪陛下亭下闲步一番？"

银河微亮，月影过高墙。深宫中草木齐芳，有佳人陪伴消遣，何惧凌波罗袜冷。

玄宗在朝堂上的烦闷褪去许多，往日他就喜欢和杨贵妃一同赏玩，今天乞巧佳节，更多了几分旖旎的氛围。

"这秋景与四时不同。"玄宗微微勾起唇角。

"怎见得与四时不同？"

果然，杨贵妃仰望着身侧的男人，盈盈的目光中透露着期待。

"此时天高气清，银河光莹，朕身侧有贵妃相伴，这里便胜似蓬莱仙境。"

杨贵妃一愣。她与玄宗二人相处时，玄宗总是时不时地说出一些甜言蜜语，但每一次听见，她依旧免不了心动。

与后宫其他的妃子相比,她盛宠优渥,可是帝王的恩宠又岂是长久的?她心中始终存着一份不安。

想到此,她就不免哀愁。大约是被心中的愁绪影响,此刻有玄宗陪在身旁,天空中牛郎织女星相会,竟也生不出半分喜悦之情。

"今夜是牛郎织女相会之期,只可惜他二人一年只得见一遭,短暂相见便又要分离。"蛾眉轻敛,似颦还休,杨贵妃低首,头上凤钗斜缀,"二人是天宫星宿,经年不见,不知也曾相忆否?"

玄宗将她轻揽入怀:"怎可不想?二人虽是长生,却被银河阻隔,音信杳无,经年度岁的孤独磨人。你试向天宫打听,他们绝对害了相思。"

杨贵妃轻轻依靠着他,感受到身后宽厚包容的温暖。在这一刻,她是相信荣宠真爱的。

她所有的尊崇荣耀都来自这个男人的爱意,她是如此信赖这男人,却又深深地恐惧着被这个男人抛弃。

"妾身得侍陛下,恩宠非常,但恐春老花残,不似织女长久,圣上恩移宠衰,使妾有龙阳泣鱼之悲,班姬题扇之怨!"

她如泣如诉,神情幽怨深情,惹得玄宗怜惜不已。

"爱妃,你说的哪里话!"玄宗急忙轻声呵斥她,揽住她的手紧了紧。

"陛下,"杨贵妃在他怀中抬头,渴望地看着他,"陛下今夕愿与妾身定偕老之盟,以坚始终吗?"

她的目光太过纯粹,娇憨脆弱。此刻她只是一个渴望永恒爱情的女人,不是那个宠冠后宫的贵妃,那双眼睛里缠绵痴恋的情丝紧紧锁住了玄宗的心魂。

他的眼神落在女人的身上,美艳绝伦的脸如灼灼盛放的牡丹,动人心魄。

这一刻,他胸腔充盈着爱意,什么都能答应她。

"我们去那幽静处细细说。"玄宗牵着杨贵妃往回廊深处走,内侍官都自觉避开。

帝王不轻易许诺,但在这醉人的夜色下,他牵着他最爱的人,诉说了令人沉迷的誓言。

"朕愿与卿尽今生偕老,百年以后,世世永为夫妻。"

杨贵妃怔怔地望着他,喃喃道:"陛下,我刚才听您说的,可是真的?谁是盟证?"

玄宗轻笑,被她流露出来的欣喜和不可置信的情态取悦,更加温柔地说道:"唯愿你我情似金坚,钗不单分盒永盛;在天愿做比翼鸟,在地愿为连理枝。你若问有谁为显证,此刻月澄澄银汉无声,有度天河相见的牛郎织女星见证。"

这一刻,他们仿佛真的撇去了身份,只是这凡间一对恩恩爱爱的夫妻,有了生生世世。

惊变

　　春风无限恨，沉醉玉阑干。长安城里一如经年数度的歌舞酣畅，弥漫的酒香中，似乎还能看见远处一簇如火焰般的落日余晖。

　　渔阳，安禄山眯着眼睛看着高阔的天空，手上捏着一颗被剥开的荔枝，红的壳，莹白如玉的果肉。

　　校场上四十万精兵挥汗如雨，震天的呼喊声仿佛隐隐欲来的风雨雷暴。

　　安禄山将目光从天边收回，落到手上的荔枝，肥圆的脸上拉扯出一个迷醉又充满欲望的淫容。他将荔枝放入口中，发出满足的喟叹。

　　"我厉兵秣马，受尽屈辱，可不就是为了她？"

　　忽而，那眯着眼的人脸色一变，眼中精光乍现。

　　"哼，如今皇帝年已昏聩，杨国忠、李林甫挟势弄权，我以讨伐贼人的名义，起兵长安，顺势夺了这唐朝天下，谁敢争锋！"安禄山兴奋得发抖，仿佛看到了那坐拥天下、美人在怀的场景。

"左右，军马都准备好了吗？"

众将士垂首："准备好了。"

安禄山露出势在必得的笑容："着军政司先发檄一道，说我奉密旨讨伐杨国忠等人。随后令史思明领兵三万，取潼关直入京师！今日休息，明日起兵。"

"得令！"

渔阳鼓动，纸醉金迷的长安城里，还维持着太平盛世的虚像。

郑观音抱琵琶，宁王吹笛，花奴打羯鼓，黄翻绰执板。长生殿内，宫女挥舞着衣袖，轻纱飘逸，曼妙纷飞。玄宗和杨贵妃饮酒赏歌，自得其乐。

盛放的庭花不及贵妃娇俏模样，玄宗心中一动，笑饮一杯酒："爱妃，你看这满园景色，好生动人，却不及你半分颜色。"

杨贵妃喜笑颜开，侧身依偎进玄宗怀里，如芙蓉泣露，不胜娇羞。

"陛下，妾近日新学了一首舞曲，想要献给陛下。"佳人醉颜酡红，美眸斜睨，迷迷蒙蒙。

玄宗望着她如盛满清水般的眼睛，伸手搔过她零落的碎发，把玩着摇动的金钗："哦？爱妃新学了什么舞？"

"叫霓裳舞衣曲。陛下昔日曾言赵飞燕可做掌上舞，身轻欲飞不胜风，妾身这一舞，犹胜一筹。"

玄宗大笑，指着庭中翠玉盘，道："好，朕便品一品爱妃这犹胜一筹的霓裳舞。"

他话音落，高力士便上前搀扶贵妃："请娘娘登盘，演一回霓裳之舞。"

杨贵妃告退更衣。整顿衣裳结束，一身飞上玲珑翠盘。

大红舞裙锦云肩，罗绮合花光。舞盘中的佳人好似一朵红云自空中轻漾，又似天仙月中飘降。

杨贵妃舞扇微抖，露出扇后明艳妆容，举袂抛洒空中，乍然回身，玉足轻移，飘然来，又飘然去，若回雪飘摇、凤影鸾翔。

玄宗此刻手执红牙箸敲击着梧桐案，全然沉醉在她的歌舞中。

帝王的那双眼睛里，只有身着舞衣，不断旋转的她。

霓旌四绕，乱落天香，一曲尽，舞住敛霞裳。

杨贵妃叩首轻呼万岁，玄宗立刻上前扶起："好一曲霓裳舞衣曲，倒惹得贵妃腰肢劳累了。来人，将朕的赏赐带上来！"

宫娥鱼贯而入，手上托着精致的盘盏，里面盛着鲜红垂露的荔枝，一颗颗红润可爱，纹理雅致。

"爱妃，来看看这是什么？"玄宗携着她走到玉盘前，笑了笑，"你喜食此果，朕命人八百里加急，特意送来的，你快尝尝。"

美人伸出纤细白嫩的手，从盘中捏起一颗荔枝，红的果，白的手，娇娇滴滴相得益彰。

"这荔枝颜色娇嫩，端的可爱。"

剥壳后，果肉晶莹剔透，香气清远，杨贵妃先喂给了玄宗。

玄宗一口含下："是好荔枝。"

果肉厚而汁水足，味道甘甜滋润，风味绝佳。

杨贵妃见玄宗吃下她喂的荔枝，咯咯娇笑，重新拈了一颗剥开，一点点檀口轻尝。

"多吃些，这些都是朕酬劳你的。"

玄宗爱怜地看着她，见她多吃下几颗，心中大悦，宣来内侍，要赏赐此次进献荔枝的使臣。

却说这边玄宗刚赏赐完，李林甫便慌慌张张跑来。

歌舞停了，舞姬宫娥全都垂首退到一边。

被打断兴致的玄宗十分不悦，瞪了一眼惊慌的李林甫，旁若无人地剥开一颗荔枝喂给杨贵妃。杨贵妃看了看跪着的大臣，轻轻摇了摇头。

玄宗将那颗荔枝扔回盘中："丞相，何事如此慌张？"

李林甫面色惶急："陛下，今早飞报传来：安禄山已反，其兵马浩大，沿途军士不敢抵敌。这可怎生是好啊！"

玄宗大怒，瞪向他厉声道："你慌什么！"只不过是一个宵小造反，就让他等不及来打断自己的歌舞宴会，冒犯龙威，这李林甫实在是太没眼力了。

李林甫见玄宗还在生气歌舞宴会被打断，依旧没有意识到事态紧急，不得不继续说道："陛下，如今贼兵已破潼关，哥舒翰失守逃回，再过不久恐怕就要杀上京师了。京城守备空虚，恐怕防不住啊！"

玄宗一怔，竟没想到事已至此，喃喃道："好端端的，他安禄山反个什么？"

这些年杨国忠因杨贵妃受宠，行事不羁，升迁十分迅速，李林甫早就看不惯他，再加之听说这次安禄山反叛打的旗号是灭奸臣，他岂能不参上一本？

李林甫一个对地叩首，痛心疾首道："陛下，只因陛下盛宠贵妃娘娘，听信小人谗言，才惹来这帮人造反啊！"

"胡说！"玄宗大怒，拂袖扫落旁边的杯盏，碎裂的瓷器碎片迸溅得四处都是。

杨贵妃吓得花容失色，就连李林甫也是浑身一抖。

玄宗强压下怒火，安抚好美人，深吸两口气，故作平静道："既然贼兵压境，你和朝臣商议，选个将领带兵出征就是了，何必吵吵嚷嚷。"

"陛下！如今京城兵力不足一万，国家长久以来太平无战事，也没有选拔新的将士，许多将官都年老力衰。如哥舒翰这样的名将尚且支撑不住，又有谁是能出征的呢？"

玄宗听闻至此，坐在榻上，惶惶然道："难道满朝文武，竟然连一个能够解决问题的人都没有吗？"

突然，玄宗的眼睛亮了起来，几步行至李林甫面前，目光灼灼地望着他。

"爱卿可有计策？能否退贼兵？"玄宗问。

李林甫沉默，伏地不动。

"爱卿！"玄宗又喊了一声，李林甫这才抬起头，慎重的模

惊变 ◇ 101

样令气氛更加紧张。

"陛下，安禄山手中有蕃、汉兵马四十余万，皆是能以一敌百。我们现在不能与他们抗衡，不如陛下退入蜀中以避其锋，之后再做计较。"

玄宗倒退几步，跌坐在榻上，杨贵妃赶紧过去扶住他，将头埋入他怀中，哀恸不已："如此，妾身可怎生是好啊！"

玄宗看了看李林甫那副沉默的模样，又看了看埋在怀中哀哀哭泣的贵妃，默默拍了拍贵妃的肩膀。

长久，他叹出一口气，道："那就依卿所言，入蜀去。传朕旨意，收拾六宫嫔御，诸王百官，明日早起入蜀。"

诀别

安禄山兵锋直指京师,河东、华阴、上洛等郡的官吏弃城逃跑。站在长安城的墙头几乎能隐隐看见叛军铁蹄之下扬起的阵阵尘土。

长安城内,人心惶惶,逃难的人群惊慌奔走。

内殿,玄宗坐在龙椅上满目仓皇,他身边是正在收拾东西,来来去去打着包袱的宫娥。

"怪朕识人不清,放虎归山,让这乱臣贼子有了机会……"

天刚亮,蒙蒙烟雨中,玄宗带着杨贵妃等嫔妃、皇室成员和一部分官员悄悄出了皇宫。

陈玄礼带着禁军护卫着玄宗等人出城。玄宗心中正感伤,朝臣们就带头拦在了队伍前。

"圣上。"众人齐齐跪下,恳请见玄宗一面。

玄宗无法,只得从轿中出来:"众卿有何话说?"

为首的一人目光微颤,回首指着巍巍宫阙,骇然发问:"宫阙,陛下的居所;陵寝,陛下的祖墓。陛下今日真的舍得抛弃吗?"

玄宗侧首不忍,然而即使再屈辱不甘,身为一代帝王,他也明白,活着才是最重要的,留下来将要面对的是无数的危险。

只要他还活着,一切都可以卷土重来。

"朕也是迫不得已,只是暂避锋芒而已。"玄宗望着这帮朝臣道。

那人幽幽叹息,颓然道:"陛下既然不肯留下,那臣等愿率领部下,跟随太子殿下破敌,护卫长安。若太子殿下和圣上都入了蜀中,中原无首,百姓又如何面对这乱世呢?"

玄宗一顿:"众卿说得是,宣我儿近前来。"

不消一会儿,太子奉旨前来,跪在辇前。

还未完全亮起来的天色中,玄宗的神色看不太清明,太子只听得声音:"众将士说,此去中原无主,该你留下统兵杀贼。就令郭子仪、李光弼为元帅,再从后军中分拨三千人给你。"

玄宗沉默半晌:"需听得众臣忠言,辅佐你征伐讨贼。你如今也合该分担一下社稷之忧,莫要叫那些胡人将我李唐天下霸占。"说罢,拿出一个四四方方,锦缎包裹着的东西,递给太子,"这颗传国玉玺你留下。剿除了贼徒,救了国家,称孤道寡也是当得起的!"

太子慎重接过那被包裹着的玉玺,沉稳道:"儿子只统兵杀贼,岂敢觊觎天位。此番留任,必不负重托!"

玄宗摆摆手道:"到时候你剿除逆贼,拯救了国家,何须推辞这些。"

"那儿子就领旨率兵,回去了。"

玄宗看着太子远去的背影,也不知此去结果如何。

过了好一会儿,跪着的人群散去,车辇才重新上路。

蜀道难,难于上青天。此去途中,崇山峻岭,丘壑峻峭,苍莽的山林间,啼不住的猿声更叫离宫入蜀的玄宗心生凄凉之情。

山路险峻,众人行走得提心吊胆。不出多时,一行人精疲力竭。才行至马嵬驿,禁卫军就不得不停下护送的脚步,众人原地休息起来。

杨贵妃用素帕擦了擦玄宗额上的汗,眼中是掩不住的心疼:"陛下何曾受过这奔波之苦啊!"

玄宗知她这段时日也是不好过,虽然已经尽量顾及皇室和妃嫔的吃穿用度了,然而奔逃途中到底不比在宫里。

他握住她的柔荑,瞧见她因为连日赶路苍白了不少的脸色,再想想自己这些时日的颠沛流离,低声长叹:"朕也无可奈何啊!"

叹息完后,他又轻声安慰贵妃:"一切都会好的,等太子平反叛乱,就没事了。"

休息充足后,队伍却依旧没有前进的意思,玄宗狐疑,派人前去问话。

等待的过程是焦躁的,毕竟现在情况复杂,谁都不希望再出现什么意外。

没过一会儿,陈玄礼带着几名禁卫军来了,看了一眼玄宗身侧的杨贵妃和杨国忠,沉着一张脸抱拳道:"陛下,众将士此番迁移,疲惫不堪,已心生不满。众人皆曰,国有奸邪,才导致此番灾祸。若君侧之祸不能除,则不能服众啊!"

"这是怎么说?!"玄宗震惊,他环看周围的将士随从,发现他们神色严肃,绝非玩笑。

"杨国忠专权误国,今又与吐蕃使者勾结,似有反情,臣等请陛下诛之以谢天下!"

说是等玄宗决断,然不等他发话,周围已经数层银枪竖起,将他密密匝匝围困起来。将士们一声声的怒吼责问让玄宗心惊。

玄宗被这阵仗吓得倒退几步,强自镇定下来,道:"杨国忠合该万剐,并非朕舍不得,但他好歹是朕爱妃的血亲,如今夺了他官职,贬为贫民,当作阵杀了,如何?"

陈玄礼毫不动容,仍垂首道:"陛下,如此平不了将士百姓的怒火。"

说罢,杨国忠已经被愤怒的军士拖走了,其悲惨的求饶声让余下来的人心惊胆战。

杨贵妃悲痛地扑上去想要阻拦,却被士兵拦了下来,玄宗担心她受伤,连忙上前护住。

他抱着杨贵妃,回头望着陈玄礼:"杨国忠你们要杀也杀了,却还是不动,又是为何?"

陈玄礼刚毅的脸在看向玄宗怀中的杨贵妃时呈现出一种冷漠的神色:"杨国忠谋反,贵妃娘娘也不宜再受供奉,还请陛下割恩正法。"

听到这话,玄宗禁不住发抖,连日劳累下的憔悴面容掩盖不住喷薄的怒气。

"陈玄礼！你们这是欺君罔上！怎可让朕的妃子遭受刑罚，她又未曾犯什么过错。既不似周褒姒举火取笑，也不似纣妲己敲胫觑人，平日里做事还算贤达。虽有个哥哥做了坏事，但即便有万般不是，看在朕的面子上，也合该饶过她！"

侍奉在一旁的高力士看着周围手持利刃的将士，心里打了一个突，赶紧劝导玄宗："陛下，贵妃诚然无罪，但将士们已经杀了杨国忠，贵妃在陛下身边又岂敢自安？愿陛下小心思量，安抚了将士，陛下的安危才有保证啊！"

玄宗心中一颤，杨贵妃握着他的手，明白这是叫玄宗放弃自己的意思，顿时泪流满面。

"陛下，妾死不足惜，但主上之恩，未曾报得，数年恩爱，叫妾如何舍得！"

"妃子，不济事了，六军心变，朕尚且不能自保。"玄宗紧握住贵妃的手，"如今，谁认朕是帝王啊！"

陈玄礼无视两人悲痛不舍的场景，只是再次催促道："愿陛下早割恩正法。"

有禁卫军上来想要拖走杨贵妃，她紧紧抓住玄宗不松手，只记得这是自己最后的凭依："陛下，求陛下救妾身一命啊！"

玄宗恍惚："这叫朕如何是好！"

好不容易栽起合欢树花，只恨不得掌中捧着解语花，尽今生两人佳话。他怜她爱她，又怎忍心她横尸在马嵬坡下。

玄宗含泪望着眼前的爱妃，再环看四周的将士，然而最终只换来绝望。

"安禄山反逆,皆因杨氏兄妹,若不正法以谢天下,这祸变何时能消?望陛下与娘娘说情,让六军马踏其尸,方能重获军心。"陈玄礼冷冷道。

玄宗艰难挣扎。最终,他无望妥协。

"我怎舍得她受这等践踏之苦。高力士,引妃子去佛堂,令其自尽,然后叫军士验看。"玄宗哽咽道,"如此,便罢了。"

高力士手持一条白绫,走到杨玉环面前,恭敬道:"娘娘,上路吧,免得误了军行。"

杨贵妃泪眼回望玄宗:"陛下,妾身先去了。"

玄宗掩面凝噎:"卿休要怨朕。"

他虽赐了她一世荣华,却没能护住她一条性命。

无情的风吹过山林,激起阵阵战栗。见高力士折返,玄宗顾不得颜面拉住他,哭泣道:"朕的妃子去了哪里了?"

"陛下,娘娘已经赐死了,军士们验过了。这是娘娘留下的汗巾。"

玄宗攥着汗巾,泣不成声。

梦回

距当年入蜀已过多年,如今贼平无事,太子做了皇帝,玄宗退于西宫,却总是忆起杨贵妃。

他记得曾经与她七夕会于长生殿乞巧,将彼此比作连理枝、比翼鸟,许愿生生世世。

如今佳人香消玉殒,一袭紫褥裹着,凝脂肌肤全不见了。

他袖中藏着一幅贵妃的画像,朝看夕叹,画中人眉眼身姿没零星半点差错,却总不复当年生动颜色。那冰肌玉骨的妖娆,又岂是水粉墨笔能描绘的?

三十三天宫,离恨天最高;四百四十病,相思病最苦。谁人能把孤熬煞?

玄宗轻柔地抚摸着那张画,越看越添伤感,也不知是心境逐渐变得苍凉,还是真的年老易乏。他小心卷好画轴,仿佛在对自己说话,又像是在对着曾经的杨贵妃说话:"有些乏了,咱们去歇歇吧。"

缓步走下亭皋,身后秋草凌乱,梧桐落叶铺满庭阶,映衬得玄宗离去的背影更加孤寂。

寝殿内，纱幔飘飘，躺在榻上的人翻来覆去，只觉得空荡荡的好不凄凉。

"我今因病魂颠倒，惟梦闲人不梦君。玉环，你是不是还在怪我？"

侍候在一旁的高力士劝道："主上对贵妃用情至深，恩爱令人称羡，贵妃又怎会责怪主上？臣替主上燃些安神香吧。"

高力士给香炉里燃上熏香，淡淡的篆烟氤氲出一片朦胧。玄宗神色平稳了些，恍惚间染了些睡意，只是忧愁的面容依旧。

昏黄的烛火暗影幽幽，不知何时，窗外淅淅沥沥下起了凉雨。

睡着的玄宗睁开眼，看见眼前佳人缓步走来，依稀是旧模样：带着金莲，穿着紫绡，身上配着红玉。

"玉环！"

"是妾身也。"那佳人赫然是当年的杨贵妃，容颜娇媚艳丽，"今日殿中设宴，主上，咱赴席去吧！"

说罢，杨贵妃也不等玄宗，兀自转身。

"贵妃！"眼见那道倩影越走越远，玄宗焦急，想要伸手挽留，却骤然惊醒。

眼前依旧是昏黄的烛火，窗外的雨因消散的梦境越发地透着一股凉意，雨滴打在宽厚的梧桐叶上，声声沉闷。

高力士听到响动，连忙进来询问。

玄宗看向他，又满目凄凉地扫向四周，呢喃道："原来是一场梦，我分明梦见了妃子，她却又不见了。"

不知是懊恼还是怅惘，玄宗许久没有说话，只听着窗外淅淅沥沥的雨声。

半晌，玄宗道："这雨一阵阵打在梧桐叶上，听着一滴滴叫人心碎。当初妃子舞翠盘，与我在此梧桐树下宣盟誓，如今亦因为此树打断我与妃子相会，还不如把它锯倒了做柴烧！"

"主上，诸样草木，皆有雨声，又岂独梧桐？"高力士知玄宗心中凄苦，却是只能劝勉。

"你哪里知道这其中感受？润蒙蒙杨柳雨，凄凄院宇侵帘幕；细丝丝梅子雨，装点江干满楼阁。杏花雨红湿阑干，梨花雨玉容寂寞，荷花雨翠盖翩翩，豆花雨绿叶萧条，都不似这梧桐冷雨惊魂破梦，助恨添愁，彻夜连宵。"

高力士还欲再劝，却见玄宗摆摆手，示意他退下。

独坐的人又回想起长生殿那一夜，梧桐树下、回廊深处的絮絮誓言。他心中明白，添恨的岂是梧桐？是那丝丝袅袅不能忘怀的过去。

伴着铜壶滴漏声，泪湿衣襟，悔恨不肯轻饶他，只怕要伴着这旧景，相忆到老。

唐明皇秋夜梧桐雨

◎ 白朴 著

《唐明皇秋夜梧桐雨》通过描写唐明皇和杨贵妃的爱情悲剧，揭示出唐王朝盛极而衰的历史教训。

该剧被誉为元杂剧四大悲剧之一。作者设计巧妙的情节，运用美妙的文辞，在有限的时间篇章中展现跌宕起伏的戏剧冲突，使以历史故事为依托的剧本更具韵味和情感。

楔子

（冲末扮张守珪引卒子上，诗云）坐拥貔貅镇朔方，每临塞下受降王。太平时世辕门静，自把雕弓数雁行。某姓张，名守珪，见任幽州节度使。幼读儒书，兼通韬略，为藩镇之名臣，受心膂之重寄。且喜近年以来，边烽息警，军士休闲。昨日奚、契丹部擅杀公主，某差捉生使安禄山率兵征讨，不见来回话。左右，辕门前觑者，等来时报复我知道。

（卒云）理会的。

（净扮安禄山上，诗云）躯干魁梧胆力雄，六番文字颇皆通。男儿若遂平生志，柱地撑天建大功。自家安禄山是也。积祖以来，为营州杂胡，本姓康氏。母阿史德，为突厥觋者，祷于轧荦山战斗之神而生某。生时有光照穹庐，野兽皆鸣，遂名为轧荦山。后母改嫁安延偃，乃随安姓，改名安禄山。开元年间，延偃携某归国，遂蒙圣恩，分隶张守珪部下。为某通晓六番言语，膂力过人，现任捉生讨击使。昨因奚、契丹反叛，差我征讨。自恃勇力深入，不料众寡不敌，遂致丧师。今日不免回见主帅，别作道理。早来到府门首也。左右，报复去，道有捉生使安禄山来见。

（卒报科）

（张守珪云）着他进来。

（安禄山做见科）

（张守珪云）安禄山，征讨胜败如何？

（安禄山云）贼众我寡，军士畏怯，遂至败北。

（张守珪云）损军失机，明例不宥。左右，推出去，斩首报来。

（卒推出科）

（安禄山大叫云）主帅不欲灭奚、契丹耶？奈何杀壮士！

（张守珪云）放他回来。

（安禄山回科）

（张守珪云）某也惜你骁勇，但国有定法，某不敢卖法市恩。送你上京，取圣断，如何？

（安禄山云）谢主帅不杀之恩。（押下）

（张守珪云）安禄山去了也。（诗云）须知生杀有旗牌，只为军中惜将才。不然斩一胡儿首，何用亲烦圣断来。（下）

（正末扮唐玄宗驾，旦扮杨贵妃，引高力士、杨国忠、宫娥上）

（正末诗云）高祖乘时起晋阳，太宗神武定封疆。守成继统当兢业，万里江山拱大唐。寡人唐玄宗是也。自高祖神尧皇帝起兵晋阳，全仗我太宗皇帝，灭了六十四处烟尘，一十八家擅改年号，立起大唐天下。传高宗、中宗，不幸有宫闱之变。寡人以临淄郡王领兵靖难，大哥哥宁王让位于寡人。即位以来，二十余年，喜的太平无事。赖有贤相姚元之、宋璟、韩休、张九龄，同心致治，寡人得遂安逸。六宫嫔御虽多，自武惠妃死后，无当意者。去年八月中秋，梦游月宫，见嫦娥之貌，人间少有。昨寿邸杨妃，绝类嫦娥，已命为女道士；既而取入宫中，策为贵妃，居太真院。寡人自从太真入宫，朝歌暮宴，无有虚日。高力士，你快传旨排宴，梨园子弟奏乐，寡人消遣咱。

（高力士云）理会的。

（外扮张九龄押安禄山上，诗云）调和鼎鼐理阴阳，位列鹓班坐省堂。四海承平无一事，朝朝曳履侍君王。老夫张九龄是也，南海人氏。早登甲第，荷圣恩直做到丞相之职。近日，边帅张守珪，解送失机蕃将一人，名安禄山。我见其身躯肥矮，语言利便，有许多异相。若留此人，必乱天下。我今见圣人，面奏此事。早来到官门前也。

（入见科，云）臣张九龄见驾。

（正末云）卿来有何事？

（张九龄云）近日边臣张守珪解送失机蕃将安禄山，例该斩首，未敢擅便，押来请旨。

（正末云）你引那蕃将来我看。

（张九龄引安禄山见科，云）这就是失机蕃将安禄山。

（正末云）一员好将官也。你武艺如何？

（安禄山云）臣左右开弓，一十八般武艺，无有不会；能通六蕃言语。

（正末云）你这等肥胖，此胡腹中何所有？

（安禄山云）惟有赤心耳。

（正末云）丞相，不可杀此人，留他做个白衣将领。

（张九龄云）陛下，此人有异相，留他必有后患。

（正末云）卿勿以王夷甫识石勒，留着怕做甚么！兀那左右，放了他者。

（做放科）

（安禄山起，谢云）谢主公不杀之恩。（做跳舞科）

（正末云）这是甚么？

（安禄山云）这是胡旋舞。

（旦云）陛下，这人又矬矮，又会旋舞，留着解闷倒好。

（正末云）贵妃，就与你做义子，你领去。

（旦云）多谢圣恩。

（同安禄山下）

（张九龄云）国舅，此人有异相，他日必乱唐室，衣冠受祸不小。老夫老矣，国舅恐或见之，奈何？

（杨国忠云）待下官明日再奏，务要屏除为妙。

（正末云）不知后宫中为甚么这般喧笑？左右，可去看来回话。

（宫娥云）是贵妃娘娘与安禄山做洗儿会哩。

（正末云）既做洗儿会，取金钱百文，赐他做贺礼。就与我宣禄山来，封他官职。

（宫娥拿金钱下）

（安禄山上，见驾科，云）谢陛下赏赐，宣臣那厢使用？

（正末云）宣卿来不为别，卿既为贵妃之子，即是朕之子，白衣不好出入宫掖，就加你为平章政事者。

（安禄山云）谢了圣恩。

（杨国忠云）陛下，不可，不可！安禄山乃失律边将，例当处斩，陛下免其死足矣。今给事宫庭，已为非宜，有何功勋，加为平章政事？况胡人狼子野心，不可留居左右。望陛下圣鉴。

楔子 ∞ 117

（张九龄云）杨国忠之言，陛下不可不听。

（正末云）你可也说的是。安禄山，且加你为渔阳节度使，统领蕃汉兵马，镇守边延，早立军功，不次升擢。

（安禄山云）感谢圣恩。

（正末云）卿休要怨寡人，这是国家典制，非轻可也呵！

〔仙吕〕〔端正好〕

（正末唱）则为你不曾建甚奇功，便教你做元辅，满朝中都指斥銮舆。眼见的平章政事难停住，寡人待定夺些别官禄。

〔幺篇〕

（正末唱）且着你做节度渔阳去，破强寇永镇幽都。休得待国家危急才防护：常先事设权谋，收猛将、保皇图。分铁券，赐丹书，怎肯便辜负了你这功劳簿。

（同下）

（安禄山云）圣人回宫去了也。我出的宫门来。叵耐杨国忠这厮，好生无礼，在圣人前奏准，着我做渔阳节度使，明升暗贬。别的都罢，只是我与贵妃有些私事，一旦远离，怎生放的下心。罢、罢、罢！我这一去，到的渔阳，练兵秣马，别作个道理。正是：画虎不成君莫笑，安排牙爪好惊人。（下）

第一折

（旦扮贵妃引宫娥上，云）妾身杨氏，弘农人也。父亲杨玄琰，为蜀州司户。开元二十二年，蒙恩选为寿王妃。开元二十八年八月十五日，乃主上圣节，妾身朝贺。圣上见妾貌类嫦娥，令高力士传旨度为女道士，住内太真宫，赐号太真。天宝四年，册封为贵妃，半后服用，宠幸殊甚。将我哥哥杨国忠加为丞相，姊妹三人封做夫人，一门荣显极矣。近日，边庭送一蕃将来，名安禄山。此人猾黠，能奉承人意，又能胡旋舞，圣人赐与妾为义子，出入宫掖。不期我哥哥杨国忠，看出破绽，奏准天子，封他为渔阳节度使，送上边庭。妾心中怀想，不能再见，好是烦恼人也。今日是七月七夕，牛女相会，人间乞巧令节。已曾分付宫娥，排设乞巧筵在长生殿，妾身乞巧一番。宫娥，乞巧筵设定不曾？

（宫娥云）已完备多时了。

（旦云）咱乞巧则个。

（正末引宫娥挑灯拿砌末上，云）寡人今日朝回无事，一心只想着贵妃。已令在长生殿设宴，庆赏七夕。内使，引驾去来。

〔仙吕〕〔八声甘州〕

（正末唱）朝纲倦整，寡人待痛饮昭阳，烂醉华清。却是吾当有幸，一个太真妃倾国倾城。珊瑚枕上两意足，翡翠帘前百媚生。夜同寝，昼同行，恰似鸾凤和鸣。

（带云）寡人自从得了杨妃，真所谓朝朝寒食，夜夜元宵也。

〔混江龙〕

（正末唱）晚来乘兴，一襟爽气酒初醒。松开了龙袍罗扣，偏斜了凤带红鞓。侍女齐扶碧玉辇，宫娥双挑绛纱灯。顺风听，一派箫韶令。（内作吹打喧笑科）（正末云）是那里这等喧笑？（宫娥云）是太真娘娘在长生殿乞巧排宴哩。（正末云）众宫娥，不要走的响，待寡人自看去。（唱）多咱是胭娇簇拥，粉黛施呈。

〔油葫芦〕

（正末唱）报接驾的宫娥且慢行，亲自听，上瑶阶，那步近前楹。悄悄蹬蹬款把纱窗映，扑扑簌簌风飐珠帘影。我恰待行，打个吃挣。怪玉笼中鹦鹉知人性，不住的语偏明。

（内作鹦鹉叫云）万岁来了，接驾。

（旦惊云）圣上来了！（做接驾科）

〔天下乐〕

（正末唱）则见展翅忙呼万岁声，惊的那娉婷将銮驾迎。一个晕庞儿画不就，描不成。行的一步步娇，生的一件件撑，一声声似柳外莺。

（正末云）卿在此做甚么？

（旦云）今逢七夕，妾身设瓜果之会，问天孙乞巧哩。

（正末看科，云）排设的是好也。

〔醉中天〕

（正末唱）龙麝焚金鼎，花萼插银瓶。小小金盆种五生，供养着鹊桥会丹青帧，把一个米来大蜘蛛儿抱定。搀夺尽六宫宠幸，更待怎生般智巧心灵。

（正末与旦砌末科，云）这金钗一对，钿盒一枚，赐与卿者。

（旦接科，云）谢了圣恩也。

〔金盏儿〕

（正末唱）我着绛纱蒙，翠盘盛，两般礼物堪人敬，趁着这新秋节令赐卿卿。七宝金钗盟厚意，百花钿盒表深情。这金钗儿教你高耸耸头上顶，这钿盒儿把你另巍巍手中擎。

（旦云）陛下，这秋光可人，妾待与圣驾亭下闲步一番。

（正末做同行科）

〔忆王孙〕

（正末唱）瑶阶月色晃疏棂，银烛秋光冷画屏。消遣此时此夜景，和月步闲庭，苔浸的凌波罗袜冷。

（正末云）这秋景与四时不同。

（旦云）怎见的与四时不同？

（正末云）你听我说。

〔胜葫芦〕
（正末唱）露下天高夜气清，风掠得羽衣轻，香惹丁东环佩声。碧天澄净，银河光莹，只疑是身在玉蓬瀛。

（旦云）今夕牛郎织女相会之期，一年只是得见一遭，怎生便又分离也？

〔金盏儿〕
（正末唱）他此夕把云路凤车乘，银汉鹊桥平。不甫能今夜成欢庆，枕边忽听晓鸡鸣，却早离愁情脉脉，别泪雨泠泠。五更长叹息，则是一夜短恩情。

（旦云）他是天宫星宿，经年不见，不知也曾相忆否？
（正末云）他可怎生不想来！

〔醉扶归〕
（正末唱）暗想那织女分，牛郎命，虽不老，是长生。他阻隔银河信杳冥，经年度岁成孤另。你试向天宫打听，他决害了些相思病。

（旦云）妾身得侍陛下，宠幸极矣，但恐容貌日衰，不得似织女长久也！

〔后庭花〕
（正末唱）偏不是上列着星宿名，下临着尘世生。把天上姻缘重，将人间恩爱轻。各办着真诚，天心必应，量他每何足称。

（旦云）妾想牛郎织女，年年相见，天长地久。只是如此，世人怎得似他情长也！

〔金盏儿〕

（正末唱）咱日日醉霞觥，夜夜宿银屏；他一年一日，见把佳期等。若论着多多为胜，咱也合赢。我为君王犹妄想，你做皇后尚嫌轻。可知道斗牛星畔客，回首问前程。

（旦云）妾蒙主上恩宠无比，但恐春老花残，主上恩移宠衰，使妾有龙阳泣鱼之悲，班姬题扇之怨，奈何！

（正末云）妃子，你说那里话！

（旦云）陛下，请示私约，以坚终始。

（正末云）咱和你去那处说话去。（做行科）

〔醉中天〕

（正末唱）我把你半軃的肩儿凭，他把个百媚脸儿擎。正是金阙西厢叩玉扃，悄悄回廊静。靠着这招彩凤、舞青鸾、金井梧桐树影，虽无人窃听，也索悄声儿海誓山盟。

（正末云）妃子，朕与卿尽今生偕老，百年以后，世世永为夫妇。神明鉴护者！

（旦云）谁是盟证？

〔赚煞尾〕

（正末唱）长如一双钿盒盛，休似两股金钗另，愿世世姻缘注定。在天呵做鸳鸯比并,在地呵做连理枝生。月澄澄银汉无声,说尽千秋万古情。咱各办着志诚,你道谁为显证,有今夜度天河相见女牛星。

(同下)

第二折

（安禄山引众将上，云）某安禄山是也。自到渔阳，操练蕃汉人马，精兵见有四十万，战将千员。如今明皇年已昏眊，杨国忠、李林甫播弄朝政。我今只以讨贼为名，起兵到长安，抢了贵妃，夺了唐朝天下，才是我平生愿足。左右，军马齐备了么？

（众将云）都齐备了。

（安禄山云）着军政司先发檄一道，说某奉密旨讨杨国忠等。随后令史思明领兵三万，先取潼关，直抵京师，成大事如反掌耳！

（众将云）得令。

（安禄山云）今日天晚，明日起兵。（诗云）统精兵直指潼关，料唐家无计遮拦。单要抢贵妃一个，非专为锦绣江山。

（同下）

（正末引高力士，郑观音抱琵琶，宁王吹笛，花奴打羯鼓，黄幡绰执板，捧旦上）

（正末云）今日新秋天气，寡人朝回无事，妃子学得霓裳羽衣舞，同往御园中沉香亭下，闲耍一番。早来到也。你看这秋来风物,好是动人也呵!

〔中吕〕〔粉蝶儿〕

（正末唱）天淡云闲,列长空数行征雁。御园中夏景初残:柳添黄,荷减翠,秋莲脱瓣。坐近幽阑,喷清香玉簪花绽。

（带云）早到御园中也。虽是小宴,倒也整齐。

〔叫声〕

（正末唱）共妃子喜开颜,等闲,等闲,御园中列肴馔。酒注嫩鹅黄,茶点鹧鸪斑。

〔醉春风〕

（正末唱）酒光泛紫金钟,茶香浮碧玉盏。沉香亭畔晚凉多,把一搭儿亲自拣、拣。粉黛浓妆,管弦齐列,绮罗相间。

（外扮使臣上,诗云）长安回望绣成堆,山顶千门次第开。一骑红尘妃子笑,无人知是荔枝来。小官四川道差来使臣。因贵妃娘娘好啖鲜荔枝,遵奉诏旨,特来进鲜。早到朝门外了。宫官,通报一声,说四川使臣来进荔枝。

（做报科）

（正末云）引他进来。

（使臣见驾科,云）四川道使臣进贡荔枝。

（正末看科,云）妃子,你好食此果,朕特令他及时进来。

（旦云）是好荔枝也。

〔迎仙客〕

（正末唱）香喷喷味正甘，娇滴滴色初绽，只疑是九重天谪来人世间。取时难，得后悭。可惜不近长安，因此上教驿使把红尘践。

（旦云）这荔枝颜色娇嫩，端的可爱也。

〔红绣鞋〕

（正末唱）不则向金盘中好看，便宜将玉手擎餐，端的个绛纱笼罩水晶寒。为甚教寡人醒醉眼，妃子晕娇颜，物稀也人见罕。

（高力士云）陛下，酒进三爵，请娘娘登盘，演一回霓裳之舞。

（正末云）依卿奏者。

（正旦做舞，众乐撺掇科）

〔快活三〕

（正末唱）嘱咐你仙音院莫怠慢，道与你教坊司要迭办。把个太真妃扶在翠盘间，快结束，宜妆扮。

〔鲍老儿〕

（正末唱）双撮得泥金衫袖挽，把月殿里霓裳按，郑观音琵琶准备弹，早搭上鲛绡襻。贤王玉笛，花奴羯鼓，韵美声繁。宁王锦瑟，梅妃玉箫，嘹亮循环。

〔古鲍老〕

（正末唱）吃剌剌撒开紫檀，黄幡绰向前手拈板。低低的叫声玉环，太真妃笑时花近眼。红牙箸趁五音击着梧桐案，嫩枝柯犹未干，更带着瑶琴音泛。卿呵，你则索出几点琼珠汗。

（旦舞科）

〔红芍药〕

（正末唱）腰鼓声干，罗袜弓弯，玉佩丁东响珊珊，即渐里舞弹云鬟。施呈你蜂腰细，燕体翻，作两袖香风拂散。（带云）卿倦也，饮一杯酒者。（唱）寡人亲捧杯玉露甘寒，你可也莫得留残，拚着个醉醺醺直吃到夜静更阑。

（旦饮酒科）

（净扮李林甫上，云）小官李林甫是也，见为左丞相之职。今早飞报将来，说安禄山反叛，军马浩大，不敢抵敌，只得见驾。

（做见驾科）

（正末云）丞相有何事这等慌促？

（李林甫云）边关飞报，安禄山造反，大势军马杀将来了。陛下，承平日久，人不知兵，怎生是好？

（正末云）你慌做甚么！

〔剔银灯〕

（正末唱）止不过奏说边庭上造反，也合看空便，觑迟疾紧慢。等不的俺筵上笙歌散，可不气丕丕冒突天颜！那些个齐管仲郑子产，敢待做假忠孝龙逢比干？

（李林甫云）陛下，如今贼兵已破潼关，哥舒翰失守逃回，目下就到长安了。京城空虚，决不能守，怎生是好？

〔蔓菁菜〕

（正末唱）险些儿慌杀你个周公旦。（李林甫云）陛下，只因女宠盛，逸夫昌，惹起这刀兵来了。（正末唱）你道我因歌舞坏江山？你常好是占奸，早难道羽扇纶巾笑谈间，破强虏三十万。

（正末云）既贼兵压境，你众官计议，选将统兵，出征便了。

（李林甫云）如今京营兵不满万，将官衰老，如哥舒翰名将尚且支持不住，那一个是去得的？

〔满庭芳〕

（正末唱）你文武两班，空列些乌靴象简，金紫罗襕。内中没个英雄汉，扫荡尘寰。惯纵的个无徒禄山，没揣的撞过潼关，先败了哥舒翰。疑怪昨宵向晚，不见烽火报平安。

（正末云）卿等有何计策，可退贼兵？

（李林甫云）安禄山部下蕃汉兵马四十余万，皆是一以当百，怎与他拒敌？莫若陛下幸蜀，以避其锋，待天下兵至，再作计较。

（正末云）依卿所奏。便传旨收拾，六宫嫔御、诸王百官，明日早起，幸蜀去来。

（旦做悲科，云）妾身怎生是好也！

〔普天乐〕

（正末唱）恨无穷，愁无限。争奈仓卒之际，避不得蓦岭登山。銮驾迁，成都盼。更那堪浐水西飞雁，一声声送上雕鞍。伤心故园，西风渭水，落日长安。

（旦云）陛下，怎受的途路之苦？

（正末云）寡人也没奈何哩！

〔啄木儿尾〕

（正末唱）端详了你上马娇，怎支吾蜀道难！替你愁那嵯峨峻岭连云栈，自来驱驰可惯，几程儿挨得过剑门关？

（同下）

第三折

（外扮陈玄礼上，诗云）世受君恩统禁军，天颜喜怒得先闻。太平武备皆无用，谁料狂胡起战尘。某右龙武将军陈玄礼是也。昨因逆胡安禄山倡乱，潼关失守。昨日宰臣会议，大驾暂幸蜀川，以避其锋。今早飞报说，贼兵离京城不远。圣主令某统领禁军护驾，军马点就多时，专候大驾起行。

（正末引旦及杨国忠、高力士并太子、扈驾郭子仪、李光弼上）

（正末云）寡人眼不识人，致令狂胡作乱。事出急迫，只得西行避兵，好伤感人也呵！

[双调][新水令]

（正末唱）五方旗招飐日边霞，冷清清半张銮驾。鞭倦袅，镫慵踏，回首京华，一步步放不下。

（带云）寡人深居九重，怎知间阎贫苦也！

[驻马听]

（正末唱）隐隐天涯，剩水残山五六搭；萧萧林下，坏垣破屋两三家。秦川远树雾昏花,灞桥衰柳风潇洒。煞不如碧窗纱,晨光闪烁鸳鸯瓦。

（众扮父老上,云）圣上,乡里百姓叩头。

（正末云）父老有何话说?

（众云）宫阙,陛下家居;陵寝,陛下祖墓。今舍此欲何之?

（正末云）寡人不得已,暂避兵耳。

（众云）陛下既不肯留,臣等愿率子弟,从殿下东破贼,取长安。若殿下与至尊皆入蜀,使中原百姓,谁为之主?

（正末云）父老说的是。左右,宣我儿近前来者。

（太子做见科）

（正末云）众父老说,中原无主,留你东还,统兵杀贼。就令郭子仪、李光弼为元帅,后军分拨三千人,跟你回去,你听我说。

[沉醉东风]

（正末唱）父老每忠言听纳,教小储君专任征伐。你也合分取些社稷忧,怎肯教别人把江山霸?将这颗传国宝你行留下。（太子云）儿子只统兵杀贼,岂敢便登天位?（正末唱）剿除了贼徒,救了国家,更避甚称孤道寡?

（太子云）既为国家重事,儿子领诏旨,率领郭子仪、李光弼回去也。

（做辞驾科）

（众军不行科）

〔庆东原〕

（正末唱）前军疾行动，因甚不进发？（众军呐喊科）一行人觑了皆惊怕。嗔忿忿停鞭立马，恶噷噷披袍贯甲，明彪彪掣剑离匣，齐臻臻雁行班排，密匝匝鱼鳞似亚。

（陈玄礼云）众军士说：国有奸邪，以致乘舆播迁；君侧之祸不除，不能敛戢众志。

（正末云）这是怎么说？

〔步步娇〕

（正末唱）寡人呵万里烟尘，你也合嗟讶，就势儿把吾当唬。国家又不曾亏你半揸，因甚军心有争差？问卿咱，为甚不说半句儿知心话？

（陈玄礼云）杨国忠专权误国，今又与吐蕃使者交通，似有反情，请诛之以谢天下。

〔沉醉东风〕

（正末唱）据着杨国忠合该万剐，斗的个禄山贼乱了中华。是非寡人股肱难弃舍，更兼与妃子骨肉相牵挂。断遣尽枉展污了五条刑法，把他剥了官职，贬做穷民，也是阵杀。允不允，陈玄礼将军鉴察！

（众军怒喊科）

（陈玄礼云）陛下，军心已变，臣不能禁止，如之奈何？

（正末云）随你罢！

（众杀杨国忠科）

〔雁儿落〕

（正末唱）数层枪，密匝匝，一声喊，山摧塌。原来是陈将军号令明，把杨国忠施行罢。

（众军仗剑拥上科）

〔拨不断〕

（正末唱）语喧哗，闹交杂，六军不进屯戈甲。把个马嵬坡簇合沙，又待做甚么？唬的我战钦钦遍体寒毛乍。吃紧的军随印转，将令威严；兵权在手，主弱臣强。卿呵，则你道波，寡人是怕也那不怕？

（正末云）杨国忠已杀了，您众军不进，却为甚的？

（陈玄礼云）国忠谋反，贵妃不宜供奉，愿陛下割恩正法。

〔搅筝琶〕

（正末唱）高力士，道与陈玄礼休没高下，岂可教妃子受刑罚？他见请受着皇后中宫，兼踏着寡人御榻。他又无罪过，颇贤达。须不似周褒姒举火取笑，纣妲己敲胫觑人。早间把他个哥哥坏了，总便有万千不是，看寡人也合饶过他，一地胡拿。

（高力士云）贵妃诚无罪，然将士已杀国忠，贵妃在陛下左右，岂敢自安。愿陛下审思之。将士安，则陛下安矣。

〔风入松〕

（正末唱）止不过凤箫羯鼓间琵琶，忽剌剌扳撒红牙。假若更添个六幺花十八，那些儿是败国亡家！可知道陈后主遭着杀伐，皆因唱《后庭花》。

（旦云）妾死不足惜，但主上之恩，不曾报得，数年恩爱，教妾怎生割舍？

（正末云）妃子，不济事了，六军心变，寡人自不能保。

〔胡十八〕

（正末唱）似恁地对咱，多应来变了卦。见俺留恋着他，龙泉三尺手中拿，便不将他刺杀，也将他吓杀。更问甚陛下，大古是知重俺帝王家？

（陈玄礼云）愿陛下早割恩正法。

（旦云）陛下，怎生救妾身一救？

（正末云）寡人怎生是好！

〔落梅风〕

（正末唱）眼儿前不甫能栽起合欢树，恨不得手掌里奇擎着解语花，尽今生翠鸾同跨。怎生般爱他看待他，怎下的教横拖在马嵬坡下！

（陈玄礼云）禄山反逆，皆因杨氏兄妹，若不正法，以谢天下，祸变何时得消？望陛下乞与杨氏，使六军马踏其尸，方得凭信。

（正末云）他如何受的？高力士，引妃子去佛堂中，令其自尽，然后教军士验看。

（高力士云）有白练在此。

〔殿前欢〕

（正末唱）他是朵娇滴滴海棠花，怎做得闹荒荒亡国祸根芽？再不将曲弯弯远山眉儿画，乱松松云鬓堆鸦。怎下的碜磕磕马蹄儿脸上踏！则将细袅袅咽喉掐，早把条长挽挽素白练安排下。他那里一身受死，我痛煞煞独力难加。

（高力士云）娘娘去罢，误了军行。

（旦回望科，云）陛下好下的也！

（正末云）卿休怨寡人！

〔沽美酒〕

（正末唱）没乱杀，怎救拔？没奈何，怎留他？把死限俄延了多半霎，生各支勒杀，陈玄礼闹交加。

（高力士引旦下）

〔太平令〕

（正末唱）怎的教酩子里题名单骂，脑背后着武士金瓜。教几个鲁莽的宫娥监押，休将那软款的娘娘惊唬。你呀，见他，问咱，可怜见唐朝天下。

（高力士持旦衣上，云）娘娘已赐死了，六军进来看视。

（陈玄礼率众马践科）

（正末做哭科，云）妃子，闪杀寡人也呵！

〔三煞〕

（正末唱）不想你马嵬坡下今朝化，没指望长生殿里当时话。

〖太清歌〗

（正末唱）恨无情卷地狂风刮，可怎生偏吹落我御苑名花！想他魂断天涯，作几缕儿彩霞。天那！一个汉明妃远把单于嫁，止不过泣西风泪湿胡笳。几曾见六军厮践踏，将一个尸首卧黄沙？

（正末做拿汗巾哭科，云）妃子不知那里去了，止留下这个汗巾儿，好伤感人也！

〖二煞〗

（正末唱）谁收了锦缠联窄面吴绫袜，空感叹这泪斑斓拥项鲛绡帕。

〖川拨棹〗

（正末唱）痛怜他不能够水银灌玉匣，又没甚彩鹴宫娃，拽布拖麻，奠酒浇茶。只索浅土儿权时葬下，又不及选山陵，将墓打。

〖鸳鸯煞〗

（正末唱）黄埃散漫悲风飒，碧云黯淡斜阳下。一程程水绿山青，一步步剑岭巴峡。唱道感叹情多，恓惶泪洒，早得升遐，休休却是今生罢。这个不得已的官家，哭上逍遥玉骢马。

（同下）

第四折

（高力士上，云）自家高力士是也。自幼供奉内宫，蒙主上抬举，加为六宫提督太监。往年主上悦杨氏容貌，命某取入宫中，宠爱无比，封为贵妃，赐号太真。后来逆胡称兵，伪诛杨国忠为名，逼的主上幸蜀。行致中途，六军不进。右龙武将军陈玄礼奏过，杀了国忠，祸连贵妃。主上无可奈何，只得从之，缢死马嵬驿中。今日贼平无事，主上还国，太子做了皇帝。主上养老，退居西宫，昼夜只是想贵妃娘娘。今日教某挂起真容，朝夕哭奠，不免收拾停当，在此伺候咱。

（正末上，云）寡人自幸蜀还京，太子破了逆贼，即了帝位。寡人退居西宫养老，每日只是思量妃子。教画工画了一轴真容供养着，每日相对，越增烦恼也呵！

（做哭科）

〔正宫〕〔端正好〕

（正末唱）自从幸西川，还京兆，甚的是月夜花朝。这半年来白发添多少，怎打迭愁容貌！

〔幺篇〕

（正末唱）瘦岩岩不避群臣笑，玉叉儿将画轴高挑。荔枝花果香檀桌，目觑了伤怀抱。

（做看真容科）

〔滚绣球〕

（正末唱）险些把我气冲倒，身谩靠，把太真妃放声高叫。叫不应，雨泪嚎咷。这待诏，手段高，画的来没半星儿差错。虽然是快染能描，画不出沉香亭畔回鸾舞，花萼楼前上马娇，一段儿妖娆。

〔倘秀才〕

（正末唱）妃子呵，常记得千秋节华清宫宴乐，七夕会长生殿乞巧。誓愿学连理枝、比翼鸟，谁想你乘彩凤、返丹霄，命夭！

（带云）寡人越看越添伤感，怎生是好！

〔呆骨朵〕

（正末唱）寡人有心待盖一座杨妃庙，争奈无权柄谢位辞朝。则俺这孤辰限难熬，更打着离恨天最高。在生时同衾枕，不能够死后也同棺椁。谁承望马嵬坡尘土中，可惜把一朵海棠花零落了。

（带云）一会儿身子困乏，且下这亭子去闲行一会咱。

【白鹤子】
（正末唱）挪身离殿宇，信步下亭皋。见杨柳袅翠蓝丝，芙蓉拆胭脂萼。

【幺】
（正末唱）见芙蓉怀媚脸，遇杨柳忆纤腰。依旧的两般儿点缀上阳宫，他管一灵儿潇洒长安道。

【幺】
（正末唱）常记得碧梧桐阴下立，红牙箸手中敲。他笑整缕金衣，舞按霓裳乐。

【幺】
（正末唱）到如今翠盘中荒草满，芳树下暗香消。空对井梧阴，不见倾城貌。
（做叹科，云）寡人也怕闲行，不如回去来。

【倘秀才】
（正末唱）本待闲散心追欢取乐，倒惹的感旧恨天荒地老。快快归来凤帏悄，甚法儿挨今宵？懊恼！
（带云）回到这寝殿中，一弄儿助人愁也。

【芙蓉花】
（正末唱）淡氤氲篆烟袅，昏惨剌银灯照。玉漏迢迢，才是初更报。暗觑清霄,盼梦里他来到。却不道口是心苗,不住的频频叫。

（带云）不觉一阵昏迷上来,寡人试睡些儿。

〔伴读书〕

（正末唱）一会家心焦躁,四壁厢秋虫闹。忽见掀帘西风恶,遥观满地阴云罩。俺这里披衣闷把帏屏靠,业眼难交。

〔笑和尚〕

（正末唱）原来是滴溜溜绕闲阶败叶飘,疏剌剌刷落叶被西风扫,忽鲁鲁风闪得银灯爆。厮琅琅鸣殿铎,扑簌簌动朱箔,吉丁当玉马儿向檐间闹。

（做睡科）

〔倘秀才〕

（正末唱）闷打颏和衣卧倒,软兀剌方才睡着。（旦上,云）妾身贵妃是也。今日殿中设宴,宫娥,请主上赴席咱。（正末唱）忽见青衣走来报,道太真妃将寡人邀,宴乐。

（正末见旦科,云）妃子,你在那里来？

（旦云）今日长生殿排宴,请主上赴席。

（正末云）吩咐梨园子弟齐备着。

（旦下）

（正末做惊醒科,云）呀！原来是一梦。分明梦见妃子,却又不见了。

【双鸳鸯】

（正末唱）斜軃翠鸾翘，浑一似出浴的旧风标，映着云屏一半儿娇。好梦将成还惊觉，半襟情泪湿鲛绡。

【蛮姑儿】

（正末唱）懊恼，窨约。惊我来的又不是楼头过雁，砌下寒蛩，檐前玉马，架上金鸡，是兀那窗儿外梧桐上雨潇潇。一声声洒残叶，一点点滴寒梢，会把愁人定虐。

【滚绣球】

（正末唱）这雨呵，又不是救旱苗，润枯草，洒开花萼，谁望道秋雨如膏。向青翠条，碧玉梢，碎声儿䬃剥，增百十倍歇和芭蕉。子管里珠连玉散飘千颗，平白地瀽瓮翻盆下一宵，惹的人心焦。

【叨叨令】

（正末唱）一会价紧呵，似玉盘中万颗珍珠落；一会价响呵，似玳筵前几簇笙歌闹；一会价清呵，似翠岩头一派寒泉瀑；一会价猛呵，似绣旗下数面征鼙操。兀的不恼杀人也么哥！兀的不恼杀人也么哥！则被他诸般儿雨声相聒噪。

【倘秀才】

（正末唱）这雨一阵阵打梧桐叶凋，一点点滴人心碎了。枉着金井银床紧围绕，只好把泼枝叶做柴烧，锯倒。

（带云）当初妃子舞翠盘时，在此树下；寡人与妃子盟誓时，亦对此树。今日梦境相寻，又被他惊觉了。

〔滚绣球〕

（正末唱）长生殿那一宵，转回廊，说誓约，不合对梧桐并肩斜靠，尽言词絮絮叨叨。沉香亭那一朝，按霓裳，舞六幺，红牙箸击成腔调，乱宫商闹闹吵吵。是兀那当时欢会栽排下，今日凄凉厮凑着，暗地量度。

（高力士云）主上，这诸样草木，皆有雨声，岂独梧桐？

（正末云）你那里知道！我说与你听者。

〔三煞〕

（正末唱）润濛濛杨柳雨，凄凄院宇侵帘幕。细丝丝梅子雨，装点江干满楼阁。杏花雨红湿阑干，梨花雨玉容寂寞，荷花雨翠盖翩翩，豆花雨绿叶萧条。都不似你惊魂破梦，助恨添愁，彻夜连宵。莫不是水仙弄娇，蘸杨柳洒风飘？

〔二煞〕

（正末唱）咻咻似喷泉瑞兽临双沼，刷刷似食叶春蚕散满箔。乱洒琼阶，水传宫漏，飞上雕檐，酒滴新槽。直下的更残漏断，枕冷衾寒，烛灭香消。可知道夏天不觉，把高凤麦来漂。

〔黄钟煞〕

（正末唱）顺西风低把纱窗哨，送寒气频将绣户敲，莫不是天故将人愁闷搅？前度铃声响栈道，似花奴羯鼓调，如伯牙《水仙操》。洗黄花润篱落，渍苍苔倒墙角。渲湖山漱石窍，浸枯荷溢池沼。沾残蝶粉渐消，洒流萤焰不着。绿窗前促织叫，声相近雁影高。催邻砧处处捣，助新凉分外早。斟量来这一宵，雨和人紧厮熬。伴铜壶点点敲，雨更多泪不少。雨湿寒梢，泪染龙袍，不肯相饶，共隔着一树梧桐直滴到晓。

（下）

  题目 安禄山反叛兵戈举
     陈玄礼拆散鸾凤侣
  正名 杨贵妃晓日荔枝香
     唐明皇秋夜梧桐雨

倩女离魂

红日三竿莺百啭。梦回鸳枕离魂乱。料得玉人肠已断。眉峰敛。晓妆镜里春愁满。

相遇

花无重开日，人无再少年。

春闱在即，各地的年轻学子也沸腾了起来。

张家宅院外，有一人素衣儒服候立着。此人年方及冠，面容清俊，举止大方，待说及拜访理由时，面上又似乎带了些许读书人的矜持和羞涩。

"小生王文举，岳母曾数次寄书问候，如今春闱将至，小生将前往长安应举，特提前来拜会岳母。烦请通告一声。"

王文举父母早亡，其父尚在时，曾为他与张公弼家指腹为婚。张家家主过世后，留下其夫人和一个女儿相依为命，便一直未曾成就此事。

门口仆人将消息告知张家老夫人，老夫人十分欣喜，拊掌道："才念及他，他便到了，还不快请进来。"

进来之人身材修长，清癯而不羸弱，青衫儒服，打理得整齐，此刻低眉敛目地站在厅前，端的是一派孝顺的模样。

见老夫人出来，青年行了个大礼："孩儿一向有失探望，还请母亲受孩儿几拜。"

张老夫人虚扶了他一把，细细观察着他，过了会儿慈爱地笑了："孩儿请起，都是一家人，莫说那些见外话。"

　　王文举顺着张老夫人的动作站起身，恭谨道："母亲，孩儿此次前来，一者是为了拜候母亲；二者是春闱即将开始，孩儿此番要上朝进取功名去了。"

　　"这倒是好事，孩儿你请坐。"张老夫人似是想起什么，"老身有一女儿，小字倩女，年方一十七。你们未曾见过，待会儿她来，你们认识一下。"

　　说罢，她对一旁的仆从吩咐道："来人，去跟梅香说，将小姐从绣房中请出来，让小姐来拜见哥哥。"

　　倩女素擅女工，此刻正在绣房刺绣，梅香推门而入："小姐，老夫人在前厅唤你过去呢。"

　　倩女侧身停下针线，秀丽的眉轻蹙，平日家中素来只有母亲和她，少有如此郑重的，她猜许是今日有人来，便仔细打理了一番才出绣房。

　　"小姐，动作快些，老夫人恐等得久了。"

　　倩女由梅香搀着，加快了步子。

　　待到前厅，果然见着个脸生的年轻男子。倩女不敢细看，她先拜见了母亲，低头时，眼神虚虚地朝那男子瞧过去，只觉得是个丰神俊朗的人物，不由脸一红，不动声色地收回目光。

　　"母亲，您唤孩儿是有何事？"

　　张老夫人瞧瞧她，又瞧瞧王文举。见母亲如此举动，倩女心中一动，却听张老夫人道："孩儿，还不快拜见你哥哥。"

倩女一愣,她从未晓得自己还有个哥哥的,不过母亲既然说了,她便依言拜见。

两厢拜见后,也不由她多说话,便又被老夫人让梅香带着回了绣房。

回去的路上,倩女心中颇有些疑惑,母亲让她拜见了哥哥,却又不让她说话就立刻支使她离开,她总觉得有哪里不对。

等转过回廊,确定不会有人瞧见后,倩女拉过一旁的梅香,悄声问道:"梅香,我哪里得来的这个哥哥?"

梅香闻言,略有些惊讶:"小姐不认得他?他就是和你指腹为婚的王秀才呀。"

倩女眼中闪过几分异色:"他便是王生?为何母亲却让我唤他哥哥,也不知母亲究竟是何想法……"

她是知道自己与王生指腹结亲的关系的,却从未见过王生,因此见面时完全未认出来。

倩女离去后,张老夫人又同王文举说了会儿话,吩咐下人去打扫客房,安排他住下。

"书房也一并打扫了,好叫我孩儿能温习经史。"

王文举连忙起身行礼,拦道:"母亲,休要麻烦,孩儿即刻就要远行去京里应举去了。"

见他如此有上进心,老夫人不觉露出慈爱的笑容,开口道:"孩儿莫要同母亲客气,试期尚远,不用心焦,且在家住上几日再上京也不迟。"

王文举推辞不得,只好暂且住下。他心中念及刚才见过的小姐，知道那是父亲曾为自己定下的未婚妻，想起如今的身世和张老夫人的态度，不由得暗自嗟嘘。

愁绪

举凡少女,没有哪个不怀春的。

未见的时候倒还不觉得,但自前日里倩女见了王生后,她便神魂驰荡,有了心事。

以王文举这等好相貌好才品,应是良配,她自然向往两情缱绻的缠绵恩爱,可未曾想到母亲让她认王生做哥哥。

莫不是母亲想要悔婚?

思及至此,倩女脸色骤变,目光中已有遮掩不住的忧思哀怨。

她本颜色姣好,又擅女工茶饮,多的是好儿郎求娶,这自小说下的姻亲也是个好的,企料天公不作美,她与王生才相见,母亲便要设云雨墙,实在愁煞人。

老夫人越阻拦,倩女便越思量。

王生住下的几日里,倩女去花园的次数多了,总是装作不经意地遇见。两人均知道婚约之事,但因张老夫人的态度,也只好只字不提,只默默相许,偶尔以诗传情,徒解相思。

若碰上王生在书房里温书,恰未出来,倩女便能痴坐窗前一天，神魂不定。如此十分煎熬，她又恐叫老夫人发现，憔悴了不少。

梅香端来新茶，见自家小姐拿着绣棚举着针，却没落下几针，眼神一直痴望着绣房窗外。

"小姐，王秀才今日没出来呢。"梅香放下茶盏，拿开倩女手中的针线以防她走神扎到手。

"是啊。"倩女黯然。

见自家小姐一副失魂落魄的样子，梅香微微担忧："小姐，你可是觉得烦恼？"

倩女沉默半晌，幽幽叹了一口气："梅香，似这样等着，几时是了……"

虽然不是路迢迢，山水远，但二人不能凭栏相依，倩女也觉得是咫尺天涯。她又想到昨日在王生那里得的那首诗，勉强笑了笑。

"秀才他送来的诗里，也在埋怨我母亲呢！他多半是意难平，读书人志气高，哪里受得了这凄凉日子。我只盼鸳鸯锦被，琴瑟和鸣，不用这般孤苦伶仃！"

梅香被倩女说得心中一酸，感同身受，立刻宽慰道："小姐，那王秀才一表人才、品德贤良，小姐这般模样，和王秀才正是天生一对。切莫烦恼，放宽心些。"

"哎，梅香，你又怎懂得这其中相思奈何！"倩女心中依旧烦扰难当，"再说了，他如今就要上京赶考去了，我又能怎样……"

她心烦意乱:"若王生中举,鲤跃龙门,京城里定然多得是豪门权贵、千娇百媚。若是那些人上门做媒,我怎知他会不会攀上凤阙。"

这八字还没一撇呢,小姐就担忧到那么远去了。梅香哭笑不得:"小姐,既然是你看上的人,那王生定然是人品和才貌相匹配的,你要相信他呀。即便不信他,小姐也要相信自己的眼光啊。"

这话倒是说到倩女心坎里去了,她莞尔一笑:"那倒是,论胸怀,他算英豪;论人品,他更清高。他是掣风涛混海鲸鳌,总要跳出这黄尘,直上清霄的。"

说罢,她蛾眉轻敛,唇角含笑,轻叹一声:"那书生呵。"

这一声呢喃,满是缠绵之意,萦绕在唇齿之间。

别离

如是又过了些时日,梅香拉了倩女出来:"小姐小姐,王秀才今日就要离开,去京城应举了,老夫人着我在折柳亭安排践行呢。"

倩女听闻王生要走,略一彷徨,转而道:"梅香,咱们去折柳亭。"

她收拾了些东西,打算交给王生带在路上,又怕他盘缠不够,索性拿出妆匣,将里面自己存的私房钱取了出来,放进给王生准备的包裹里。

在路上她们遇到老夫人派来相请的人,便一同去了。

"来,今日你哥哥要上京赶考,你便与他践行吧。"老夫人见倩女过来,让她上前给王生送行。

"是。"倩女接过丫鬟递上的酒杯,倒满酒,缓步上前,盈盈水眸似语还休,王文举从中看出了些许幽怨之意,心中不免也不舍起来。

"哥哥,你满饮一杯吧,妹妹替你送行。"她目光直直地注视着对方,大胆又热烈,直到对方接过那杯酒,一口饮下。

王文举回视她，初时便觉悸动，此刻面对倩女含情的眼神，更知痴情难得，也知他再无法放下，心中一瞬有了决断。

他当即一拜："母亲，孩儿今日临走前，有一个问题想要问清楚。当初先父母曾同母亲订下婚约，后来小生父母早亡，数年光景，不曾成此亲事。小生此次特来拜会母亲就想问这门亲事，母亲却让小姐与小生以兄妹相称。母亲的意思小生不敢妄自揣测，恳请母亲明示。"

老夫人似料定他有此一问，点点头："孩儿，我知你想法。至于老身为何让你二人以兄妹相称，只因咱家三辈不曾招白衣秀士。你虽满腹诗书，却未曾取得功名，如今你上京赶考，若是得个一官半职，正好回来成亲，有何不好呢？"

王生了然，他郑重地朝老夫人拜了拜，仿如智珠在握："既是如此，小生就先谢过母亲，这便上京挣那功名去了。"

倩女将准备的包袱交给王生，一双秋水翦瞳望着他，里面倒映着心上人的影子，难分难舍。

"哥哥，"倩女迟疑地唤了他一声，咬了咬唇，最终还是忍住羞意，鼓起勇气道，"你若是得了官，可千万别接了别家高枝……"

说未说完，她脸上就微微发热，眼角余光瞧见因她的话而显得怔愣的王生，肤白胜雪的脸颊上氤氲出越发动人心弦的红云。

"哥哥，我舍不得你。"

王文举脑袋一阵眩晕，飘飘然不知所以，他握住倩女的手："小姐你放心，待到小生得了官，就来此同你成亲。"

倩女面红耳赤，春心荡漾，垂首轻声应了下来。

到底是懂小女儿心思的，张老夫人此刻并未阻止二人悄声私语，只将这片刻留给他们。

时候快到了，王文举往前走了几步，倩女又跟上去："哥哥……"

"小姐，我若是得了官回来，你就是夫人县君了，不要担忧。"王生温柔笑道，"我同样会挂念你的，你且回家等我吧。"

倩女没笑王生异想天开，这功名虽然不是说考得上就能考上的，但她知道王生的才学。再说了，即便是王生没有考上功名又如何？她心中认定的事是不会改的。不过王生能如此说，她心中自是十分欢喜。

张老夫人见时日不早了，为了不耽误王生的行程，喊来丫鬟："梅香，带小姐上车回去。"

王生又劝解了倩女几句，向她许下诺言，倩女这才依言上了车。她步子迈得细碎，一步一回首，颇为伤感。

张老夫人见倩女上车后王生目送车马离开的样子，心中正在感叹，就见王生一整衣袖，恭谨地朝她拜了一拜："母亲，孩儿今日拜别了，去考取那功名再来。"

王生如此说，张老夫人又觉得对不住他，但思及以后的事，这样做才是最好的，便又宽他的心："你去吧，等你得了功名，回来成亲也不算晚。"

追情

自折柳亭送别王生后,倩女回家不知怎的就忽然病倒了,病情十分严重,以至卧床不起。张老夫人请了无数医师前来治病,都是无可奈何,竟没法根治。众人只能一日日看着倩女消瘦下去。

而此时上京赶考的王文举正伫立在船头,看着岸上游人如织。人声鼎沸,有佳人才子相依,他不由得思念起尚在远方的倩女,想起她俏丽的面容和盈满情意的眼眸,心中相思难解,便横琴于膝,奏一曲以抒离愁相思。

不过半日,船渐渐靠岸,绿杨烟柳,江灯渔火,王生无心观赏,忽然听得岸上一女子的声音好似还在家中等他的倩女,不由得侧耳去听。

越听他越觉得那声好似倩女,似乎还在呼唤他的名字。

怎可能?倩女不是在家中么,这个时刻怎会出现在这里?

王生试探着喊了一声倩女,果然得到回应。

他急急朝应声的地方赶过去,果然见到倩女站在那里瞧着自己,赶忙上前询问:"小姐怎么到这里来的?是车来的,还是马来的？"

倩女瞧着他，嗔怪道："你倒是走得舒心，可怜我魂不守舍不知如何消遣度日。你以为我为何要背着母亲离开绣房？还不是为了同你相伴，陪你上京赶考。"

王生焦急，从绣房里偷跑出来可不是一件小事，若叫老夫人知道了可怎么办？

倩女毫不在乎："叫母亲知道了又如何，我既然做了，便不怕。"

见她如此，似是不知轻重，王生怒道："古人云：'聘则为妻，奔则为妾。'老夫人既然许了亲事，待小生得官，回来结两姓之好，岂不名正言顺。你如今私自赶来，有玷风化，是何道理？"

倩女被王生怒斥，心中委屈，眼圈一红，道："我本待你一片真心，你竟要赶我回去么？"

王生见她委屈的模样，心中怜惜，但仍旧坚持道："小姐，你赶快回去吧！"

倩女见王生不为所动，只好道："王生，我此番特意赶来也不为别的，只为防你一件事。"

"防我一件事？何事？"

"若你中举，去赴那御宴琼林，必定会有媒人拦住你，叫你瞧那佳人的丹青画，卖弄她王侯宰相的家世，要你做那如意郎君。若你眷恋奢华的生活，与他人成新婚燕尔，我到时候可怎么办？"

"怎会？！小生若一举中第，绝不会忘记小姐转娶他人！"

倩女似是不信，问："你若是一朝登第，做了那贵门娇客，享受了那相府荣华，你还看得见寻常的百姓人家？"

王生听她怀疑自己，心中有些生气，反问道："那我若是没有中举呢？"

张老夫人要他考取功名后才肯认可亲事，这分明是不对等的要求，王生原也觉得若要娶妻，定然是要给所爱之人一个美好的未来，但真心被人怀疑的话，他自然也是不满的。

"你若是未中举，妾身愿意荆钗布裙，与你同甘共苦。"

王生哑然，见倩女情真意切，不似欺瞒。半晌，叹了口气，道："罢了，小姐既然如此，便随小生一同上京吧。"

倩女欣喜："你肯带我去？"

"自然是如此，小姐尚且愿意不辞辛苦赶来，小生又怎忍心再叫你独自一人回去？小生定会好好温书，等小生得了官，让你做个夫人县君。"

　　王生带着倩女上路了，倩女在路途中细心照顾王生，不叫奔波劳累影响了他考试温书。心意相通的二人，在奔波的路上倒过得和和美美，全然不知家中是何情况。

　　终于，他们在春闱开始前准时到了京城。

　　京城的繁华自然不是其他的小城镇可比的，他们寻了个合适的客栈住下。这时节都是做读书人生意的，客栈里住了不少准备应试的学子，王生同他们攀谈后，有不少学子注意到跟随王生的倩女，纷纷羡慕起王生来，道他出门在外，还有妻子相随照应，当真是情深义重。

　　这一路辛苦，王生也越发地感念倩女对他的深情，自觉考试时一定要好好发挥，才对得起倩女对自己的情谊。

　　考试前一天他还特意去看了闱场的模样，省得自己到时候慌张。倩女顾念着他要在考场待上好几日，便给他准备了许多吃食。

　　"听说每年考场总有被抬着出来的，王生你可要好生注意身体，包裹里给你准备了吃食，切莫饿着自己。"

王生得了她关心，心中情意自是不必多言。

待到考试结束，放榜日，王文举果真金榜题名，得了皇帝青睐，状元及第，入了那琼林宴。

倩女得知后，喜不自胜，王生也眼眸含笑，上前将人拥入怀中，道："待我们回去后，我便立刻带上聘礼上你家提亲。"

倩女原本是在替他骄傲的，听他这样说心中又害羞起来。

他二人温存片刻，王生记起一事来："夫人同我离家许久，又未曾告知母亲，恐是让她担心了，我如今状元及第，合该修一封平安家书，向母亲报个平安。"

话毕，差人准备好笔墨纸砚，上书：

寓都下小婿王文举拜上岳母座前：
自到阙下，一举状元及第。待受官之后，文举同小姐一时回家。万望尊慈垂照，不宣。

他将书信交给仆人，嘱咐他去往衡州张公弼家。

"你路上小心些，一定要将书信送到，若见了老夫人，就告诉她老人家，我已经得了官。"

"是，我这就去往衡州替您送信去。"

这仆人是个手脚勤快的，又想在主人面前表现一番，当即拿了信就出发了。

悲情

闺阁绣房内,纱帐垂帘,一憔悴美人横睡卧榻之上,近处一看,竟然是陪着王生上京赶考去了的倩女,却不知为何人在衡州。

不多会儿,梅香推开门进来,手上端着碗汤药。

似乎是闻到难闻的药味,睡着的人皱了皱眉,睁开眼睛醒过来,朦胧的视线触及梅香时怔愣了一下。

怎会,先前在我面前的不是王生吗?怎么变成了梅香……

倩女心中疑惑不解,却没多想,以为是这段时间相思成病后造成的错觉,便转而问道:"梅香,如今是什么时候了?"

"快四月了,春光将尽,院子里的花都谢了不少。"梅香答。她试了试药,觉得温度尚可才将药递给倩女服下,又拿出早就准备好的蜜饯罐子,挑出一枚蜜枣喂过去。

倩女放下碗,哀叹道:"春天都过去了,王生却毫无音讯,他就真的放得下我?"

梅香不解:"小姐,这王秀才才离开不到一年,你怎会这般挂念他?"

"你说才不到一年,我却觉得分离了数十年,相隔了几千里。见不到他,度日如年,院中翠竹怕是早就刻满了印记。"

"小姐为何不卜上一卦?兴许可得到神仙指点。"

"卜卦又有何用,那些解签的总说个囫囵意思,没个准,就连窗外枝头的喜鹊也不诚实,总是叫了,却不见王生回来。"

梅香无话可说,正巧老夫人几日未曾过来,今天特意亲自过来探望倩女。

梅香前去开门,老夫人问她:"小姐身体最近可还好?"

倩女自房内问:"是谁?"

梅香答:"是老夫人来看小姐呢!"

倩女蹙眉:"我每日只见到王生,几时见到母亲来过?"

张老夫人听见倩女说话,知她是醒来了,踱步进来,梅香赶紧上前扶住她。

张老夫人行至榻前,关切道:"孩儿,你感觉身体如何?"

倩女挣扎着想起身,却浑身酸软无力、头脑眩晕,差点又跌回床上。

老夫人赶紧扶住她,让她靠坐在一头:"你小心些,不要勉强自己了。"

"没想到我竟会沉疴又添新病,昏迷许久,感觉也许是死限将至,药石无医了。"

老夫人急了:"孩儿休要胡说,你还如此年轻,我请个良医来替你看病,肯定会好的。先前那些个,都是庸医!"

"那又能如何?"倩女轻飘飘道,神色茫然忧郁,"若他在这里,怕是比扁鹊华佗还有效,我这是相思害命。"

"我这就着人去请王生回来。"老夫人急忙起身,生怕慢了自己女儿就这样撒手去了，心里十分难受。

"现在去了，即使许诺他让他做东床快婿，怕也迟了。"

老夫人顿足："那王生去了，便没寄过信来？这是何意……"

"是何意？"倩女喃喃，"这我倒是猜得到，无非是两种，要么他是得了官娶了别人，要么他是没考上，羞归故里。"

老夫人将她揽入怀中轻轻拍着她的背："你休要多虑，养好身体才是，这般穷思竭虑实在有害，瞧你这憔悴模样，叫母亲心疼。母亲替你煮了些汤粥，你可要吃些？"

倩女病恹恹的，提不起精神来，此刻胃口也不甚好："母亲，若能与王生成就了燕尔新婚，强如吃龙肝凤胆。"

老夫人百感交集，她怎知倩女会因相思害病至此，即使悔不当初，也只能等王生回来再做打算了。

倩女见母亲难过，便道："母亲且去休息吧，我这会儿也昏沉起来，想再睡会儿。"

老夫人见她确实没什么精神，便对梅香嘱咐道："梅香，小姐身体不舒服，不要吵到她，让她好好休息，我们暂且先离开。"

断魂

倩女睡下后,又被人唤醒,却原来是王生。

"小姐,我来看你了。"

倩女怔愣,左右环视,却不似家中风景。

"这是哪里?"她呢喃。

王生以为她还未睡醒,温柔笑道:"小姐说的什么话,自然是我们租住的客栈了。小姐,我得了官了。"

王生显得十分高兴。

倩女似是恍然,记起这是放榜的日子。原来不是王生有负恩德,而是他状元及第,换却白衣,要去面圣授官了。

此刻王生那俊朗的面容更是意气风发,豪气干云。

王生同她说了会儿话,见时辰差不多了,道:"小姐,我还要去面圣,先走了。"

倩女不舍,正要开口,却突然惊醒,从床上猛地坐了起来,但因为浑身无力又倒了回去,发出一阵声响。

在外面候着的梅香听到声音进来,见到倩女露出古怪惊讶的模样,不解道:"小姐怎么了,怎么看上去这般大惊小怪?"

倩女平复了一下,将先前的事回忆了一番才小心翼翼道:"我方才梦见了王生,他跟我说他得了官。"

原本听说王生得了官,以为能成就好事,心中正万般欢喜,却不料只是南柯一梦,如此心中更是空落,寂寞难当。

这边暗自神伤,张府外王生差来送信的仆役已经到了门口,正等人通传。

话传到梅香这里。

"你是什么人,到我家做甚?"

那仆役打量了一番梅香,虽然一路问过来,都说这里就是张公弼家,但还是问清楚得好,也好叫主人知他办事牢靠。

仆役上前一步,行了个礼,道:"此处可是张公弼宅子么?"

梅香见他似是有事,便答:"这里就是,你问这做什么?"

仆役长舒一口气,道:"我是京师里来的,我家王相公得了官,差我寄家书来,说要告知家里老夫人知道。"

梅香一听,心想小姐的心愿可算是要达成了,便对仆役道:"劳烦你先在此等候,我同我家小姐说一声去。"

说罢,她转身进门,再也控制不住脚步,小跑进倩女的绣房,欢喜道:"小姐,小姐,王秀才真得了官,还派人送来家书哩!送信的人正在门口候着。"

倩女眼神一亮,顿时恢复了些精气神,吩咐道:"梅香,你去带他过来。"

"诶!"梅香应了一声,去门口领人。

仆役跟随梅香进来,见到倩女时心中咯噔一下,哎呀,这个小姐怎和我家夫人长得一模一样?

他内心惊诧,面上却不敢显现出来,否则他一个下人得罪了主人家,恐怕会不讨好。

"小姐,我是京师里王相公派来送信的。"

倩女道:"信呢?梅香,你将书信拿来我看看。"

仆役赶忙掏出书信双手呈上,梅香接过书信,见保存得十分完善,便递给自家小姐。

倩女迫不及待地拆开信,拿出里面的信纸轻轻一抖,却见信上写道:

寓都下小婿王文举拜上岳母座前:

自到阙下,一举状元及第。待受官之后,文举同小姐一时回家。万望尊慈垂照,不宣。

"我道他是为何迟迟不肯给音讯,却原来是有了新夫人!"倩女恼恨道,她满腔希望顿做空,气急攻心,竟然一下子晕倒了。

梅香惊慌地上前将人扶住,见着那仆役傻站在原处惊呆了的模样,气不打一处来,一跺脚,气愤道:"都怪你这送信的,我家小姐好不容易才醒来,又被你给气倒了,要是有个好歹,要你好看。"

仆役心中叫苦不迭,心中埋怨主人,已经娶了新夫人就算了,为什么还要派他来送信?原以为是平安信,却原来是封休书,害梅香打了他一顿,倒像是他的不是了。

自那日送信的离去后,倩女便心死如灰,只反复忆起王生在院子里温书的场景,想他清俊的容貌,想他诗中的才情,心中又怨恨又悔痛。为何母亲当初要做出那样的决定,否则她已经和王生成就燕好,又岂会像如今这般遭到抛弃,痛苦难当。

梅香劝说不得,只能陪着倩女流泪,眼见着她日渐消瘦。

还魂

春去秋来。

王生到京城应试至今日,已有三年,他向圣上奏请回衡州任职,圣上大恩,准许他衣锦还乡。

王生心中大喜,同倩女收拾好行囊一起还乡。

路上,倩女看着渐渐远去的京师城门和郊外遍地的杜鹃花,还一脸如梦初醒的神情。

"王郎,我总感觉自己像在做梦一般,也不知哪里才是真实的。"她看着眼前意气风发的心上人,想从他俊朗的脸上看出什么答案来,将往事从头回忆至今,也确实像一场梦境,"梦里我抛家弃业却反遭抛弃。"

"你若不知道哪里是真实的,我便告诉你,现在就是真实的。你陪着我上了京师,我得了官,现在正要与你回到家乡去。我们会成亲,举案齐眉,相守到老。"

倩女耳根一片薄红,只觉得王生今日嘴甜了许多。

她心中觉得自己眼光是顶好的,以王生内才与外才相称的品性,不由得人不一见倾心,因他窃魂夺智都是情有可原的。

王生见她神游天外，担心她摔着了，打马过去："夫人小心些，兜住马慢慢走就好了。"

去时倩女追赶王生，心中忧郁烦恼，一路上未曾好好瞧过风景，回程则是与王生一同衣锦还乡，心境完全不同，看那花草蜂蝶，全都是好风光。

他夫妻二人并马而行，郎才女貌，一路上吸引了许多羡慕的眼光。

倩女思量着，这回王生得了官，母亲定会收回那些不中听的话，他二人现在是门当户对，又岂愿意再用哥哥妹妹相称。

眼见着快到衡州张府了，王生道："夫人，一会儿到了家中，我先去见老夫人，给她告罪，免得她怪罪你，你离家许久，我也有莫大的责任。"

倩女应了，在外等候他。

进入厅中，王生一见到张老夫人，就跪下磕头诚恳认错："母亲，还望你能饶恕孩儿罪过。"

老夫人见王生回来，本是惊喜万分，却见他突然"扑通"一声跪在面前认错，一时摸不着头脑，故问道："孩儿因何有罪？"

王生道："小生未经母亲允许，私自带小姐上京。"

老夫人惊讶，仔细打量他，见他不似在说假话，更加奇怪了："倩女现今染病在床，又曾何时出过门？你说的那个小姐在哪里？"

王生一愣，老夫人说倩女在家中，但倩女确确实实在京中陪了他三年，老夫人又没有理由骗他，这究竟是怎么回事？

老夫人道："自从你上京赶考后，倩女便忧思成疾，每日烦恼不曾转好，看过无数大夫都没有什么用处，眼看着憔悴不成人形，哪里还能出门呢？你所见到的倩女恐怕是鬼魅妖精吧。"

王生听老夫人说倩女一直卧病在床，伶仃伤情，又想到这么长时间来，陪伴在自己身边的是个冒用倩女名声戏耍自己的鬼魅，心中又怒又气，拔出佩剑折返门口，指着等在门口的倩女斥道："你是哪里来的妖精，母亲说小姐一直在府中未曾出门，你快从实招来。若不实说，休怪我无情，一剑将你挥做两段！"

倩女惊惶，不明白王生去了一趟后态度怎么就变成这样："郎君，你怎么了？"

王生将方才厅中所知的事情与她说了一道，倩女好似有所觉。这其中的古怪她也不是一点都未曾察觉，当初就觉得自己恍若做梦，如今出现两个倩女，怕真是还在梦里头，

倩女道："郎君，我是不是妖精，这些年的相处，你难道还没有一个判断吗？你放我进去，我亲自和母亲对证。"

王生还在犹豫，张老夫人已经出来了，见到倩女，心中咯噔一下，面前这人确实是跟自己女儿一模一样，若说是个妖精，可神情举止竟也和倩女一般。

犹豫半晌，张老夫人拦住王生，道："她道她不是妖精，你着她去倩女房中看看，梅香也在里头，看她认不认得。"

王生听从老夫人之言，带着这个倩女去了绣房。

"倩女"蓦然进入绣房中,脚步一晃,骤然神魂不宁,瞧着房间里那熟悉的摆设,又见到一个年少的丫鬟拥着个半死不活的佳人不停地呼唤着。等她见到那佳人的面庞,心中顿悟,将所有的一切都记起来了。

王生猛一回头,却见原本跟在身后的"倩女"已经不见了,她竟是如同魂状飘到上方,与梅香怀中的小姐合并为一了。

梅香最先看到在前头的王生,眼睛一亮,欣喜地朝怀中的倩女喊道:"小姐,小姐,是姐夫回来了!"

原本昏睡着的倩女幽幽转醒,听到梅香的话,便问:"王郎在哪里呢?"

王生也顾不得什么,上前问:"小姐是怎么回事?"

梅香摇摇头表示自己也不知道,只说:"刚才在你身后的小姐附到了小姐身上,小姐就醒过来了。"

倩女见到王生,眼神幽怨,责怪王生辜恩负德,远走京师连个消息也不回,还当是他忘了自己。

王生道:"小生得官后分明着人寄过家书回来,小姐怎生误会?那信呢?"

一想起那信,倩女就气不打一处来:"好你个王生,得了官传信回来说得不明不白,还当你另娶了新夫人,我一时怨愤难当,将信给撕了。"

王生好笑,当初就是怕时间久了惹人猜想,才寄了家书回来,哪晓得那封家书倒让人胡乱猜想了,也真是过错。

这件事情他搞清楚了,但他心中还有一丝疑惑:"小姐你分明在京中陪了我三年，怎又会在家中？而今日两个小姐竟然合为一体。"

倩女解释道："当日在折柳亭送别郎君后，心中难以放下，只想着随郎君一道去了。哪晓得本是心中所想，竟然分出个身外身，一个随着你上京应试，一个在家中憔悴病损。若要真用个词来形容，便是倩女离魂了。"

张老夫人赶巧过来，听到这一席话，也是十分惊异："天下竟然有如此异事！诚心打动上苍，也合该你们是天作佳缘。今日是良辰吉日，王生又得了官，老身就做主为你两口儿成就亲事。"

张老夫人命人杀羊摆酒，要摆个大大的喜庆筵席。

倩女与王生终于共结连理，成就了一段佳话。

迷青琐倩女离魂

◎ 郑光祖 著

《迷青琐倩女离魂》讲述的是一个富有浪漫色彩的爱情故事,取材于唐传奇《离魂记》。

倩女自由的灵魂代表了女性对爱情婚姻的渴望与追求,痛苦的肉体展现了现实中女性在礼教禁锢下,面对爱情与婚姻矛盾的无奈。该剧的问世更是对"离魂"类题材创作的继承与超越,对后世小说、戏曲的创作产生极大影响。

楔子

（旦扮夫人引从人上，诗云）花有重开日，人无再少年。休道黄金贵，安乐最值钱。老身姓李，夫主姓张，早年间亡化已过。止有一个女孩儿，小字倩女，年长一十七岁。孩儿针指女工，饮食茶水，无所不会。先夫在日，曾与王同知家指腹成亲，王家生的是男，名唤王文举。此生年纪今长成了，闻他满腹文章，尚未娶妻。老身也曾数次寄书去，孩儿说要来探望老身，就成此亲事。下次小的每，门首看着，若孩儿来时，报的我知道。

（正末扮王文举上，云）黄卷青灯一腐儒，三槐九棘位中居。世人只说文章贵，何事男儿不读书。小生姓王，名文举。先父任衡州同知，不幸父母双亡。父亲存日，曾与本处张公弼指腹成亲，不想先母生了小生，张宅生了一女，因伯父下世，不曾成此亲事。岳母数次寄书来问。如今春榜动，选场开，小生一者待往长安应举，二者就探望岳母，走一遭去。可早来到也。左右，报复去，道有王文举在于门首。

（从人报科，云）报的夫人知道：外边有一个秀才，说是王文举。

（夫人云）我语未悬口，孩儿早到了。道有请。

（做见科）

（正末云）孩儿一向有失探望，母亲请坐，受你孩儿几拜。

（做拜科）

（夫人云）孩儿请起，稳便。

（正末云）母亲，你孩儿此来，一者拜候岳母，二者上朝进取去。

（夫人云）孩儿请坐。下次小的每，说与梅香，绣房中请出小姐来，拜哥哥者。

（从人云）理会的。后堂传与小姐，老夫人有请。

（正旦引梅香上，云）妾身姓张，小字倩女，年长一十七岁。不幸父亲亡逝已过。父亲在日，曾与王同知指腹成亲，后来王宅生一子，是王文举，俺家得了妾身。不想王生父母双亡，不曾成就这门亲事。今日母亲在前厅上呼唤，不知有甚事。梅香，跟我见母亲去来。

（梅香云）姐姐行动些。

（做见科）

（正旦云）母亲，唤您孩儿有何事？

（夫人云）孩儿，向前拜了你哥哥者。

（做拜科）

（夫人云）孩儿，这是倩女小姐。且回绣房中去。

（正旦出门科，云）梅香，咱那里得这个哥哥来？

（梅香云）姐姐，你不认的他？则他便是指腹成亲的王秀才。

（正旦云）则他便是王生？俺母亲着我拜为哥哥，不知主何意也呵?

【仙吕】【赏花时】

（正旦唱）他是个娇帽轻衫小小郎，我是个绣帔香车楚楚娘，恰才貌正相当。俺娘向阳台路上，高筑起一堵雨云墙。

【幺篇】

（正旦唱）可待要隔断巫山窈窕娘，怨女鳏男各自伤，不争你左使着一片黑心肠。你不拘箝我可倒不想，你把我越间阻越思量。

（同梅香下）

（夫人云）下次小的每，打扫书房。着孩儿安下，温习经史，不要误了茶饭。

（正末云）母亲，休打扫书房，您孩儿便索长行，往京师应举去也。

（夫人云）孩儿，且住一两日，行程也未迟哩。

（诗云）试期尚远莫心焦，且在寒家过几朝。

（正末诗云）只为禹门浪暖催人去，因此匆匆未敢问桃夭。

（同下）

第一折

（正旦引梅香上，云）妾身倩女，自从见了王生，神魂驰荡。谁想俺母亲悔了这亲事，着我拜他做哥哥，不知主何意思？当此秋景，是好伤感人也呵！

〔仙吕〕〔点绛唇〕

（正旦唱）捱彻凉宵，飒然惊觉，纱窗晓。落叶萧萧，满地无人扫。

〔混江龙〕

（正旦唱）可正是暮秋天道，尽收拾心事上眉梢，镜台儿何曾览照，绣针儿不待拈着。常恨夜坐窗前烛影昏，一任晚妆楼上月儿高。俺本是乘鸾艳质，他须有中雀丰标。苦被煞尊堂间阻，争把俺情义轻抛。空误了幽期密约，虚过了月夕花朝。无缘配合，有分煎熬。情默默难解自无聊，病恹恹则怕娘知道。窥之远天宽地窄，染之重梦断魂劳。

（梅香云）姐姐，你省可里烦恼。

（正旦云）梅香，似这等，几时是了也？

[油葫芦]

（正旦唱）他不病倒，我猜着敢消瘦了。被拘箝的不忿心，教他怎动脚？虽不是路迢迢，早情随着云渺渺，泪洒做雨潇潇。不能勾傍阑干数曲湖山靠，恰便似望天涯一点青山小。（带云）秀才他寄来的诗，也埋怨俺娘哩。（唱）他多管是意不平，自发扬，心不遂，闲缀作，十分的卖风骚，显秀丽，夸才调。我这里详句法，看挥毫。

[天下乐]

（正旦唱）只道他读书人志气高，元来这凄凉，甚日了。想俺这孤男寡女忒命薄！我安排着鸳鸯宿锦被香，他盼望着鸾凤鸣琴瑟调，怎做得蝴蝶飞锦树绕。

（梅香云）姐姐，那王秀才生的一表人物，聪明浪子，论姐姐这个模样，正和王秀才是一对儿。姐姐，且宽心，省烦恼。

（正旦云）梅香，似这般，如之奈何也！

[那吒令]

（正旦唱）我一年一日过了，团圆日较少；三十三天觑了，离恨天最高；四百四病害了，相思病怎熬。（带云）他如今待应举去呵！（唱）千里将凤阙攀，一举把龙门跳，接丝鞭总是妖娆。

（梅香云）姐姐，那王生端的内才外才相称也。

〔鹊踏枝〕

（正旦唱）据胸次，那英豪；论人物，更清高。他管跳出黄尘，走上青霄。又不比闹清晓茅檐燕雀，他是掣风涛混海鲸鳌。

（带云）梅香，那书生呵！

〔寄生草〕

（正旦唱）他拂素楮鹅溪茧，蘸中山玉兔毫。不弱如骆宾王夜作论天表，也不让李太白醉写平蛮稿，也不比汉相如病受征贤诏。他辛勤十年书剑洛阳城，决峥嵘一朝冠盖长安道。

（梅香云）姐姐，王生今日就要上朝应举去，老夫人着俺折柳亭与哥哥送路哩。

（正旦云）梅香，咱折柳亭与王生送路去来。

（同下）

（正末同夫人上，云）母亲，今日是吉日良辰，你孩儿便索长行，往京师进取去也。

（夫人云）孩儿，你既是要行，我在这折柳亭上与你饯行。小的每，请小姐来者。

（正旦引梅香上，云）母亲，孩儿来了也。

（夫人云）孩儿，今日在这折柳亭与你哥哥送路，你把一杯酒者。

（正旦云）理会的。（把酒科，云）哥哥，满饮一杯。

（正末饮科，云）母亲，你孩儿今日临行，有一言动问：当初先父母曾与母亲指腹成亲，俺母亲生下小生，母亲添了小姐。后来小生父母双亡，数年光景，不曾成此亲事。小生特来拜望母亲,就问这亲事。母亲着小姐以兄妹称呼,不知主何意?小生不敢自专,母亲尊鉴不错。

(夫人云)孩儿,你也说的是。老身为何以兄妹相呼?俺家三辈儿不招白衣秀士。想你学成满腹文章,未曾进取功名。你如今上京师,但得一官半职,回来成此亲事,有何不可?

(正末云)既然如此,索是谢了母亲,便索长行去也。

(正旦云)哥哥,你若得了官时,是必休别接了丝鞭者!

(正末云)小姐但放心,小生得了官时,便来成此亲事也。

(正旦云)好是难分别也呵!

〔村里迓鼓〕

(正旦唱)则他这渭城朝雨,洛阳残照,虽不唱阳关曲本,今日来祖送长安年少。兀的不取次弃舍,等闲抛掉,因而零落!(做叹科,云)哥哥!(唱)恰楚泽深,秦关杳,泰华高。叹人生离多会少!

(正末云)小姐,我若为了官呵,你就是夫人县君也。

〔元和令〕

(正旦唱)杯中酒和泪酌,心间事对伊道。似长亭折柳赠柔条,哥哥,你休有上梢没下梢。从今虚度可怜宵,奈离愁不了!

(正末云)往日小生也曾挂念来。

(正旦云)今日更是凄凉也!

〔上马娇〕

（正旦唱）竹窗外响翠梢，苔砌下深绿草，书舍顿萧条，故园悄悄无人到。恨怎消，此际最难煞！

〔游四门〕

（正旦唱）抵多少彩云声断紫鸾箫，今夕何处系兰桡。片帆休遮西风恶，雪卷浪淘淘。岸影高，千里水云飘。

〔胜葫芦〕

（正旦唱）你是必休做了冥鸿惜羽毛。常言道好事不坚牢，你身去休教心去了。对郎君低告，恰梅香报道，恐怕母亲焦。

（夫人云）梅香，看车儿着小姐回去。

（梅香云）姐姐，上车儿者。

（正末云）小姐请回，小生便索长行也。

〔后庭花〕

（正旦唱）我这里翠帘车先控着，他那里黄金镫懒去挑。我泪湿香罗袖，他鞭垂碧玉梢。望迢迢恨堆满西风古道，想急煎煎人多情人去了，和青湛湛天有情天亦老。俺气氲氲喟然声不定交，助疏剌剌动羁怀风乱扫，滴扑簌簌界残妆粉泪抛，洒细濛濛浥香尘暮雨飘。

〔柳叶儿〕

（正旦唱）见淅零零满江干楼阁，我各剌剌坐车儿懒过溪桥，他矻蹬蹬马蹄儿俍上皇州道。我一望望伤怀抱，他一步步待回镳，早一程程水远山遥。

（正末云）小姐放心，小生得了官，便来取你。小姐请上车儿回去罢。

〔赚煞〕

（正旦唱）从今后只合题恨写芭蕉，不索占梦揲蓍草，有甚心肠更珠围翠绕？我这一点真情魂缥渺，他去后不离了前后周遭。厮随着，司马题桥，也不指望驷马高车显荣耀。不争把琼姬弃却，比及盼子高来到，早辜负了碧桃花下凤鸾交。

（同梅香下）

（正末云）你孩儿则今日拜别了母亲，便索长行也。左右，将马来，则今日进取功名，走一遭去。（下）

（夫人云）王秀才去了也，等他得了官回来，成就这门亲事，未为迟哩。（下）

第二折

（夫人慌上，云）欢喜未尽，烦恼又来。自从倩女孩儿在折柳亭与王秀才送路，辞别回家，得其疾病，一卧不起。请的医人看治，不得痊可，十分沉重，如之奈何？则怕孩儿思想汤水吃，老身亲自去绣房中探望一遭去来。（下）

（正末上，云）小生王文举，自与小姐在折柳亭相别，使小生切切于怀，放心不下。今舣舟江岸，小生横琴于膝，操一曲以适闷咱。（做抚琴科）

（正旦别扮离魂上，云）妾身倩女，自与王生相别，思想的无奈，不如跟他同去，背着母亲，一径的赶来。王生也，你只管去了，争知我如何过遣也呵！

〔越调〕〔斗鹌鹑〕

（魂旦唱）人去阳台，云归楚峡。不争他江渚停舟，几时得门庭过马？悄悄冥冥，潇潇洒洒，我这里踏岸沙，步月华。我觑这万水千山，都只在一时半霎。

〔紫花儿序〕

（魂旦唱）想倩女心间离恨，赶王生柳外兰舟，似盼张骞天上浮槎。汗溶溶琼珠莹脸，乱松松云髻堆鸦，走的我筋力疲乏。你莫不夜泊秦淮卖酒家，向断桥西下，疏刺刺秋水菰蒲，冷清清明月芦花。

（魂旦云）走了半日，来到江边，听的人语喧闹，我试觑咱。

〔小桃红〕

（魂旦唱）我蓦听得马嘶人语闹喧哗，掩映在垂杨下。唬的我心头乑乑那惊怕，原来是响珰珰鸣榔板捕鱼虾。我这里顺西风悄悄听沉罢，趁着这厌厌露华，对着这澄澄月下，惊的那呀呀呀寒雁起平沙。

〔调笑令〕

（魂旦唱）向沙堤款踏，莎草带霜滑。掠湿湘裙翡翠纱，抵多少苍苔露冷凌波袜。看江上晚来堪画，玩冰壶潋滟天上下，似一片碧玉无瑕。

〔秃厮儿〕

（魂旦唱）你觑远浦孤鹜落霞，枯藤老树昏鸦。听长笛一声何处发，歌欸乃，橹咿哑。

（魂旦云）兀那船头上琴声响，敢是王生？我试听咱。

【圣药王】

（魂旦唱）近蓼洼，缆钓槎，有折蒲衰柳老蒹葭。傍水凹，折藕芽，见烟笼寒水月笼沙，茅舍两三家。

（正末云）这等夜深，只听得岸上女人音声，好似我倩女小姐，我试问一声波。（做问科，云）那壁不是倩女小姐么？这早晚来此怎的？

（魂旦相见科，云）王生也，我背着母亲，一径的赶将你来，咱同上京去罢。

（正末云）小姐，你怎生直赶到这里来？

【麻郎儿】

（魂旦唱）你好是舒心的伯牙，我做了没路的浑家。你道我为甚么私离绣榻？待和伊同走天涯。

（正末云）小姐是车儿来，是马儿来？

【幺】

（魂旦唱）险把、咱家、走乏。比及你远赴京华，薄命妾为伊牵挂，思量心几时撒下。

【络丝娘】

（魂旦唱）你抛闪咱，比及见咱，我不瘦杀，多应害杀。（正末云）若老夫人知道怎了也？（魂旦唱）他若是赶上咱，待怎么？常言道做着不怕！

（正末做怒科，云）古人云：聘则为妻，奔则为妾。老夫人许了亲事，待小生得官回来，谐两姓之好，却不名正言顺！你今私自赶来，有玷风化，是何道理？

（魂旦云）王生！

〔雪里梅〕

（魂旦唱）你振色怒增加，我凝睇不归家。我本真情非为相吓，已主定心猿意马。

（正末云）小姐，你快回去罢！

〔紫花儿序〕

（魂旦唱）只道你急煎煎趱登程路，元来是闷沉沉困倚琴书，怎不教我痛煞煞泪湿琵琶。有甚心着雾鬓轻笼蝉翅，双眉淡扫宫鸦。似落絮飞花，谁待问出外争如只在家。更无多话，愿秋风驾百尺高帆，尽春光付一树铅华。

（魂旦云）王秀才，赶你不为别，我只防你一件。

（正末云）小姐防我那一件来？

〔东原乐〕

（魂旦唱）你若是赴御宴琼林罢，媒人每拦住马，高挑起染渲佳人丹青画，卖弄他生长在王侯宰相家。你恋着那奢华，你敢新婚燕尔在他门下？

（正末云）小生此行，一举及第，怎敢忘了小姐！

（魂旦云）你若得登第呵——

〔棉搭絮〕

（魂旦唱）你做了贵门娇客，一样矜夸。那相府荣华，锦绣堆压，你还想飞入寻常百姓家？那时节似鱼跃龙门播海涯，饮御酒、插宫花，那其间占鳌头、占鳌头登上甲。

（正末云）小生倘不中呵，却是怎生？

（魂旦云）你若不中呵，妾身荆钗裙布，愿同甘苦。

〔拙鲁速〕

（魂旦唱）你若是似贾谊困在长沙，我敢似孟光般显贤达。休想我半星儿意差，一分儿抹搭。我情愿举案齐眉傍书榻，任粗粝淡薄生涯，遮莫戴荆钗穿布麻。

（正末云）小姐既如此真诚志意，就与小生同上京去，如何？

（魂旦云）秀才肯带妾身去呵，

〔么篇〕

（魂旦唱）把梢公快唤咱，恐家中厮捉拿。只见远树寒鸦，岸草汀沙，满目黄花，几缕残霞。快先把云帆高挂，月明直下，便东风刮，莫消停，疾进发。

（正末云）小姐，则今日同我上京应举去来。我若得了官，你便是夫人县君也。

〔收尾〕

（魂旦唱）各刺刺向长安道上把车儿驾，但愿得文苑客当时奋发。则我这临邛市沽酒卓文君,甘伏侍你濯锦江题桥汉司马。

（同下）

第三折

（正末引祗从上，云）小官王文举，自到都下，撺过卷子，小官日不移影，应对万言，圣人大喜，赐小官状元及第。夫人也随小官至此。我如今修一封平安家书，差人岳母行报知。左右的，将笔砚来。（做写书科，云）写就了也。我表白一遍咱："寓都下小婿王文举，拜上岳母座前：自到阙下，一举状元及第。待授官之后，文举同小姐一时回家。万望尊慈垂照。不宣。"书已写了，左右的，与我唤张千来。

（净扮张千上，诗云）我做伴当实是强，公差干事多的当。一日走了三百里，第二日刚刚捱下炕。自家张千的便是。状元爷呼唤，须索走一遭去。（做见科，云）爷唤张千那厢使用？

（正末云）张千，你将这一封平安家信，直至衡州，寻问张公弼家投下。你见了老夫人，说我得了官也。你小心在意者。

（净接书，云）张千知道了，我将着这一封书，直至衡州走一遭去。

（同下）

（老夫人上，云）谁想倩女孩儿自与王生别后，卧病在床，或

言或笑,不知是何症候。这两日不曾看他,老身须亲看去。(下)

(正旦抱病,梅香扶上,云)自从王秀才去后,一卧不起,但合眼便与王生在一处,则被这相思病害杀人也呵!

〔中吕〕〔粉蝶儿〕

(正旦唱)自执手临岐,空留下这场憔悴,想人生最苦别离。说话处少精神,睡卧处无颠倒,茶饭上不知滋味。似这般废寝忘食,折挫得一日瘦如一日。

〔醉春风〕

(正旦唱)空服遍暝眩药不能痊,知他这腌臜病何日起?要好时直等的见他时,也只为这症候因他上得,得。一会家缥缈呵忘了魂灵,一会家精细呵使着躯壳,一会家混沌呵不知天地。
(正旦云)我眼里只见王生在面前,原来是梅香在这里。梅香,如今是甚时候了?
(梅香云)如今春光将尽,绿暗红稀,将近四月也。

〔迎仙客〕

(正旦唱)日长也愁更长,红稀也信尤稀。(带云)王生,你好下的也!(唱)春归也奄然人未归。(梅香云)姐姐,俺姐夫去了未及一年,你如何这等想他?(正旦唱)我则道相别也数十年,我则道相隔着几万里。为数归期,则那竹院里刻遍琅玕翠。

【红绣鞋】

（正旦唱）去时节杨柳西风秋日，如今又过了梨花暮雨寒食。（梅香云）姐姐，你可曾卜一卦么？（正旦唱）则兀那龟儿卦无定准、枉央及，喜蛛儿难凭信，灵鹊儿不诚实，灯花儿何太喜。

（夫人上，云）来到孩儿房门首也。梅香，你姐姐较好些么？

（正旦云）是谁？

（梅香云）是奶奶来看你哩。

（正旦云）我每日眼界只见王生，那曾见母亲来？

（夫人见科，云）孩儿，你病体如何？

【普天乐】

（正旦唱）想鬼病最关心，似宿酒迷春睡。绕晴雪杨花陌上，趁东风燕子楼西。抛闪杀我年少人，辜负了这韶华日。早是离愁添萦系，更那堪景物狼籍。愁心惊一声鸟啼，薄命趁一春事已，香魂逐一片花飞。

（正旦昏科）

（夫人云）孩儿，你挣挫些儿！

（正旦醒科）

【石榴花】

（正旦唱）早是俺抱沉疴添新病发昏迷，有也则是死限紧相催逼，膏肓针灸不能及。（夫人云）我请个良医来调治你。（正旦唱）若是他来到这里，煞强如请扁鹊卢医。（夫人云）我如今着人请王生去。(正旦唱)把似请他时便许做东床婿,到如今悔后应迟。(夫人云)王生去了,再无音信寄来。(正旦唱)他不寄个报喜的信息缘何意,有两件事我先知。

〔斗鹌鹑〕

（正旦唱）他得了官别就新婚,剥落呵羞归故里。(夫人云)孩儿休过虑,且将息自己。(正旦唱)眼见的千死千休,折倒的半人半鬼。为甚这思竭损的枯肠不害饥,苦恹恹一肚皮。(夫人云)孩儿吃些汤粥。(正旦云)母亲,（唱）若肯成就了燕尔新婚,强如吃龙肝凤髓。

（正旦云）我这一会昏沉上来,只待睡些儿哩。

（夫人云）梅香,休要吵闹,等他歇息,我且回去咱。

（夫人同梅香下）

（正旦睡科）

（正末上,见旦科,云）小姐,我来看你哩！

（正旦云）王生,你在那里来？

（正末云）小姐,我得了官也！

〔上小楼〕

（正旦唱）则道你辜恩负德,你原来得官及第。你直叩丹墀,夺得朝章,换却白衣。觑面仪,比向日、相别之际,更有三千丈五陵豪气。

（正末云）小姐,我去也。（下）

（正旦醒科,云）分明见王生,说得了官也,醒来却是南柯一梦！

〔幺篇〕

（正旦唱）空疑惑了大一会，恰分明这搭里。俺淘写相思，叙问寒温，诉说真实。他紧摘离，我猛跳起，早难寻难觅，只见这冷清清半竿残日。

（梅香上，云）姐姐，为何大惊小怪的？

（正旦云）我恰才梦见王生，说他得了官也！

〔十二月〕

（正旦唱）元来是一枕南柯梦里，和二三子文翰相知。他访四科习五常典礼，通六艺有七步才识，凭八韵赋纵横大笔，九天上得遂风雷。

〔尧民歌〕

（正旦唱）想十年身到凤凰池，和九卿相八元辅劝金杯。则他那七言诗六合里少人及，端的个五福全，四气备，占伦魁，震三月春雷。双亲行先报喜，都为这一纸登科记。

（净上，云）自家张千的便是。奉俺王相公言语，差来衡州下家书。寻问张公弼宅子，人说这里就是。（做见梅香科，云）姐姐，唱喏哩！

（梅香云）兀那厮，你是甚么人？

（净云）这里敢是张相公宅子么？

（梅香云）则这里就是，你问怎的？

（净云）我是京师来的。俺王相公得了官也，着我寄书来与家里夫人知道。

（梅香云）你则在这里，我和小姐说去。（见正旦科，云）姐姐，王秀才得了官也！着人寄家书来，现在门首哩！

（正旦云）着他过来！

（梅香见净，云）兀那寄书的，过去见小姐。

（净见正旦，惊科，背云）一个好夫人也，与我家奶奶生的一般儿！（回云）我是京师王相公差我寄书来与夫人。

（正旦云）梅香，将书来我看。

（梅香云）兀那汉子，将书来。

（净递书科）

（正旦念书科，云）"寓都下小婿王文举，拜上岳母座前：自到阙下，一举状元及第。待授官之后，文举同小姐一时回家。万望尊慈垂照。不宣。"他原来有了夫人也，兀的不气杀我也！

（气倒科）

（梅香救科，云）姐姐，苏醒者！

（正旦醒科）

（梅香云）都是这寄书的！（做打净科）

（正旦云）王生，则被你痛杀我也！

〔哨遍〕

（正旦唱）将往事从头思忆，百年情只落得一口长吁气。为甚么把婚聘礼不曾题？恐少年堕落了春闱。想当日在竹边书舍，柳外离亭，有多少徘徊意。争奈匆匆去急，再不见音容潇洒，空留下这词翰清奇。把巫山错认做望夫石，将小简帖联做《断肠集》。恰微雨初阴，早皓月穿窗，使行云易飞。

【耍孩儿】

（正旦唱）俺娘把冰绡剪破鸳鸯只，不忍别远送出阳关数里。此时无计住雕鞍，奈离愁与心事相随。愁萦遍垂杨古驿丝千缕，泪添满落日长亭酒一杯。从此去孤辰限凄凉日，忆乡关愁云阻隔，着床枕鬼病禁持。

【四煞】

（正旦唱）都做了一春鱼雁无消息，不甫能一纸音书盼得，我则道春心满纸墨淋漓，原来比休书多了个封皮。气的我痛如泪血流难尽，争些魂逐东风吹不回。秀才每心肠黑，一个个贫儿乍富，一个个饱病难医。

【三煞】

（正旦唱）这秀才则好谒僧堂三顿斋，则好拨寒炉一夜灰，则好教偷灯光凿透邻家壁，则好教一场雨淹了中庭麦，则好教半夜雷轰了荐福碑。不是我闲淘气，便死呵死而无怨，待悔呵悔之何及。

【二煞】

（正旦唱）倩女呵病缠身，则愿的天可怜。梅香呵，我心事则除是你尽知，望他来表白我真诚意。半年甘分耽疾病，镇日无心扫黛眉。不甫能挨得到今日，头直上打一轮皂盖，马头前列两行朱衣。

【尾煞】

（正旦唱）并不闻琴边续断弦，倒做了山间滚磨旗。划地接丝鞭别娶了新妻室，这是我弃死忘生落来的！

（梅香扶正旦下）

（净云）都是俺爷不是了！你娶了老婆便罢，又着我寄纸书来做什么？我则道是平安家信，原来是一封休书，把那小姐气死了，梅香又打了我一顿。想将起来，都是俺爷不是了！

（诗云）想他做事没来由，寄的书来惹下愁。若还差我再寄信，只做乌龟缩了头。（下）

第四折

（正末上，云）欢来不似今朝，喜来那逢今日。小官王文举，自从与夫人到于京师，可早三年光景也。谢圣恩可怜，除小官衡州府判，着小官衣锦还乡。左右，收拾行装，辆起细车儿。小官同夫人往衡州赴任去。则今日好日辰，便索长行也。

（魂旦上，云）相公，我和你两口儿衣锦还乡，谁想有今日也呵！

〔黄钟〕〔醉花阴〕

（魂旦唱）行李萧萧倦修整，甘岁月淹留帝京。只听的花外杜鹃声，催起归程。将往事从头省，我心坎上犹自不惺惺，做了场弃业抛家恶梦境。

〔喜迁莺〕

（魂旦唱）据才郎心性，莫不是向天公买拨来的聪明？那更内才外才相称，一见了不由人不动情。忒志诚，兀的不倾了人性命，引了人魂灵！

（正末云）小姐，兜住马慢慢地行将去。

〔出队子〕

（魂旦唱）骑一匹龙驹畅好口硬，恰便似驮张纸不恁般轻。腾腾腾收不住玉勒常是虚惊，火火火坐不稳雕鞍划地眼生，撒撒撒挽不定丝僵则待揎行。

〔刮地风〕

（魂旦唱）行了些这没撒和的长途有十数程，越恁的骨瘦蹄轻。暮春天景物撩人兴，更见景留情。怪的是满路花生，一攒攒绿杨红杏，一双双紫燕黄莺，一对蜂，一对蝶，各相比并。想天公知他是怎生，不肯教恶了人情。

〔四门子〕

（魂旦唱）中间里列一道红芳径，教俺美夫妻并马儿行。咱如今富贵还乡井，方信道耀门闾昼锦荣。若见俺娘，那一会惊，刚道来的话儿不中听。是这等门厮当，户厮撑，怎教咱做妹妹哥哥答应？

〔古水仙子〕

（魂旦唱）全不想这姻亲是旧盟，则待教祆庙火刮刮匝匝烈焰生，将水面上鸳鸯忒楞楞腾分开交颈。疏剌剌沙鞴雕鞍撒了锁鞚，厮琅琅汤偷香处喝号提铃，支楞楞争弦断了不续碧玉筝，吉丁丁珰精砖上摔破菱花镜，扑通通冬井底坠银瓶。

（正末云）早来到家中也。小姐，我先过去。（做见跪云）母亲，望饶恕孩儿罪犯则个！

（夫人云）你有何罪？

（正末云）小生不合私带小姐上京，不曾告知。

（夫人云）小姐现今染病在床，何曾出门？你说小姐在哪里？

（魂旦见科）

（夫人云）这必是鬼魅！

〔古寨儿令〕

（魂旦唱）可怜我伶仃、也那伶仃，阁不住两泪盈盈。手拍着胸脯自招承，自感叹，自伤情，自懊悔，自由性。

〔古神仗儿〕

（魂旦唱）俺娘他毒害的有名，全无那子母面情。则被他将一个痴小冤家，送的来离乡背井。每日价烦烦恼恼，孤孤另另。少不得厌煎成病，断送了泼残生。

（正末云）小鬼头，你是何处妖精？从实说来！若不实说，一剑挥之两段。（做拔剑砍科）

（魂旦惊科，云）可怎了也！

〔幺篇〕

（魂旦唱）没揣的一声狠似雷霆，猛可里唬一惊丢了魂灵。这的是俺娘的弊病，要打灭丑声，佯做个吒挣，妖精也甚精？男儿也，看我这旧恩情，你且放我去与夫人亲折证。

（夫人云）王秀才，且留人，他道不是妖精，着他到房中看，那个是伏侍他的梅香？

（梅香扶正旦昏睡科）

（魂旦见科）

〔挂金索〕

（魂旦唱）蓦入门庭，则教我立不稳行不正；望见首饰妆奁，志不宁心不定。见几个年少丫鬟，口不住手不停；拥着个半死佳人，唤不醒呼不应。

〔尾声〕

（魂旦唱）猛地回身来合并，床儿畔一盏孤灯。兀良，早则照不见伴人清瘦影。

（魂旦附正旦体科，下）

（梅香做叫科，云）小姐！小姐！王姐夫来了也！

（正旦醒科，云）王郎在那里？

（正末云）小姐在那里？

（梅香云）恰才那个小姐，附在俺小姐身上，就苏醒了也。

（旦、末相见科）

（正末云）小生得官后，着张千曾寄书来。

〔侧砖儿〕

（正旦唱）哎！你个辜恩负德王学士，今日也有称心时。不甫能盼得音书至，倒揣与我个闷弓儿！

〔竹枝歌〕

（正旦唱）打听为官折了桂枝，别取了新婚甚意思？着妹妹目下恨难支，把哥哥闲传示。则问这小妮子，被我都撧撧的扯做纸条儿。

（正末云）小姐分明在京，随我三年，今日如何合为一体？

〔水仙子〕

（正旦唱）想当日暂停征棹饮离尊，生恐怕千里关山劳梦频。没揣的灵犀一点潜相引，便一似生个身外身。一般般两个佳人，那一个跟他取应，这一个淹煎病损。母亲，则这是倩女离魂。

（夫人云）天下有如此异事！今日是吉日良辰，与你两口儿成其亲事。小姐就受五花官诰，做了夫人县君也。一面杀羊造酒，做个大大庆喜的筵席。

（诗云）凤阙诏催征举子，阳关曲惨送行人。调素琴王生写恨，迷青锁倩女离魂。

题目　调素琴王生写恨
正名　迷青琐倩女离魂

风筝误

春寒料峭乍晴时,睡起纱窗日影移。
何处风筝吹断线?吹来落在杏花枝。

大年初一,满处素雪银装,红绸系柳。戚家也已经换了门神对联,一派新年气象。

韩琦仲拢着衣裳看墙根下的孩童放鞭炮,小孩儿的家人在其身后一迭声地嘱咐着别炸坏了新衣裳。

他神情温和地看着不远处的大人数落自家的孩子,脸上微微有些笑意。其实对于这种情景,他总是很羡慕,羡慕别人有亲人,有一个完整的家。

自家道中落后,他的父母双双过世,家中奴仆也都纷纷离开了,只留下他一人。好在父亲去世前将他托付给了结拜好友戚补臣,所以他还不至于流离失所。

戚家待韩琦仲很不错,说是看作亲子也不为过。但大概是因为少年时的经历,他显得要比同龄人成熟许多,及至长大,性格一直十分沉稳。

戚家也有一个儿子,自小和韩琦仲一同念书,感情十分亲厚,只不过性格同韩琦仲却是天差地别。大概是从小锦衣玉食给养惯了,戚友先颇为贪玩,有些不学无术。

韩琦仲聪敏好学，又刻苦勤勉，能诗善画，满腹才华，被称作当代的潘岳和张绪，戚补臣就总是让他看着自家儿子的学习情况。

见那几个玩闹嬉戏的孩子终于被家人给领回去，韩琦仲整了整衣裳敲了敲门。今天是大年初一，他来给照顾他的长辈拜年。

听说韩琦仲来了，戚补臣十分高兴，笑得胡子都一抖一抖的，赶紧让仆人将他迎了进来。

韩琦仲一进来，见到坐在上方的戚补臣就要跪拜："戚伯父，小侄我来迟了，请受我一拜！"

戚补臣赶紧站起来拦住他："贤侄快快起来，莫要这样。老夫是主，你是客，怎好让你拜我，我们同拜就好。"

戚友先听说韩琦仲来了，也匆匆赶来，激动地拍了拍他的肩膀，道："都这交情了，你客气什么，让你同拜就同拜。"

韩琦仲看着自己这异姓兄弟，颇为无奈。几人同拜后，韩琦仲又向戚补臣祝愿道："愿新的一年里，伯父受到朝廷重用，一展抱负，济世救民。"

戚补臣也笑着还礼："也祝新的一年里贤侄能够连中三元，早日成婚。"

"爹你就偏心！都不祝福我！"戚友先在一旁连声道。

"祝你什么？你要肯像韩贤侄一样用功读书，少花心思在玩乐上，让我少操点心，我立刻就去烧一炷高香！"

戚友先撇撇嘴，朝着韩琦仲挤眉弄眼，希望他帮自己说些好话，韩琦仲看着他的表情倒有些好笑。

戚补臣也瞧见他们两个的互动了，对于他们二人交情甚好的模样感到欣慰,又想起韩琦仲平时为人勤勉,不免关心道:"我近来诸事繁忙,对贤侄有些照顾不周。听仆人说,贤侄读书通宵达旦。这用功是好的,但也要注意身体,若是熬坏了身子,我就愧对令尊了。"

"小侄承蒙戚伯父教养多年,视如己出,若先父泉下有知,定会感激不尽,又何来愧对呢?戚伯父如此高德,先父幸甚有友如此。小侄才是愧对伯父之恩,无法结草衔环,只能感激涕零。"

"我与令尊的交情,非常人可比,他既然将你托付与我,我必然要尽到一个父亲的责任。如今你已成年,可以准备科考了,你只管用功读书,不要担心那点纸墨灯油钱。等你有朝一日金榜题名,也算了却了我一桩心愿。

"至于结婚成家之事,你也不必担心。令尊去世之前,这件事是他放不下的,我到时候定然为你挑选一门理想的亲事,不会吝惜聘礼。只有如此,我才算对得起老友的嘱托。"

韩琦仲急忙起身再拜:"伯父的话,小侄定当铭记在心。我一定用功读书,争取早日考取功名,绝不辜负伯父这么多年来的殷切教导,也能感谢贤弟多年来待我如亲兄弟般的情谊。"

戚友先见他又是一贯的古板正经模样,笑嘻嘻地攀着他的肩膀,道:"老世兄,你这话就不对了。古人云,四海之内皆兄弟。你我两家本就是世交,情同一家,哪分什么异姓不异姓的,就是亲兄弟!新的一年,我们喝杯屠苏酒,求个吉利。"

韩琦仲颇为感动。这些年戚伯父待他如亲子,戚友先也从来未将他当外人看,有什么好事情总会和他分享,虽然大多数是他不愿意参加的玩乐之事，但是其心可表。

几人互相寒暄了几句也不再啰唆，戚补臣当即盼咐厨房上菜，丫鬟婆子们端着饭菜酒水上来，新年酒宴就热热闹闹地开始了。韩琦仲在这戚府中一时也忘了自己是孤身一人，渐渐融入了这和乐的一幕，欢欢喜喜地过起了新年。

酒酣时，有仆人拿着拜帖走进来说："老爷，刚才詹老爷来拜年，说新年事多，不敢请见，留下帖子就走了。"

戚补臣接过帖子看了看，捋了下胡子，笑道："原来是詹烈侯，他与我是同年科举登榜，我二人关系极其要好。俗话说，礼尚往来，他既然来拜年了，我也当回拜。你们继续好好吃，我去拜访一下就回来。"

戚补臣离席了，戚友先就没了正形，当即恢复了原先那无赖样子，躺在椅子上把筷子往桌上一扔，道："世兄，你我整天都关在那书房里闷着，无趣得紧。平日里连个女人都见不到，难免有些亢阳之意，这些时睡卧不安，大家都是男人，如今父亲不在家，不如及时行乐，去楼里会会美人？"

"最近没听说有什么出众的美人，没什么兴趣去。"韩琦仲瞟他一眼，不紧不慢道。

他话音方落，就又有仆人前来告知，说外面有许多女子上门来拜年。

戚友先咧嘴一笑，连拍了好几下手："好好好，我才想到什么，就来什么了，让她们进来。"

一时间，一群打扮得花枝招展的莺莺燕燕一齐走了进来，见到戚友先又一齐福了福身，拜了年。

戚友先目光在她们身上流连，摆摆手道："不用拜了，人来了就行。"

众女子见惯了他那不正经的模样，都掩嘴笑了。待人都坐定，却见戚友先身边正襟危坐着个以前没见过的俊俏青年。

常言道：姐儿爱俏。乍见到一个风姿气质俱佳的男人，女人们的眼睛就滴溜溜地打量起来，看得韩琦仲浑身不自在，坐也不是，站也不是。

"戚公子旁边这位公子倒是面生，敢问贵姓？"

戚友先得意一笑："那是我友人韩琦仲。"

众女子纷纷赞扬："不愧是戚公子的朋友，二位都是风流之姿，一个器宇轩昂，一个富贵华丽，当真让人羡慕。如果二位不嫌弃的话，有空就到我们楼里坐坐，如何？"

戚友先当然点头同意，众女子因还要去别家拜访，坐了一会儿就走了。

人走后，戚友先"噗嗤"一声笑了出来，看着旁边还是一副正襟危坐模样的韩琦仲，不禁打趣道："世兄，你怎么还是这样一幅古板的样子。想刚才那些女客来时，你就应该同她们说说笑笑，那才像一个风流才子的样子嘛！你动也不动，又不开口，倒像是害羞了，真是太老实了！"

韩琦仲睨了他一眼："小弟我平时也不十分老实。只是这些庸脂俗粉，不由得你不老实。"

戚友先眼睛一亮，坐正身形盯着韩琦仲，脸上挂着坏笑：

"怎么，方才这几个如此妖娆的美人也入不得你的眼？"

"闻着都是脂粉腥气，哪有靠近的欲望。"

戚友先单手托着下巴，斜靠在桌上问道："那你说，怎样的你才中意？"

"但凡美人，天资和风韵二者不可缺一。有天资没风韵，像个泥塑的；有风韵没天资，只是个花面女旦；天资和风韵都有，才能算作美人，但也只能算半个，另外一半要看她有没有才学。若是内心粗俗，即使有着如花美貌，也不值得我金屋藏娇。"

"哈哈哈哈，"戚友先大笑起来，"你要求也太高了，世上哪有这样的女人？方才我父亲说要帮你定亲，现在看来，怕是难啰！"

韩琦仲抬起手，举起一根指头摇了摇："若要议亲，须得我亲自试过她的才学，相过她的容貌，我才会下聘。不然，我宁可迟些，也不愿随便婚配。若是草率成亲，岂不是随便把些山精野怪似的给引入房内了？"

戚友先好笑："你这真是的。只有扬州人家养的瘦马才肯给人相看，那些官宦人家养的女儿，哪有那么容易见面的。就算是相看，外貌倒是好说，那才学你怎么看，难不成还要出个题目考她一考不成？再说有几个女子能有才学。世兄，我劝你将就些吧，要知道韶光易逝，只怕你还未寻到你的意中人，就已垂垂老矣。只要门当户对，早点成亲就是好的嘛。"

"哎，你这观点和我相悖，我也不强求你我一致，姻缘自有定数，我们不如喝酒。"韩琦仲不与他争辩，将酒杯往前一递，止住了话题。

闺哄。

戚补臣去詹府拜年,好巧不巧詹府内宅又起了争吵,他也不好久留,匆匆拜完年,道了别,留下詹烈侯对着满园子女人头痛。

詹烈侯,名武承,字烈侯,进士出身,曾经官拜西川招讨使,只因得罪了朝中权贵,又不肯依附别人,便遭人恶意弹劾,丢了官职。

詹烈侯倒是放得开,他相信天生我材必有用,等朝廷用得上他的时候,必然还是会传唤自己的,这只是时间的问题。让詹烈侯觉得烦扰的反倒是内宅,他满腹经纶有治世之才,却不擅长管理家庭。

他妻子早逝,没留下子嗣,他后来取了两房小妾,一个梅氏,一个柳氏,生的又都是女儿。梅氏的女儿叫爱娟,柳氏的女儿叫淑娟,均是二八年华,还未曾定亲。两房小妾为了争宠吃醋之事总是争斗不休,一年里有三百天都在吵架,没个安静。詹烈侯对此毫无办法,只练出一副好脾性,权当什么事都没发生,习以为常之后也就淡定了。

昨日詹烈侯是在梅夫人那里度过的，按例今天轮到去柳夫人院中。应酬完毕后，詹烈侯早早地就准备赶过去了，生怕去晚了柳氏闹脾气，怪他冷落自己。

詹烈侯才走到柳氏院子门口，就听到里面的说话声，柳氏抱怨道："淑娟，你爹爹昨天在那边过的年，今天这个时候还没有来，大概是又被那个老妖精缠上了，怕是不会过来了。那梅氏嫉妒成风，性子又不好，我刚来的时候总是忍让着她，谁知道她愈演愈烈。"

接着一个清丽的声音安抚道："母亲，今天是大年初一，爹爹绝不会使我母女遭受冷落的，想必是有别的事务缠身，一会儿就到了。"

詹烈侯见自己女儿如此的善解人意，心中非常宽慰，抬脚踏入院中，朗声唤道："夫人，女儿，我来了。"他一边走进去，一边慈爱地看了几眼淑娟，而后坐在柳氏旁边拉着她的手拍了拍，"夫人，昨日我按照次序规矩在那边过的年，让你母女二人冷清了。"

柳氏没好气道："知道我母女二人冷清，今天还不早些过来！"

詹烈侯赶紧解释道："我当然记挂着你们，想早些过来。可是我和戚家交情匪浅，过年总不能不去拜会，再加上戚家又过来回拜，我便接待了下，因此耽误了些时间。请你原谅为夫吧！"

柳氏不应声。

淑娟赶忙倒上酒给詹烈侯递过去："爹爹应酬是应当的。今日过年，我给爹爹准备了美酒，祝愿爹爹和母亲健康长寿。"

"好好好。"詹烈侯一迭声地应了，心中为二女儿的乖巧孝顺感到十分开心，当即吩咐人摆出酒菜用饭。

詹烈侯一时畅怀，心情也就放松了许多，便将自己的忧愁对柳氏说了："夫人，我已垂老，只生得两女，又都正值二八年华。你这一个，聪慧端庄，我一点儿也不担心找不到好人家；而二娘生的那一个，其貌不扬，又颇为愚钝无知，我整日都要担心她能否嫁出去。"

"有那样的娘，自然有那样的女儿，不怪那女儿不成气候，只怪那老东西不教好！"柳氏不喜梅氏也不是一两天的事，不过她说的这话倒也是实话，就是不好听罢了。

淑娟听了赶紧打圆场："爹爹，母亲，今日过节，只管喝酒，别的话就不说了，万一叫人听了去，被二娘知道，又要生出嫌隙来。"

詹烈侯一想起到时候梅氏闹起的场景，顿时头皮发麻，连忙道："女儿说得对，我们还是喝酒赏景吧，难得聚到一起，就不想那些扰人的事了。"

却不承想，今日他们这番话还是落到梅氏耳中了。倒不是别人传的，而是梅氏亲耳听到的。因为不放心詹烈侯到柳氏这里过节，梅氏带着女儿悄悄跟过来躲在了院门口偷听。

听到三人的对话，梅氏那得理不饶人的性子果真闹了起来，当即不顾阻拦带着女儿爱娟冲进去，指着柳氏的鼻子咆哮道："你个小妖精，你和老爷吃饭，做什么搬弄是非，把我娘俩当下酒菜！怎么见得我教得不如你好，你闺女就比我闺女强些？也不看看自己那个狐媚相，只知道在背后诋毁人，算个什么东西！"

柳氏被冲进来的人影吓了一跳，又被梅氏指着鼻子骂了一通，回过神来心中也十分气愤，回呛道："我自然是知道我不是小妖精，不过你却是个老妖精！别人在房间里吃饭，你却在外面躲着听墙角，这像是正经人会做的事吗？可笑你越老越猖狂，只知道用些不入流的手段绑住男人！"

梅氏被柳氏三言两语气得面色发青，当即要动手打人，直接就朝对方扑过去了。

"你竟然敢骂我，看我不打死你！"

柳氏当然不会站着让她打，只是躲过后嘴上还不饶人："你打啊，你有本事就打，当我是好欺负的吗？"

詹烈侯坐在桌边目瞪口呆，最终叹了一口气，心知这顿饭是吃不好了，赶紧拦在中间，将快要扭打在一起的两人分开："都是一家人，何必动不动就打架争吵，万一伤到了就不好了。"

他到梅氏跟前，低声安抚道："夫人，你比她年长些，怎可与她一般较量？这件事就算了吧。"

梅氏顿时跳脚，一把推开詹烈侯："呵，是的，她年纪小，所以我年老色衰对吧，那你去找她啊！"

詹烈侯无法，又只能到柳氏身边劝哄："夫人，若论进门先后，你是该让让她。"

柳氏心中委屈："是的，她比我先进门，我后进的，你向着她，你去她那里，别管我了。"话是这样说，眼泪却已经在眼眶中打转了。

詹烈侯被两人推来推去,不知如何是好。她二人又互相不服气,最终詹烈侯只能焦躁地一甩手:"我不管了,你们自己吵去吧。"说罢真的不再有任何言语,坐到一旁自己吃自己的酒菜去了。

爱娟跟着她母亲梅氏来的,也在门口听到了那番对话,心中自然同梅氏一样不服气。见父亲果真不管了,她便走到柳氏面前,做了副温顺知礼的模样:"三娘,你说我母亲教得不好,你教得好,那就劳你以后教教我吧!"

柳氏对她那装模作样的样子知道得一清二楚,知道爱娟和她母亲一样不是什么"心术"正的人,索性撇开头不予理会。

爱娟面上不在意,心中却恨得咬牙,又走到淑娟面前,怪腔怪调道:"妹妹你是花容月貌、皇后腔调,以后要是做了个夫人、皇后什么的,记得要提携提携我,也好让我当个皇亲国戚啊。"

淑娟不管她说了什么,只想早点结束这争吵,便对梅氏行个礼,道歉道:"二娘,之前是我母亲的不是,我代替她向你赔不是了。你不要再生气,免得气坏了身子。

"姐姐这边也是,一家人和和气气才是好,万不能因为些闲话就生了嫌隙。尤其我们是姐妹,以后都是要相互帮扶的,若成了冤家对头,总是不好。"

爱娟没再说话,看了她母亲一眼。梅氏对淑娟的话很是受用,也不再针对柳氏,便故作姿态地对柳氏道:"没想到你这人居然能生下个如此贤惠聪明的女儿，我今天看在你女儿这番话的面子上，不与你计较，以后若再惹到我，我不会善罢甘休！爱娟，我们走！"

坐在一旁的詹烈侯见梅氏终于走了，站起来到门口张望了片刻，便朝梅氏离开的方向大声骂道："老泼妇，太无耻，大年初一就来闹事。"

柳氏撩起眼皮子看了他一眼，哼了一声，不冷不热道："刚才你怎么不骂，现在人走了听不到了，你再来耍这假威风给谁看？"

詹烈侯讨好地笑了笑，走到柳氏身边："当面不骂是怕你生气，背后骂是替你出气，这都是因为爱惜你。别想那些烦心事啦，我们一家人高高兴兴的，还是来喝酒吧，免得辜负这佳节。"

郊饯

詹烈侯这里刚摆平了内宅的事,就有人送来消息,说是因为边疆告急,朝廷要招他回去。圣旨已经下了,催詹烈侯立即上任。

起任本是詹烈侯早就猜测到的事情,他倒并不觉得如何,只是忧心家里。他上任的地方偏僻又荒凉,不适合带着家眷过去。平日他在家时,两位小妾都吵闹不休,等他离家了,没有个和事佬在,怕是真要打起来,想到这里他就觉得有些闹心。

得想个办法把她们隔开才行,詹烈侯想。

很快詹烈侯就有了主意。他叫下人带来几个泥水匠,在院子中间筑起了一道高墙,将东西两边给隔开了。梅夫人住东边,柳夫人住西边,两个碰不到,自然就不会发生争吵了。

解决心中这个担忧后,詹烈侯启程上任去了。才行至郊外,便遇到戚补臣家的小仆在路边候着。

"请问车上所坐的是否是詹老爷,我家老爷得知詹老爷今日将奉旨远征,特意在前方凉亭里设下酒宴,想给詹老爷践行。"

小仆上前递过帖子,詹烈侯接过,心中十分感动。

"想我与你家老爷是同榜弟兄,最为投缘。他如此看重我二人的友情,我却因为圣旨期限紧迫没来得及上门拜别,还累得他为我设宴饯行,真是惭愧。未免戚兄久等,我们快些过去吧。"

等候在凉亭里的戚补臣见詹烈侯过来,倒满一杯酒,上前敬道:"恭喜詹兄你重得皇上重用。此去路途遥远,我只能在这里设下酒宴,为你饯行。来,薄酒一杯,干了!"

詹烈侯因他的话,胸中顿时也满是豪情壮志,一口将杯中酒饮尽。

戚补臣又替他满上:"詹兄,相信你这次出征定能够救百姓于水火之中,我再敬你一杯!"

詹烈侯又一饮而尽,转而接过酒壶给戚补臣倒上一杯:"你我二人科第同登,意气相投。这么多年下来,我出仕任官,你隐居乡林,各有各的志向,你我情分不变。如今我有一事相求,若不是你在此为我送别,我倒还差点忘了。"

"詹兄有事请讲,我必不负重托。"

"哎,戚兄也知道,我子嗣缘浅,膝下只有两个女儿,如今都已长大成人。我此行出征,归期未定,希望戚兄看在我们俩多年的情分上,替我择两个佳婿。若是选到好人家,哪怕不收聘礼都是可以的。如果定下良辰吉日,我路途遥远赶不及的话,你就替我便宜行事吧。"

"詹兄放心,我一定用心,替你办好这件事!"

"多谢!时候不早了,我该上路了,戚兄也早些回去吧。"

说罢,詹烈侯上了马车。戚补臣于凉亭中遥遥相送,看着车马渐行渐远。

詹烈侯此番要去的西川边境山高路险,道路曲折狭窄,地势十分险要,那里生活着许多少数民族。由于生活的环境闭塞,他们自成部落,蛮横不讲理却又骁勇善战,经常扰乱边境的安宁。

这些人当中有这样一个人颇有雄心壮志:他身形雄伟、性格勇猛,称霸边境后便想要兴风作浪,想着推翻朝廷,赶走皇帝取而代之,号称掀天大王。

当年詹烈侯因谗言被罢官后,这人欣喜若狂,认为自己的好时机来了,想要趁机兴兵动武,大举进攻中原。他是个聪明人,知道扬长避短,打听到中原兵器远优于己方后,便另辟蹊径想出了别的办法。

西川边境有一种动物叫作大象,被他们训练出来作战,而这种大象作战的方式是中原从未有过的,所以掀天大王对自己的作战方式十分有信心。他让人夜以继日地驯养了好几百头大象,并且训练了三千多铁骑,只等待有一天能够踏平中原。

题诗

边境之事暂且按下不提，戚府此时却是一片安宁。

早晨，戚府大门被推开一条缝，一个脑袋伸了出来，又往后头望了望，见没人发现自己，这才扯了扯自己身上华丽的衣袖，光明正大地出了门。

戚友先今天好不容易才摆脱韩琦仲跑出来，一点都不想再被人发现给拉回去。他一边走一边不忿地跟小厮抱怨道："没想到我戚友先如今出个家门还得这般偷偷摸摸，都怪这个韩琦仲。我爹收养他，让他和我同睡同坐，我当他能做个自己人，他却是个四方鸭蛋！有趣的事情，他一点不做；没趣的事情，他偏要我和他一起做！动不动就抓我去写文作诗。更可笑的是，他谈起女人满是心驰神往，可真见着女人吧，又装腔作势！我把他当好友，邀请他一起去逛青楼，又不要他花钱，他倒还挑三拣四，居然还不准我去！我发誓以后再也不邀请他一起逛青楼了！"

说罢，似乎不解气，戚友先又将门口的石狮子当作韩琦仲狠狠地踹了几脚，直到把自己的脚都踢疼了才算了。

"我前几天和几个朋友在外面赌钱嫖妓打球，快活得很，结果又被父亲抓回来交给韩兄看管着,要让我读书作诗。我简直要被他们折磨死了!"

戚友先发泄完,见到远处天空上飞着几只彩鸢,好看得很,一时心痒,也想去试试。他招来小厮,吩咐道:"你去糊个风筝过来,那些富家子弟个个在外头放风筝,我也去耍一把。"

戚友先喜欢玩乐,对于他来说,那些古代圣人中最有趣的属喜欢制作东西的圣人,比如鲁班,制作了许多精巧的东西,还能翻出新花样来。而文王、周公、孔子、孟子这些圣人就不值一提了,尽作些诗书让人学,古板无趣,活活把人折磨死。他觉得那些文字,十分之九都该删掉。

小厮拿着做好的风筝过来给戚友先,戚友先觉得太素净了,不好看。

小厮道:"少爷,您画几笔上去不就好了。"

"谁耐烦画这个!"戚友先觉得麻烦,他想了一会儿,又把风筝递给小厮,"你拿去书房里,让韩兄帮忙画一下。我先去郊外等你,画好后你把风筝送过来。"

此时后院里,韩琦仲又在到处找跑不见的戚友先,心中也很有些郁闷。戚伯父将人交给他看管,希望他能够敦促对方好好用功读书,结果他一回身的工夫,就让对方给偷溜了。

韩琦仲坐在院子里叹气:"这个戚友先,溜得到挺快。戚伯父对他抱着厚望,他却只喜欢斗鸡走狗、赌博嫖妓,对读书没有丝毫兴趣,一点高雅的爱好都没有,实在让人替伯父失望。伯父建造了这么雅致的花园,景色秀丽,戚兄半点都不懂欣赏,成天往外头跑。"

他放弃了寻找戚友先，反正对方也不喜看见他。他转而吩咐书童："抱琴，你把花园里收拾收拾，我想在花园赏赏景。"

韩琦仲在凉亭里翻看着诗书，抱琴先给他沏了壶茶才去收拾院子里的花草。看到一半，韩琦仲又想起偷跑的戚友先，感叹道："这样的好书，寒门学子平日见都见不到，现在却这样堆着没有人看，实在可惜。"

抱琴在一旁听了，不免笑了起来："戚少爷总爱玩，韩少爷总爱读书。不过，韩少爷你也可以适当地出门玩一下，不要总待在屋里。听说今日有很多人到外面郊游放风筝呢！不少小姐也出门了，说不定韩少爷有中意的。"

韩琦仲又叹了一口气："怎么没出去？我这几日也和戚兄到郊外闲游过，见过了不少小姐，却没有遇到过一位心仪之人。也不知道是我眼光太高了，还是世上本就少有绝色佳人。"

"韩少爷这等气性人品，眼光高也是正常，只是如此，怕是要耽误成亲的。"

"若真有符合我要求的女子，就是迟些出现，我也等得。只怕是没有，我就得做个单身汉了。"

韩琦仲想起这事来还真是有些郁郁寡欢，想他也是仪表堂堂的青年才俊，竟然遇不到一位真正的佳人，实在是一件遗憾事。烦闷之下他便作诗转移自己的注意力，于是提笔写道：

漫道风流拟谪仙，伤心徒赋四愁篇。

未经春色过眉际，但觉秋声到耳边。

……

他诗还未作完,就被冲撞进来的小厮打断:"韩少爷,韩少爷,戚少爷有个风筝求你画一画。"

被打断思绪的韩琦仲很不悦:"别人好好在这边做诗,却被你打断了兴致!"又想起戚友先不学无术偷跑出去的事情,顿时生气道,"画画也是要颜料的,难道让我用墨画?我连点评《周易》用的朱砂都没有,哪有钱去买画牡丹的胭脂。你去跟你家少爷说,裱风筝的有裱匠,画风筝的自然也有画师。我不会画画,即使会,也不会做这种没有气性的事情!"

小厮连忙恳求道:"韩少爷,求你委屈画一画吧!戚少爷还在郊外等着我送风筝去,要是去晚了,又要为难我。你就随便用墨笔画上几笔也行,反正少爷也没有买颜料,不会怪你。只求韩少爷快些,我去吃了饭过来拿。"

韩琦仲不耐烦去画,就将方才作的诗补上两句"人间无复埋忧地,题向风筝寄与天",题在了风筝上。

写完后他看了看,自嘲一声:"我这忧愁贫贱的心在痛苦翻腾,却无人倾诉,便用这风筝代替,将这千般愁绪寄上青天。我就想问一问上天,难道说大器晚成,连这婚姻之事也要人等到须发皆白吗?"

等小厮再来,看见风筝上题的诗,欢喜道:"原来题了一首诗,一字千金,这样更好。"他询问韩琦仲,"韩少爷写好了吧?那我就拿走了啊。"

韩琦仲摆摆手,让他快走。

和诗

小厮一去不来,戚友先等得有些心焦。清明节放风筝的人多,他担心等一会儿就没有位子了,而现在只能眼巴巴地看着别人玩得开心,实在是让他又急又气,站在原地直跺脚。

过了许久,小厮才拿着风筝气喘吁吁地跑过来:"少爷,风筝拿来了。"

戚友先见到风筝来了,本是满心欢喜,但接过来一看,素净的风筝上只用墨笔题着几行字,顿时气不打一处来。

"我叫你拿去给他画画,你怎么让他写起字来!"

小厮打了一个哆嗦:"我是求韩少爷画画的,可是他说没有颜料,就题了字。"

戚友先没好气道:"他这个人做事就是让人讨厌!横也是作诗,竖也是作诗,他就是打死人了,怕也是用作诗来偿命!算了,将就着放吧……"

这风筝做得又轻又巧,才放手就飞到天上去了,和周围其他人放的风筝相比,戚友先这个要飞得更高更远。戚友先心中的郁气消了不少,在心中嘀咕着,飞那么高,只怕那风筝上的臭诗熏着老天,要派下天兵天将把作诗的人灭掉。他后悔没有把韩琦仲的名字题上去,免得到时老天找错报复的对象。

戚友先心里乱七八糟地想着,手上忽然一松,风筝线断了,风筝便脱了控制,飘飘摇摇地朝远方落了下去。

"风筝,我的风筝掉下去了。"戚友先瞪着小厮,"还愣着做什么,去把我的风筝捡回来,快点!"

小厮看着风筝远远落下的方向,便朝那处赶了过去。

詹府庭院里,春光明媚,各色鲜花竞相开放,争奇斗艳。柳夫人和淑娟坐在一侧的庭院里闲聊。

"自从老爷离开后,和你二娘分作两个院子,虽然视野狭窄了些,不过清静了不少。"柳氏对淑娟道,"韶光易逝。你还记得新年时,你爹爹在我们这里饮酒,那老东西闯进来闹了一通?如今不知不觉到了清明节了,你可不要像她们一样虚负光阴。勤勉地做些针线活,笔砚也别荒废疏漏了。今天春光美好,你随意作首诗给娘看看。"

"那就请母亲命个题,限一个韵。"

柳氏刚要开口,院子里落下来一个东西,吓得两人慌忙躲开。东西落地后,淑娟上前看清了那是一只风筝,风筝上还题了一首诗。

柳氏捡起风筝仔细看了上面的诗,微微一笑:"这怕是个才子抒发忧愤之情的诗,偶然题在了风筝上。你方才问我要命题和韵,那就以这风筝为题,和他一首,写在这后面给我看看。"

淑娟脸一下羞红了，娇嗔道："别人的诗，我去和他做什么。"

"会作诗的随眼看见的就是题，信手拈来便是韵。你不是常见'和壁间韵''扇头韵'吗？再说了，不过是借他的题目，写自己的情怀，又不给他看见，有什么关系？现在人作诗总死板地按照那几个字，一点意思都没有。我今天要另创一种和法，你听好，要从尾韵和起，和到首韵为止，倒转过来，这叫回文韵。你就照着这样，和上一首。"

淑娟拿着风筝在院子里研究那首诗，想着怎样和诗。她背着手漫步在庭院里，寻找灵感。

只因为捡到这风筝，母亲便要她和诗，但这首诗写得实在好，想要超过它也真是困难。不知道母亲为什么见到了这风筝上的诗句就想出这样的和诗方法。

尽管这样腹诽着，淑娟却还是按照母亲的要求乖乖地和诗。忽然，她眼睛一亮，来了灵感，走到桌前提笔写了起来。

正巧这时候隔壁院子里派人来了："二小姐，大小姐说许久未见面了，想请你过去说会儿话。"

淑娟道："你先在旁边等一等，我把这首诗写完了就和你过去。"

来人看了几眼，惊讶道："这是哪里来的风筝，为什么要在上面写诗？"

淑娟答："我也不知道是哪家的，线断了掉进来的。我们见上面有首诗，母亲便让我和它的韵再作一首。"

和诗　225

淑娟将写好的诗交给柳氏:"母亲,诗已经写好了,请母亲修改。我先到大姐那里去,很快就回来。"

柳氏见她们离去,拿起风筝独自念起淑娟刚和完的诗:"何处金声掷自天?投阶作意醒幽眠。纸鸢只合飞云外,彩线何缘断日边?未必有心传雁字,可能无尾续貂篇。愁多莫向穿窿放,只为愁多谪却仙。"

"好诗!好诗!"柳氏赞叹道,"我想别人家的女儿,有才的未必有貌,有貌的未必有才,就当她们才貌都有了,也未必举止端庄、德行贞静,而我的女儿确实样样俱全,真是难得!"

托诗

"夫人,刚才戚家来了人,说是戚公子的风筝掉到咱府上院子里了。我去二夫人那里问了,她们没有拾到风筝,不知道夫人您拾到没有?"

柳氏一愣,看着手上的风筝:"我们的确拾到一个风筝,既然是戚家公子的,你就拿去还给他们吧。"

戚府小厮道了谢,从仆人手中接过风筝回去复命了。柳氏心里暗暗感叹,戚家公子竟有这样的高才,果真是虎父无犬子。

原本在隔壁和爱娟说话的淑娟听说柳氏将风筝归还了,急急忙忙赶回来:"母亲,你方才真把风筝还给他们了?"

柳氏道:"那是你戚伯父家的,怎么好不还。"

"可是,那风筝上我题了诗,闺中笔迹,怎好给外人看见。"

柳氏"呀"了一声:"倒是我考虑欠妥了。叫家仆过来,若是刚才那人未走远,就将风筝要回来吧。"

家仆道:"我不知道那人方才朝哪个方向走了,恐怕赶不上。"

淑娟无奈道:"算了,我若执意去找,恐还叫人多想,拿走便拿走吧。"说罢,又有些埋怨柳氏,"母亲,你向来见识高广,怎么今天如此大意,出了这种差池。不是我非要埋怨你,一来我学识浅陋,怕被人嘲笑;二来也怕被人说长道短。现在事已至此,我该如何是好?"

柳氏宽慰她:"依我看来,我女儿的诗词并不比男儿差,怎么会被人耻笑?更何况那又不是淫词艳曲,怕什么别人说长道短,拿去了就拿去了吧。"

家仆也在旁边连声附和:"夫人说得有道理。"

戚友先因为风筝断线飞了,也无法再玩耍,只得无精打采地回到府上,谁知道迎面就碰到了他不想见到的韩琦仲。

大概是他的脸色太过郁卒,韩琦仲原本打算劝他勤勉的话也说不出口了,反倒是戚友先笑得一脸难看地先开了口。

"今日外面都是郊游的人,你怎么还在家里闷坐着?"

"我倒是听说戚兄你今日出去放风筝了,怎回得这般早?"

他不问还好,一问戚友先气就上来了:"为什么回得早?还不是怪你那首歪诗扫兴。风筝才飞上天,线就断了!"

"原来如此。"

戚友先瞪他:"有人说掉到詹伯父府上院子里去了,我已经派人去找了。"

韩琦仲拉过他:"找也不必了。戚兄,你已经玩儿了好几天了,许久没有好好读书,万一戚伯父来考你功课,只说我没有与你相互切磋学习。今天就委屈你同我一起看会儿书,不要再出门了。"

戚友先不情不愿地同他一起进了书房，然而书拿起来没一会儿就趴在桌子上睡着了。

韩琦仲转头瞧见，不由得有些好笑："你看，才打开书就睡着了。抱琴，把他唤醒。"

抱琴连喊了好几声，推也推不醒，只好道："韩少爷，戚少爷叫不醒。不过这也不怪戚少爷，现在好多人都这毛病，见了书本就要睡觉，大概书中的蠹虫都是瞌睡虫变的吧。"

韩琦仲摇摇头，笑道："书本既然做了瞌睡虫的窝，那难道古代圣贤也都做了睡中恶魔？"他站起身将被戚友先压着的书抽出来抚平摆好，原先被戚友先打发去要回风筝的小厮也回来了。

"少爷，少爷，风筝拿回来了。"他话才嚷完，就发现他家少爷又睡着了，因此他悄悄转身，将风筝交给韩琦仲，"韩少爷，请你替少爷把风筝收着，我得去伺候老爷了。"

韩琦仲应了一声，视线落到风筝上，发现风筝上多了一首诗，不免有些惊讶，读过之后更是对这写诗之人惊叹不已。

"好诗，好诗，竟然与我不分伯仲，那詹老先生不在家，这诗又是何人所作？"

抱琴想了片刻，答："听人说詹府有个二小姐，诗才最高，应是她作的诗。"

韩琦仲愣了神，也不知想了什么，过了会儿方道："想来也是，这口气也像是女子的，字迹也是。明是和我作的诗，怎可给戚兄？趁他现在睡着，把这张纸揭下来，贴张新的白纸上去。"

"是。"抱琴应了声，上去将风筝的糊纸按韩琦仲所说的换了。

两人刚弄完,就见戚友先醒来,韩琦仲担心他发现换风筝糊纸一事,便试探道:"戚兄醒了,可曾听到我说什么?"

"你还能说什么!无非是'诗云''子曰',烦都烦死了。"戚友先不满地嘟囔。

韩琦仲心下一安,转道:"你风筝取回来了。"

戚友先一听风筝拿回来了,顿时欢喜,也不耐烦再对着韩琦仲的脸"之乎者也"了,赶紧拿了风筝跳出去:"既然风筝回来了,我就不陪你了。天色还早,我玩儿个尽兴再回来,我可不想把时间浪费在书房枯坐着。"

这回韩琦仲倒是没有拦他,等他走后将撕下来的有诗的那一面纸拿出来细细品读。

"她诗中只赞我才高,并不漏一丝情意,但这'未必有心,可能无尾'却含有无限深意,就是这诗的韵脚也不一般,它不是从头和起,而是从后面倒过来和,兴许寓意这颠鸾倒凤也未为可知。这分明是有意投掷情梭,好似把鸳鸯两字颠倒过来以示愿百年好合。"

韩琦仲向抱琴打听詹二小姐,抱琴道:"我不是很了解,只是听说这位二小姐容貌也很标致。"

"这样的诗,想来也不是丑妇能作出来的。"韩琦仲微笑,"料想应该是个洗尽铅华,保持本色的美丽女子。"

"那按少爷所说,是个不喜装扮的了,可少爷又没见过,怎么知道的?"

"你看她这诗的笔触真挚纯洁,又怎么会用胭脂水粉把面容涂污?若我能和她结成良缘,即使早晨同床共枕,傍晚就死去,我也心甘情愿。"

说到这里,韩琦仲十分意动,他先前的诗是无心作的,一点传达情意的意思都没有,如果现在作一首去试探,提出婚姻大事,让人给她送去,她会怎么回答自己?这样会不会太冒昧呢?

抱琴见自家公子愁眉不展,也帮着想办法,过了会儿,他道:"少爷,我倒是有个主意。"

"你有什么主意?"

"詹府侯门深似海,鸟都飞不进去,估计也没办法把诗送进去,倒不如学戚少爷,用风筝送进去。"

"那怎么能确保风筝就能送到呢?"

抱琴道:"她家院子大,又在城边界,你再作一首诗,写在风筝上,我同你到城上放风筝,但不要放得太高,只要风筝放进她院墙上方,你就把线一丢,你说那风筝不落在她家落在哪儿呢?"

韩琦仲眼睛一亮,抚掌大赞:"此主意妙极了,但是我怎么才能得到她的回应呢?"

"这也简单,到时候我像戚公子的小厮一样,去把风筝讨回来,回音应该就在上面了。只是少爷切不可说出你的名字来,只说是戚少爷做的,等到事成之后才可讲出真相,你千万要记住这一点。"

韩琦仲点头,却有一点不明白:"为什么我作了诗却要借他的名字？"

抱琴身为仆人，肮脏的事情见得多了，也知道自己少爷平日里只读圣贤书，对这些全不关心，便解释道："这是因为，一来如今的人都喜欢有钱有势的，瞧不起贫寒孤单的。要是说出戚少爷的名字，还能掀得动一下，若是直接说了少爷你的名字，他们了解到少爷的家底，恐怕会因此看低你诗的成色；二来，风筝掉进去了，万一惹出事来，他们碍于戚老爷的面子，也不会太过计较，若知道是少爷你，要是摆起官架子，少爷就要吃亏了。"

韩琦仲听明白了，对这个聪明又忠心的小厮感到十分满意："有道理，你计策高明，又考虑得十分周到。我这就去作诗，你赶紧去糊风筝，等一切准备好，我们明天早上就去放。"

抱琴应声离去，韩琦仲则坐在书房里构思。他之前纯粹是伯牙偶遇子期，但现在是有意要展示自己，不能再潦草下笔了，需要细心推敲，免得人家小姐笑他才少情多。

风筝糊好了，抱琴拿过来给韩琦仲："少爷，你赶紧题诗吧。"

韩琦仲沾上墨汁，仔细写道：

飞去残诗不值钱，索来锦句太垂怜。

若非彩线风前落，那得红线月下牵。

写完，他搁下笔，抱着风筝念叨：风筝啊风筝，我这桩好事就全靠你了。如果成了，你就是我的月老，我会感激你的。想来这媒人你都做了，就一定会做到底，千万不要让我好事多磨。

请兵。

詹烈侯将女儿们的婚事托付给戚补臣后，便日夜兼程赶赴西川，希望能够早日拯救百姓于水火之中。

终于，他在皇帝要求的期限内踏上了西川的土地，顿时生出一种故地重游的感慨，只是这里的景象却与从前大不相同了。

道路上行人拖家带口地准备离开故乡，瞧着他们憔悴疲惫的模样，詹烈侯十分痛心。自己镇守的国土竟然遭到如此的破坏，自己守护的百姓们竟然受到如此的欺辱，看来得赶快将那些烧杀抢掠的野蛮人赶出去才行。

詹烈侯心急如焚，吩咐身边的士兵道："蛮兵猖獗至此，你让一部分人分头去侦查情况，搜集情报，然后回府衙向我禀告，剩下的人跟我一起火速到府衙准备，随时听候调令。"

詹烈侯到了府衙，见只有几个老弱病残的等候在内，有些不解："就只有你们这些人？"

候在堂下的人连忙称是，詹烈侯也不再多问，打开名册开始点名，准备熟悉人员，了解具体情况。

被点的一众人出列，詹烈侯皱眉看着眼前这几个老弱病残，心情十分复杂。

"你们都不是我的旧部,他们人呢?"

众人你看看我,我看看你,终于有人嗫嚅道:"我们原来是京营小校,是捐了些钱才过来的。"

"可你们这样老弱病残的身体,怎么能上阵杀敌呢?"

众人又道:"我们当初到这里原是不用打仗的,所以才求了这边的职位过来,谁知道来了这里之后,就闹起匪患。我们几个本来就年岁大了,只恳求大人向皇上陈情,让朝廷另外派些精壮的人过来,我们情愿自降等级。"

詹烈侯听到他们这么没志气的话,顿时大怒:"你们既然拿了朝廷的俸禄,就不应该借口年老体衰临阵退缩,而应该报效祖国才对,怎可如此萎靡不振。都给我去拿起武器,打好精神,随时准备应敌。如果延误军机,按军法处置!"

众人应了,匆匆离去。詹烈侯在他们身后看着,见他们仓皇跑走的样子,心中一片冰凉。这样的武器,这样的士官,难怪这几年匪患猖狂。

他心中彷徨片刻,又重新振作起来,既然他来到了这个地方,就必定要做出改变。于是他从名册中找出自己从前的旧部,唤到身前来。却见他们衣衫褴褛、形容憔悴、瘦骨伶仃,顿时惊讶:"你们怎么成了这副模样?"

几人一见是从前的老上司,便失声痛哭:"大人当初在这里的时候军法严明,军粮按时发放,无人敢克扣。但自从大人走后,军队便毫无纪律,赏罚不公、克扣粮食,士兵们一个个都饿坏了，再加上我们年轻时受了不少伤，年纪大了就经常发作，每逢天冷，饥寒交迫。实在是叫天天不应，叫地地不灵啊！"

詹烈侯听得心中十分难过，赶忙安抚他们："你们放心，如今我回来了，绝不叫这种情况继续下去。"

过了会儿，安顿好这几个老旧部，先前派出去的探子也回来了。詹烈侯问道："情况如何？"

来人回道："那些是真正的蛮寇，不是小打小闹的山贼。最让人担忧的是，他们冲锋不是用人，而是用大象。"

"大象？"詹烈侯震惊，"那他们的攻城器械你打探到了吗？"

探子答："他们攻城用的是云梯、大炮，还有些挖地的器械。沿山的一些城池已经失守了。"

詹烈侯顿时明白了，摆摆手："你下去吧，继续探查。"

探子离开后他才露出忧色，这可如何是好，如今敌强我弱，要想守下来实在困难。

思考片刻，他叫来中军官，吩咐他："你现在去做两件事：一，写下出师令，刻好招安榜，等我随时调用，这虽是虚张声势，但也可糊弄敌军；二，你亲自连夜进京，将我的告急奏章送到朝廷，请朝廷速调大军来，助我剿匪。"

鹞·误

　　边疆的战乱丝毫没有影响到内地的城镇。一大早上，韩琦仲就拿着风筝带着抱琴出了门。

　　"此处已是城头了，抱琴，那是她家的院子么？"

　　抱琴指着远处："从这座高墙算起，到那边，方圆一二里都是她家的院子。"

　　韩琦仲道："这哪是能丢得进去的，还是趁没有人，赶紧将风筝放上去。"

　　他们这边刚将风筝放上天，就见到出门溜达的戚友先拿着风筝朝这边走过来。韩琦仲看见他，惊了一下："怎么戚友先也来了，现在怎么办？"

　　抱琴看了会儿，确定远处走来的的确是戚友先，毫不慌乱："少爷，你不要慌，我把他引到郊外去，你好好在这里放风筝。"

　　韩琦仲见戚友先果真被抱琴引走了，这才放下心来将风筝放高，见风筝飞高了，心中祈祷道："彩线啊，你不要太长，也不要太短，你是红线牵着情思，让那风筝绕过墙，将我新诗送到，好让她举起纤纤手指,抽出我的情肠。"

那风筝似乎真的懂了他的心思,飘飘摇摇地飞上天,飞到了那院子上方,韩琦仲一看时机正好,松了手,让风筝落下。

今日吹的西风,风筝便落在了东边的院子。韩琦仲伸长脖子往东边院子看了片刻,见里面鸟语花香、屏掩帘垂,分明是闺房模样,提着的心稍安了一下又开始担心风筝若是被别人捡去的结果。

他思来想去,觉得如今也只能听天由命,便回了戚府等待之后的消息。

那风筝被韩琦仲松了手后落在东院的纱窗上,刚巧住在东院的爱娟一觉睡醒,瞧见纱窗上挂着个东西,被吓了一跳。

"奶娘,那窗子上挂着的是个什么东西?"

奶娘听到爱娟的声音,上前查看,拿下墙上的风筝,一愣:"小姐,是个风筝,上头也有首诗。"

爱娟搔着头发,慵懒道:"风筝就是风筝,诗就是诗,你'也'个什么,难道也要学二小姐之乎者也不成?"

"哪里是这般。"奶娘解释道,"昨日我去二小姐院里,她才拾到一个风筝,上面题了诗,她当时和了一首。今日我们拾到一个风筝,上面又有一首诗,所以我才说'也'。"

"原来是这样,那昨天的风筝还在吗?"

"那是戚公子的风筝,昨日就要回去了。"

"她那风筝是七公子的,我这个就是八公子的啰。"

奶娘好笑："是'戚'，是和老爷同年的戚布政家的公子。"

"这戚公子既会作诗，又喜欢放风筝，如此说来，应是个风流有趣之人。"爱娟道，"可惜上回掉到那边院子了，只回了首歪诗，若是掉到我这边来，我定送些玉扣金簪，以谢公子多情。"

她摆弄着风筝，心中想着那个放风筝的人，十分欢喜："这放风筝的人不错。虽然我识字不多，不知道这诗写的什么，但是这字看着倒是漂亮。哎，不知道怎样才能见到他的人。要不我贴张榜文出去，他要想拿回风筝就得亲自上门，这样我不就能见到他了吗！"

奶娘笑眯眯地看着她："小姐，你这是想风流郎君了吧！"

爱娟被点破心思，竟少有地羞涩，却还是道："哪里瞒得住奶娘你，自古以来，男大当婚，女大当嫁。我如今已经快十八岁了，你瞧东边张家小姐，小我一岁，前几天就结了婚；西边那李小姐，与我同年，都生娃娃了。我父亲才去上任，不知道什么时候回来，等他回来说亲，我都已经熬成黄脸婆了。如今听到个男子声音，我都心痒难耐。"

奶娘笑道："小姐你也真是心急。你听我说，这风筝我们先收着，二小姐捡到的时候有人来拿，我们现在捡到自然也会有人来要，到时候我便替你做媒。"

爱娟激动万分，拉着奶娘的手感谢道："奶娘，如果能成就这段姻缘，我一定会重谢你，到时送你两套衣服一对金钗，怎样？"

奶娘拍拍她的手："我想这风筝今日落进来不是没有缘由的,一定是戚公子见了二小姐的诗,以为二小姐倾心于他,所以放进来讨回话的。我现在去门口候着,若是有人来了,我就说二小姐为他害了相思,约他来相见。"

"为什么说是她约的！"

"因为二小姐诗名在外,戚公子还可信七分。若说是你,他就不信了,而且,万一惹出事来,说是二小姐别人也只会指责她,不会讨论你。等到事成,你再说出真相,让他来求亲,岂不是万全之计。"

"有道理！"爱娟赶紧催促奶娘,"你快些去,免得又被二小姐捡了便宜。"

惊丑

奶娘应了爱娟的话,到门前使了个法子让管家帮大小姐出去采买东西,自己替他在门口守着,实际上却是等那讨要风筝的人过来,好谋划姻缘。

她在门口张望,果然见着一个人远远走过来,猜着就是来要风筝的。奶娘不等人敲门就打开门问道:"你是谁家的,来这里做什么?"

抱琴赔笑道:"我是戚家的。我家公子风筝线断了,落到你们府上,我过来取风筝的。"

奶娘故意道:"昨日来取风筝,今日又来取风筝,难道我们家是个风箱,让你们扯来扯去的?"

抱琴意有所指地说:"也不知道为什么,那风筝就跟有了脚一样,非要往你家里掉。"

奶娘听他如此说,便试探道:"我问你,你家公子见了我们小姐的诗,觉得怎么样?"

"哎呀,你别说我们家公子,"抱琴装模作样模仿了一番,"自从见到那诗,就茶饭不思,我笑他怕是才子害了相思呢!也不知你家小姐是如何看我家公子的诗，是否有点点意思呢？"

奶娘立刻夸张道："我家小姐的相思比你家公子害得还厉害呢！整日里长吁短叹，针线活也做不动了。"

"看来你家小姐也是想着我家公子的，既然如此，为何不和诗一首呢？"

奶娘支吾片刻，眼睛一转，道："诗倒是和好了，不过我家小姐想亲手交给他，也有许多心里话想同他说，所以叫我在此约你家公子一见。"

"这好倒是好，只不过……"抱琴犹豫了一下，为难道，"我家公子胆小得很，恐怕进不去你家。"

奶娘拍拍胸脯道："不要紧，你让他尽管来，我在这里等他。"

"这……"抱琴不安，但最终还是点头，"我回去同他说，只是你们可不要弄出事来，我记得你们府上晚上是有人守着门的。"

"不要紧，晚上我打发那人出去采买，不会有人在的。"奶娘保证道。

果然，到了晚上，看守院门的人又被奶娘找借口打发出去了，只有奶娘等在那里，准备替应约的韩琦仲引路。

韩琦仲得知他心中的佳人愿意与他见面，当下十分高兴，就去应约了。行至詹府门口他才担心起来，万一被人抓住，就平白污了二小姐的名声，因此他打定主意，一旦被发现了，就算被当作小偷，他也绝不会拖累二小姐。

他在詹府门口徘徊了片刻，月上柳梢头的时候，詹府的大门打开了。有个人影在门口唤他戚公子，让他过去，他便知道这是等着他的人。这人一路引着他进了詹府，绕过长廊，又将他送进了一个漆黑的房间。

爱娟早就迫不及待地在房中等着了，一见韩琦仲被奶娘引进来，当即喊着'戚郎'就扑了过去。

韩琦仲被她的举动吓了一跳，赶紧躲开人。房中又没有点灯，他看不清楚只能皱着眉小声道："小姐，我乃一介书生，与你以诗相交，不是因为其他原因，还望小姐从容些，莫伤大雅。"

爱娟只当他假正经，笑道："以后倒是可以从容，现在不行。"

韩琦仲见她不听自己的，仍旧喊着"戚郎戚郎"地扑过来投怀送抱，且手上动作也不是很规矩，心中震惊于她的行为，但还是强作镇定地问："小姐，我之前作的拙诗，你有没有和出来？"

爱娟一顿，脸色扭曲，道："你那首拙作，我已经和了。"

韩琦仲这才有些欢喜："那请小姐把和诗念一遍吧。"

"我忘了。"爱娟道，心中颇为不耐烦。

韩琦仲吃惊："你自己作的诗，怎么半天就忘了？"

爱娟无法，只能先搪塞过去："我见到你就忘了，我想一想就能记起来。"说着，爱娟念道，"云淡风轻近午天，傍花随柳过前川。时人不识予心乐，将谓偷闲学少年。"

韩琦仲惊呆了，讷讷道："这不是《千家诗》中的一首吗，小姐怎么说是自己的？"

爱娟被人揭穿，心中慌乱，忙道："我当然知道是《千家诗》中的一首，我念出来考你的，你倒果真是个才子。"

韩琦仲觉得这个女子的行为怪异，完全不像是作得出先前那首诗的样子，因此执意要爱娟先作诗。

爱娟不耐烦，说："作什么诗，春宵一刻值千金，我们该珍惜才对！"说罢，竟边撕扯韩琦仲的衣服边把他往床上拉。

这女子放荡的行为吓得韩琦仲灵魂出窍，死命挣扎。正巧奶娘点了灯送进来，他一回头，看清拉扯着他的人的面孔，觉得又是一重打击。

那女子生得丑陋又涂脂抹粉，在灯下看上去像个鬼怪一样。韩琦仲感到惊恐，他连忙借口家中还有大事忘了，想要摆脱爱娟的纠缠。哪料爱娟不依不饶，痴缠着他，非要共度春宵，韩琦仲心中叫苦不迭。

两人在房间你追我赶、躲来躲去，直到奶娘再次推开房门，韩琦仲趁机大喊一声，夫人来了。爱娟慌忙之下松开手，韩琦仲才得了机会，跳出门外，逃了出去。

奶娘以为他们已经生米煮成熟饭，邀功道："怎样，这戚公子是不是很不错？小姐你可要谢谢我这个媒人。"

"呸，你哪是个媒人，你是个怨鬼！"爱娟见煮熟的鸭子飞了，十分气愤。

"怎么倒骂起我来了？"奶娘不解。

"刚有点意思,才拉他上床,你就进来了。他说是夫人来了,甩开袖子就跑了。"

"那你们这么长时间在做什么?"

"哼!什么都没做成。长得倒是风流俊俏,结果是个老实的道学生!情话一个都没有,拉着我说了半天的诗,倒弄得我不上不下,你说现在怎么办!"

韩琦仲那天晚上受了惊吓后,回去就大病了一场。身体好些后,他暗暗叹悔,因一首诗误起情肠,谁知被那奶娘作怪,领进房中见到千般丑态,幸亏后来也是因为那奶娘才逃出来,否则真不知如何是好。

所以说,这世间一切,耳听为虚,眼见为实。

他这边还在惊疑不定地感慨,打算将这荒唐事抛却脑后时,戚补臣派人来探望他,并通知他近期可以进京参加科举了。

韩琦仲得知这一消息,心中欣喜万分,总算冲淡了那天晚上丑女惊吓所带来的连日噩梦。

艰配

西川战事渐紧,蛮兵来势汹汹,攻城之战迫在眉睫。虽然詹烈侯已经修书朝廷,请求搬救兵过来,但是时间紧迫,远水救不了近火。

詹烈侯整天忧心忡忡,但没有在众将士面前表现出来,以免本就没有信心的士兵们更加绝望。终于,他想出了一条计策,可以拖住蛮兵进攻的步伐,为援军的到来争取时间。

他让人扮作火德星君、太岁星君和关圣星君三位神明,在蛮兵攻城打探的时候,由这三位扮作神明的士兵杀掉那些打探的前锋,蛮兵以为西川的守军有天兵天将相助,就悻悻地退兵了。

边境暂时解决了困境,朝廷这边的科举考试也终于顺利结束了。

韩琦仲疲惫地从考场里出来,他好几天都没有梳洗过了,不用闻他都觉得自己身上有一股难以忍受的异味,毕竟考试的这几天吃喝拉撒全都在一个小空间里。

他刚回到暂住的客栈里,抱琴就兴奋地问他考题是什么,考得怎么样。他知道抱琴是关心自己,就耐心地答道:"今天圣上临轩主持策问仕子的题目是关于洞蛮犯顺,该抚该剿的办法。我痛陈了养痈之患,又提出了平叛的方略,自认为还算切合实际。只是不知皇上中意哪一方面,能不能考中,如今听天由命就好。"

抱琴道:"既然已经答完了,就不想那些事了。现在已经中午了,少爷先吃饭还是先喝点酒?"

"酒饭都不用,我想睡一会儿,太累了。"说罢,韩琦仲简单地洗了洗就躺到床上陷入了沉睡。

昏昏沉沉间,韩琦仲听见有人敲门,就坐起来询问什么事。那敲门的人答道:"韩公子,是你的心上人来了,快开门。"

韩琦仲心中纳闷,他做梦都没梦到过女人,哪里来的心上人?迷茫地打开门后,却发现门口站着的是詹府的爱娟和奶娘。

爱娟挤进门,扑抱过去:"公子,那天没能成就好事,所以我今日特来找你。"

被强行拉上床的韩琦仲躲闪不及,急得大喊救命,惊醒了客栈里睡觉的人。爱娟见这么多人冲进来,连忙倒打一耙,说自己天黑走错门,被韩琦仲拉住要行不轨之事。

韩琦仲焦急之下百口难辩,被众人拿下送入官府。县官听了韩琦仲的说法完全不信,道:"世上只有男子强奸妇人,哪有妇人强奸男子。而这位小姐又有风筝和风筝上的诗作证,明显是你心怀不轨。来人,将他拖下去杖责五十大板。"

就在他拼命喊冤的时候,忽然感到有人用力地推了他几下,他迷迷糊糊睁开眼睛，见到站在面前的抱琴，这才意识到自己刚才是做了一个噩梦。

"少爷，你是做了什么噩梦，满头冷汗的？"抱琴问，不过他没等韩琦仲回答，又欢喜道，"对了，少爷，我可要恭喜你啦，你考中状元了！"

韩琦仲又懵了，喃喃道："这怕不又是一个梦……"

抱琴笑道："少爷，是真的，你考上状元了！报喜的还在门口等着呢！"

韩琦仲连忙起身到外面去，那报喜的见他出来，迎过来恭喜道："恭喜韩老爷，中了一甲第一名，是今年的新科状元。请老爷收拾一下，准备赴御宴吧。"

每年状元郎出来，总有不少人上门做媒。放榜后不久，立刻就有京城的达官贵人打探到今年这个俊俏的新科状元还未曾婚配，一时间，不少媒人踏破了状元府的门槛。

这天，状元府的大门还未开就有媒人上门来拜访了，结果两个媒人为了说媒，在门口吵了起来。

一个骂另一个钻营取利，为人不老实；另一个则指责对方欺上瞒下，是个骗子。两人争闹不休，吵得韩琦仲脑壳疼，抱琴只好上前将两人分开，道："我家公子说了，他的媒可不容易做，要亲眼看过了对方，心里觉得满意才会下聘。你们要说的媒，能相看的就来，不能的就不必说了。"

两位媒人面面相觑，人家都是千金小姐，怎会让人相看，过了好一会儿才为难道:"状元爷要是坚持,那明日爷游街的时候,我们带着小姐在一处观看,状元爷要是看到我们了,旁边就是那小姐。若是相中了,就点点头,若是相不中,就摆摆手,我们也好去别家看看。"

次日,京城的大街小巷都挤满了人,全是等着看状元郎游街的。待街头鞭炮声响传过来,新科状元骑着高头大马,穿着官服远远地过来。

韩琦仲抬头,果然在人群中看见了张媒人的身影,她身边立着个脂粉浓厚、唇红似血的女子正朝他飞着眉眼。韩琦仲顿觉那女子矫揉造作,心中不满地皱着眉头,抱琴在一旁连连摆手。

他骑着马又往前走了一段路,瞧见了李媒人,她身边站着的女子倒是芙蓉如面柳似腰,是个美人,只可惜眉宇间尽是忧愁。韩琦仲估摸着这女子眼光肯定十分高,自己没有殷实的家底,婚后定不会美满,便也示意抱琴摆了摆手拒绝了。

游街的队伍还在浩浩荡荡地往前走,先前离开的张媒人又健步如飞,满头大汗地跑过来了,神神秘秘地对韩琦仲道:"状元爷,我又替您相了个,这个小姐面容虽不是顶好的,但是发髻梳得十分美丽,是最近流行的牡丹头。"

韩琦仲打量了下那小姐,暗自发笑,心想,要是女子将发髻都梳成这样,还不如剃癞痢头,这种奇装异服看多了也会让人倒胃口,依旧婉拒了。

连连相看了几位世家小姐都不满意,韩琦仲心中十分失望,觉得这偌大的京城竟然找不出一个真正合他心意的美人来。

突然，李媒婆又出现在他前方。这次她身边站着的小姐面容十分美艳，寻常人肯定是没什么可嫌弃的了，就连韩琦仲都觉得她仿佛一株让人解忧的萱草，见了就心中舒畅。不过韩琦仲却觉得对方不适合娶为妻子，他认为这小姐过分依靠外物打扮，太过艳丽，只适合做小妾，摆摆手拒绝了。

　　李媒人丧气极了，这样的美人状元爷都瞧不中，不知道他到底要怎样的人，看来这状元爷的媒人钱是赚不到了。

　　韩琦仲经过这样一遭倒是看开了，笑了笑，打马回去了。

退敌

韩琦仲参加科考后,戚补臣心中的重担就落了一半,当初答应老友的事情也只剩下韩琦仲的婚事这一项还没有着落。然后他又想到自己的儿子戚友先,平日里被他娇纵过了头,一点儿都不思上进,也正好娶一房妻子好好看管下他。

他正在心里想着怎么替韩琦仲和戚友先各说一门亲事,突然记起来詹烈侯上任前的嘱托。对方家里正好有两位待字闺中的女儿,大女儿是个寻常女子,倒是那个二女儿,听说才貌双全,和韩贤侄很是般配。不如把大女儿许配给自己儿子,二女儿许配给韩贤侄,如此倒也合衬。

他越想越觉得这个主意很好,就立刻吩咐仆人找来媒人,替戚友先向詹家大小姐说亲。而韩琦仲因为已经参加科考去了,戚补臣怕他自己会在京城相中什么女子,就先没替他定下来,打算等他回来再为他操办。

戚补臣嘱咐完媒人,就听见有人敲锣打鼓上门来报喜了,说韩琦仲考中了状元。他知道韩琦仲才华横溢,却没想到竟然能高中状元,反复问:"真的吗?"

那报信的人见多了这样好事砸到头上却不敢信的人,便道:"不用怀疑,是真的,喜报在这里呢。"

戚补臣看过喜报,终于信了,当即大喜过望,让人给报喜的人包了红包。一时间戚府喜气洋洋的,全是来围观的人贺喜的声音。

"谢天谢地,老天不负奇才。我当初对朋友的托付也有了交代,虽然当初我抚养他不是图他回报,是真心希望他能够考上,并且施展才华,而且我儿如此不成器,料想他今后肯定也会帮衬下的。"

这边报喜的人才走没多久,之前派出去的媒人来回话了,说詹夫人应了亲事。这下可以说是双喜临门了,戚补臣颇为欢喜,当即决定要庆祝一番,喝个痛快。

韩琦仲高中状元之后,被皇帝任命为翰林院修撰,御赐尚方宝剑,派遣他带领军队前往西川剿匪,允诺他一旦捷报传来,便连升他三级。

詹烈侯没想到他向朝廷奏请军队援助剿匪,圣上竟然派新科状元来领兵。这样一个文弱书生,从未打过仗,真的能担此重任吗?他心中忧虑,决定先试探一番对方。

"先生受命而来,一定有奇思妙计,请问有什么办法平定叛乱呢?"

韩琦仲道:"晚辈初来乍到,不知道蛮兵有多少兵力,有什么动向,还请先生详细介绍一下情况,我也好据此提出一些浅薄的建议。"

回想起蛮兵的情况，詹烈侯不是很乐观地说："现在的情况令人十分担忧，蛮兵作战不用兵法，恣意而行，冲锋也是用大象开路，我们再英勇的士兵也拿他们没办法。"

韩琦仲思索片刻，便道："我们敌不过大象，但是狮子可以。象怕狮子，那我们就用狮子做开路先锋！"

"想法是好的，可是我们哪里来的狮子呢？"詹烈侯觉得韩琦仲有些异想天开。

韩琦仲微微一笑，面上透着自信："真狮子我们没有，难道假狮子我们弄不出来吗？我们可以做几个假狮子，等到对战的时候将假狮子推出来。那大象又分辨不出真假，见到狮子，感到害怕了就会慌乱起来，到时候他们四处奔逃，我们也就无所畏惧，直接带领士兵一鼓作气，消灭蛮敌。"

詹烈侯大喜，若此计行得通，蛮寇问题就解决了，他当即道："我立刻吩咐军中做好准备，尽早剿匪。"

他们二人这几天在外面视察，韩琦仲看见一处山高地广，觉得适宜当作埋伏地点，便同詹烈侯商量在此处安营扎寨，按照之前的计谋做好埋伏。

待一切都安置好后，敌兵也越来越靠近了。

那掀天大王一直以来都战无不胜，直到遇见了詹烈侯巧使计谋，才从西川退走。后来他打探到詹烈侯只不过是个老头，而皇帝派过来的援军统帅又是个瘦弱书生，就丝毫不觉得对方有什么威胁了。

一声令下，来势汹汹的蛮寇立刻摆开队形，由大象在前面做先锋，朝守城官兵们冲过去，官兵们抵挡不住大象的威力，节节败退，就在蛮寇心中得意之时，草丛里突然冲出十几只威猛的狮子。

象群见到狮子，顿时被惊吓得四处逃窜，踏翻了不少蛮寇和他们的战马，一时间蛮寇兵荒马乱，自乱阵脚。

掀天大王躲过慌乱的象群准备重新整兵的时候，树林里又响起阵阵喊杀声，如惊涛骇浪，震得地动山摇。早就埋伏着的官兵们勇猛地冲过来，杀得蛮敌抱头鼠窜。

大败蛮敌后，西川军民终于将许久以来憋着的一口抑郁之气吐出，当天晚上举行了盛大的庆功宴，并且犒赏了有功之人。

婚闹

戚补臣替戚友先安排婚事后，没过几天，詹戚两家就定了良辰吉日，下了聘，拜了堂。

夜深人静，送走了闹新房的人，戚友先穿着新郎官的衣服一步一晃地走进新房里，心跳如擂鼓，很是期待。人人都说新婚好，他也是风流年少，此刻见新娶进门的妻子坐在床边等着自己揭开盖头，就更加迫不及待地想见见新娘娇羞的模样了。

谁知道，盖头一揭，戚友先心中咯噔一跳。他原以为会是个美貌佳人，却不料床边坐着的是个丑得惊天地泣鬼神的"妖怪"。

戚友先还未说话，那"妖怪"先开口了："戚郎，怎么才一年不见，你就变了模样？难道是因为对我思念过度才日日苍老了吗？我跟你说，那一晚奶娘进来扰了我们好事，你离去后，我想你想得好苦，如今终于是把你等到了。"

戚友先听她说又是相思又是那一夜的，被她丑得吓跑了的理智也回来了，立刻察觉到不对劲，当即指着她的鼻子怒骂道："你这个丑陋的淫妇，我什么时候见过你，你把我看成了哪个奸夫？今天在我面前败露了吧，这可是你自己亲口说的！"

洞房里吵闹不休,本来已经要睡下的梅夫人听到哭闹,以为是新婚小两口不够熟悉磨合不够,所以才闹起来了,但这种事情她做母亲的又不好意思去教,还在犹豫间就见戚友先已经冲出房间来,嘴里还大喊着:"来人,我要回府!"

梅夫人见正是洞房时候,新郎反而跑出来了,大惊:"女婿,你们为何这样吵闹,而且就算定省,时候也还早啊?"

"别叫我女婿,我不是你女婿。"戚友先暴躁道。

"女婿这是何意?"

"何意?你家女儿不检点,却要我来当这乌龟,做这冤大头!"戚友先冷笑。

梅夫人大惊失色:"这不可能,我家门禁森严,三尺男童都进不来,怎可能会有这种事?说那话的人肯定是诽谤我女儿。"

戚友先斜睨她一眼:"别人诽谤她,她自己难道也诽谤自己不成?她亲口说的,去年三月有人冒我名同她相会,那人还有副比我好的相貌。"

未出阁的闺女做出这种事,还被人当面抖搂出来,梅夫人顿觉丢了面子,大怒,对爱娟咆哮道:"你既然做了这种不肖的事,你又和他讲什么!现在好了,被隔壁娘俩听见,要笑死我们了!生出你这样的东西,简直败坏爹娘脸面!你最好跟我老实招来!"

爱娟把事情始末讲了,梅夫人无法辩驳,赶忙向戚友先道歉说理:"贤婿,这都是我女儿的错。只是你们已经拜堂,若今夜你直接回去,对我们两家的名声都不好,不如你们结为夫妻暂且忍这一时,以后纳妾,都随你的意。"

"那我丑话说在前头,这本就是你们家亏欠我的,不要到时候我纳妾,她又同我闹,若她不安分,我就连同今天的事一起发落了。"

梅夫人已经答应了,爱娟再不愿意也不行,事情就这样暂且压下去了。

戚友先因为嫌弃爱娟相貌丑陋,成亲后就一直流连花街柳巷,不到一个月就寻思着纳妾了,爱娟虽不满意,但她因先做了错事,到底不占理,也就管不了。不过爱娟不是个老实安分的人,她发现戚友先对自家漂亮的妹妹有想法后就起了歪心思,想出了一个"一箭双雕"的计策。

爱娟表面上装作要帮助戚友先得到淑娟,并为他创造机会,实际上成与不成都是为了杜绝戚友先以后再纳妾,而且她还能压过淑娟一头,不管怎样都是她赚了。

淑娟本来就不爱同爱娟母女打交道,只有在情面上碍不过才会过去,而爱娟成亲后与戚友先同住,淑娟为了避嫌,两人之间更少往来。淑娟对那姐夫没什么印象,只是偶尔几次见到,觉得这人品性才学都不像是能写出那诗的人,不过她也没有多想。

爱娟连着几次邀请她过去,她都找借口婉拒了,这一次爱娟坚持得很,她一时半会又找不到合适的理由拒绝,只好答应了。

淑娟一过去,爱娟就迫不及待地将她往房里领,淑娟没怎么注意到爱娟今天异样的急迫,只是瞧见爱娟房间竟然还挂着剑,有些奇怪,就多问了几句。爱娟敷衍地回答了她,眼神却一直不住地往事先藏在暗处的戚友先看过去,一边让丫鬟婆子下去了。

房里人走了后,爱娟才意有所指地对淑娟道:"我房里养的这缸莲花,几年不开花,结果我成亲之后它倒也懂得做风流事,一下开了并蒂两朵。"

淑娟没懂爱娟想让她做小的意图,反倒笑道:"这倒是你错怪花了,只不过是偶然开之,哪里会是因所见之故。"

爱娟见淑娟不开窍,便找了个借口出了房间,躲在门口偷听。

戚友先也在暗处等不及了,便直接绕到淑娟背后,一把抱过去。淑娟被突然冒出来的人吓了一跳,回过身来却发现是爱娟口中出了门的姐夫,随即惊恐地躲开他的动作:"你从哪里冒出来的?姐姐,你快来。"

戚友先看着旁边再次进入房间但事不关己的爱娟,似笑非笑道:"你喊也没用,这本来就是你姐姐给我安排的美意。"

淑娟再天真也明白自己被那没良心的姐姐给设计了,情急恼怒之下,为了自保,鼓起勇气拔出床头挂着的宝剑向戚友先砍过去。

"放我出去,不然我就用这把剑砍了你们,我说到做到!"

戚友先和爱娟二人原本以为淑娟是没那个胆子的,但见对方真的拿剑砍过来,当下慌神,赶紧道歉认错。

淑娟一句话也不想与这两个人多说,气愤又恼怒地离开了。

淑娟走后,爱娟整了整乱了的衣裳,挑起嘴角对戚友先道:"你看,这是她不从,我的情分已经尽了,以后娶小的事你就别想再提了。"

戚友先被淑娟狠戾的做法吓到了,心中又怨恨那把宝剑坏事,回头就将它给铸成了尿壶泄愤。

诳·美

平叛胜利后,詹烈侯同韩琦仲班师回朝。詹烈侯得知自己的大女儿已经嫁给了好友戚补臣的儿子,只剩下一个二女儿还未嫁人。他对韩琦仲的才学人品以及样貌都非常地欣赏,想着若是二女儿能和韩琦仲结成姻缘,也算天作之合。

詹烈侯行伍出身,是个说行动就行动的人,当即找了人向韩琦仲说媒。韩琦仲推辞婚姻大事自己做不了主,自己自幼由戚补臣抚养,要看长辈的意思。

詹烈侯一听是戚补臣,这下开心了,想着这事准成,当即就给戚补臣去了信。戚补臣本来就有给韩琦仲和詹家二小姐做亲的想法,这下倒是不谋而合,既然对方家长也有此意,他接到信后立刻就去詹家下了聘。

待到韩琦仲回来听到戚伯父说起功成婚定,还一头雾水,他疑惑地问:"我何曾定过亲?"

"不是你来信问我关于你同詹家二小姐亲事的意见?我已经答应了。"戚补臣回道。

韩琦仲心中叫苦不迭,又记起当初被那"二小姐"尊容吓得做噩梦的时期，心中想着绝对不要那个容貌丑陋、毫无德行，更没才华的女人进门。

"贤侄，你为何如此惊慌？这门亲事并不差，他家二小姐才貌双全，正适合做你配偶。"

韩琦仲与戚补臣据理力争，但终究因为事情的真相无法说出口，而戚补臣也不理解他的想法而失败。韩琦仲只能梗着脖子道："若要我娶她，我宁可一辈子都不娶。"

戚补臣不明白，一向懂事乖顺的韩琦仲为什么在婚姻这件事情上这样的固执，顿时觉得有些恼怒。自己的一片好心被当作了驴肝肺，还被韩琦仲下了面子。

"我从小将你养大，现在你考上了状元就不听我的了，我连你的婚事都做不了主是吧？我不管，事情我答应了别人，聘礼都下了，你娶也得娶，不娶也得娶，明天就准备洞房花烛，入赘詹家，不然我就将此事上告到皇上面前，让陛下来评评理了！"说罢甩袖离去，不再听韩琦仲的辩言。

韩琦仲反抗无能，他不能不敬长辈，就只能委屈自己认下这门婚事，但他也有自己的坚持，打定主意：即使成婚以后，也绝不与那丑妇同房。

成婚那一日，韩琦仲勉强自己拜完堂、喝完交杯酒后就一个人在房间里坐着，也不揭盖头，如果可以，他连这个房间都不愿意进。

淑娟心中奇怪，却也不好意思开口问。她等了许久，却见新郎官竟然自己拿着蜡烛去睡觉了。被一个人扔下的淑娟冷冷清清地坐在床边,心中有些委屈和失落,最终只好端着灯去自己母亲房间里睡。

柳氏本以为洞房应该是春宵一刻值千金的,结果见到女儿竟然拿着灯来和自己睡,又想起拜堂时韩琦仲的脸色不是很情愿,难道是他对自己女儿有哪里不满意?柳氏左思右想也想不明白,却也不能放着不管,便找人去把已经睡了的韩琦仲喊起来询问。

韩琦仲听到柳夫人的问话,沉着脸回道:"不与你女儿同床自然是有理由的。你女儿太过淫乱,我只恨这房间里差个好箬帚,不能时刻防着她!"

柳氏大惊失色,声音也赶紧放低了:"你的意思是我家有什么闺门不谨慎的事了?可是听谁说的?"

"哪用听别人说,我自己亲眼见到的。"说罢,韩琦仲就将放风筝,并借风筝传情的事情和之后的月夜相约都和柳夫人说了。

柳夫人震惊不已,她想不到自己千好万好的女儿会做出这种事,让她颜面无光。柳氏立刻返回房中找淑娟对峙。淑娟听完后气得满面通红、眼泪直掉,直言韩琦仲血口喷人,她根本从未见过韩琦仲。

"我根本从未见过他,除了那首诗,其他的我都没做过!"

这件事情匪夷所思,韩琦仲和淑娟两人说的话都对不上,但是两人信誓旦旦的样子完全不像撒谎,柳夫人隐约觉得这中间可能有什么误会,决心一定要弄个水落石出,不光是为了女儿的名声,也是要对韩琦仲负责。

柳氏思来想去,还是相信自己的女儿,那晚韩琦仲见到的,恐怕不是淑娟。于是她问韩琦仲:"那你可还记得小女的面容?"

韩琦仲一想起那张脸,顿时和吃了苍蝇一样,内心翻江倒海:"怎么可能不记得,世间怎么可能还有第二个人长成那样!"

柳氏道:"那你刚才在新房里可曾见过我女儿?"

"不见也罢,看了难受。"

柳氏心中顿时有了几分底,她说:"那你现在来看看我女儿,确认一下是不是你那天见到的。"

韩琦仲勉为其难地同意了,心中却不以为意,难道一年不见就能变样子吗……谁知道,等詹二小姐站在他面前时,烛光下面颊上仍垂着泪珠的美人简直叫他惊叹。

"这怎可能,这分明是一个绝世佳人,是我踏破铁鞋要寻找的理想伴侣啊!"韩琦仲看着面前的人有些呆怔。

柳氏见他愣愣的,小心问道:"贤婿,这是不是你去年见到的人?"

"不是,不是,完全不是。"韩琦仲连连摆手。

柳氏如释重负:"看来那件事情同我女儿无关了,是贤婿认错人了。"

既然事情是一场误会,后面的就很好解决了,柳氏也不再操心,高高兴兴地走了,把房间留给小两口。

韩琦仲本就因为误会做错了事,再加上对着一位绝代佳人,心中顿时就柔软了许多，笑意温柔地道歉赔罪。淑娟本来还恼他的，但见他态度诚恳，不拘男儿面子下跪认错，再加上本来也是被人诬陷的，她也就原谅了对方。

两人本就才学品性相配，婚后更是举案齐眉、琴瑟和谐。韩琦仲越发觉得自己是三生有幸才娶到如此良妻，对戚补臣当初定下这门亲事万分感激。

释疑

詹烈侯因为平叛有功,官升大司马,被皇帝召回京中任职。终于能一家团圆了,因此詹府上上下下都十分高兴,准备迎接主人的归来。

詹烈侯到家的那一天,梅氏柳氏都带着自己的女儿女婿等候在大厅里。

韩琦仲看见爱娟,仿佛见到了鬼一般,拉了拉淑娟的袖子:"奇怪,这位大姨看上去有些眼熟。这不是去年冒充佳人约我见面的那个?"

淑娟一愣,谨慎道:"你看仔细,不要又认错人了。"

韩琦仲凝神看了看,肯定道:"绝对错不了,就是她!"

过了会儿,爱娟的奶娘端着茶出来,韩琦仲又是一愣,转头对淑娟说:"夫人,现在不光假莺莺出来了,假红娘也出来了。"

"哪个?"

"那个捧茶的。"韩琦仲小声说。

淑娟看着对面俩人,心思顿时通透了,气愤道:"原来是她们串通好的,耍阴谋诡计,冒充我的姓名做出那等丑事,我要告诉母亲去！"

韩琦仲赶忙拉住她："使不得，你要是同她吵起来，那戚兄就觉得我调戏了他妻子，到时候就说不清楚了。"

淑娟一咬唇，可是又想起不久前爱娟算计她，差点让戚友先得逞的事，新仇旧恨上来，也顾不得当下了，甩开袖子就去找柳氏说了。

此时爱娟那边也认出了韩琦仲就是当年被引进房里的那人，而且如今越发英俊了，她心中还颇为惋惜。

戚友先本来见到淑娟的相公是韩琦仲，想到前些日子做的事心里就有些发虚，看到淑娟面色不好地同柳氏说着话，还不时地指过来，担心当初调戏淑娟的事情会被韩琦仲知道。

不行，得想个法子把韩琦仲哄出去，万一她们闹起来，被韩琦仲听到就不好了，戚友先想。

淑娟将事情告诉柳氏后，柳氏气愤难当，觉得梅氏女儿欺人太甚，要找她们算账。韩琦仲知道是拉不住她们了，为今之计就是先将戚友先哄出去，让她们自己解决。

"戚兄，岳父就快到了。我们做女婿的，应是先行去迎接。咱们到郊外接他可好？"韩琦仲问道。

此话正中戚友先下怀，他当然不会拒绝。两人出去后，柳氏将一场"风筝误"在梅氏面前抖出来，说要到詹烈侯面前告状。

梅氏见事情被揭穿，又是羞愧又是惊慌，强作镇定道："这事情说出来，对你们家女儿也不好，不如我们私下讲和了吧。而且闹到老爷面前，让老爷也没面子，何必呢？二小姐，你平时知书达理，知道怎样才是最好的，你劝劝你母亲，我们私下讲和吧！"

淑娟一开始不肯原谅，爱娟差点害她失了姻缘不说，更差点害她失了名节，不过她架不住梅氏低声下气地道歉，最终摆了摆手："算了，算了，总归是一家人，抬头不见低头见，也不好闹僵，只是以后不要再犯了。"

梅氏连连保证，正巧这时去接詹烈侯的几人也都回了，众人便欢欢喜喜地迎了上去，仿佛一切都不曾发生过。

真乃是：无心演出风筝戏，怕世上儿童学会。也须要嘱语东风向好处吹。

风筝误

◎ 李渔 著

《风筝误》是传奇（戏曲）喜剧，以关目新奇而又针线细密著称。

以风筝为姻缘的线索，通过巧合、误会等手法设置冲突，制造逗人发笑的喜剧效果。全剧语言浅显俏皮，情节曲折却轻松快乐，是纯纯粹粹的喜剧，充分展现了作者"惟我填词不卖愁，一夫不笑是吾忧"的理念。

第一出 巅末

【蝶恋花】

（末上）好事从来由错误。刘、阮非差，怎入天台路？若要认真才下步，反因稳极成颠仆。更是婚姻拿不住。欲得娇娃，偏娶强颜妇。横竖总来由定数，迷人何用求全悟。

【汉宫春】

才士韩生，偶向风筝题句，线断飘零。巧被佳人拾着，彤管相赓。重题再放，落墙东、别惹风情。私会处，忽逢奇丑，抽身跳出淫坑。赴试高登榜首，统王师靖蜀，一战功成。闻说前姻缔就，悔恨难胜。良宵独宿，弃新人、坐守长更。相劝处，银灯高照，方才喜得娉婷。

　　　　　放风筝，放出一本簇新的奇传，
　　　　　相佳人，相着一副绝精的花面，
　　　　　赘快婿，赘着一个使性的冤家，
　　　　　照丑妻，照出一位倾城的娇艳。

第二出 贺岁

〔鹊桥仙〕

（生巾服上）乾坤寂寞，觚怀焉寄？自负我情钟我辈。良缘未许便相遭，知造物定非无意。乌帽鹑衣犊鼻裈，风流犹自傲王孙。《三都赋》后才名重，百尺楼头气岸尊。手不太真休捧砚，眉非虢国敢承恩？佳人端的书中有，老大梁鸿且莫婚。

小生韩世勋，字琦仲，茂陵人也。囊饥学饱，体瘦才肥。人推今世安仁，自拟当年张绪。虽然好色，心还耻作登徒；亦自多情，缘独悭于宋玉。不幸二亲早背，家道凌夷，四壁萧然，未图婚媾。赖有乡达戚补臣，系先君同盟好友，自幼抚养成人，与他令郎戚友先同窗肄业。今乃元旦之日，须要整肃衣冠，候他出来贺岁。

〔小蓬莱〕

（小生三髯、冠带，末随上）最喜门清似水，谱东山几局闲棋。

（副净巾服上）家声尽旧，桥名朱雀，巷名乌衣。

（见介）

（生）老伯请台坐！容小侄拜贺新正！

（小生）贤侄是客，老夫是主，怎敢受礼？同拜就是。

（同拜介）

（生）改岁之余，愿老伯蒲征早就，霖雨苍生。

（小生）交春以后，望贤侄联掇科名，早偕花烛！

（生、副净揖毕，同坐介）

（生）老伯，小侄异姓孤儿，蒙老伯扶持教诲，胜似天伦，感激之私，一言难尽。

〔宜春令〕

（生）蒙垂念，辱俯携，恨不得挽青云，扶人上梯。近世的交情，生前尚且翻云覆雨，何况朋友死后，还肯念及子孙？叹人亡交废，路逢羊舌谁弹泪！老伯真古人也。此德此恩，不知何年可报？愧无能报德衔环，只有个感恩流涕。莫说老伯，就是世兄与小侄呵，一样的埙篪奏雅，与同胞何异？

（小生）老夫与令先尊，有车笠之盟，又受妻孥之托，怎敢以生死变交？

〔前腔〕

（小生）承交子，受托妻，顾黄泉常愁负伊。你只管用心读书，莫说纸笔之资、灯火之费，老夫不惜，就是婚姻一事，少不得也在老夫身上。你休忧聘礼，难道我向平只为婚男计？就令先尊易箦之时，以此事谆谆见托。老夫也曾力任不辞。防备他死者重生，须使我前言无愧。

（副净）老世兄，自古首："四海之内皆兄弟也。"何况我和你两世通家，说甚么同胞异姓，都是一般昆季。

（末持帖上）禀老爷：方才詹老爷来拜年，说新正事冗，不敢请见，留下帖子去了。

（小生看帖介）原来是詹烈侯，是老夫极相好的同年。他既来了，老夫就要去答拜。分付打轿。暂别了。人情重来往，友谊愧先施。

（末随下）

（副净）老世兄，我和你终日闭在书馆，成年不见妇人，这些时睡卧不安，未免有些亢阳之意。如今解馆过年，正好及时寻乐，和你到姊妹人家去走走何如？

（生）闻得近来名妓甚少，只怕也不消去得。

（末上）禀相公：外面有许多妓女上门来拜年。

（副净大笑介）"我欲仁，斯仁至矣。"妙！妙！妙！快唤进来！

（末唤介）

（老旦、小旦、净、丑扮妓上）居邻桃叶渡，辇效苎萝村，莺语同招客，梅花伴倚门。二位相公在上，贱妾们拜年！

（副净）不消，来到就是了。

（生背面、远立介）

（众）那一位是戚大爷？

（副净）小子。

（众）那边一位呢？

（副净）是敝友韩琦仲。

（众）好两位风流相公！

〔玉抱莺〕

〔玉抱肚〕（众）堪称双美，乍相逢，教人目迷。（指生介）那壁厢，器宇从容。（指副净介）这壁厢，裘马轻肥。二位相公不弃，几时到敝寓来，光顾一光顾，何如？

（副净）明日就来相访。

〔黄莺儿〕（众）望栽培，倘文车见枉，便不宿也增辉！今日各位老爷家，都要走一走，不得久陪，告别了！

（副净）怎么忍得就去？（拉住诨介）

（众）已登七贵府，再过五侯家。（齐下）

（副净）老世兄，你为何这等道学？那些女客们来，也和他说说笑笑，才像个风流子弟。为何手也不动，口也不开，反背面立着，却像怕羞的一般？你也忒煞老实了。

（生）小弟平日也不十分老实。只是见了这些丑妇，不由你不老实起来。

（副净）怎么？方才这几个，妖妖娆娆，也尽看得过了。

（生微笑介）

〔解三酲〕

（生）嗅着他脂腥粉气，怎教人翠倚红偎？

（副净）毕竟怎么样的，方才中得你的意？

（生）但凡妇人家，天姿与风韵，两件都少不得：有天姿没风韵，却像个泥塑美人；有风韵没天姿，又像个花面女旦。须是天姿风韵都相配，才值得稍低徊。就是天姿、风韵都有了，也只算得半个，那半个还要看他的内才。倘若是蓬心不称如花貌，也教我金屋难藏没字碑。

（副净笑介）你也忒煞迂阔，世上那有这样妇人？方才家父说，要替你定亲，这等看起来，你的头巾是极难浆洗的了。

（生）若要议亲，须待小弟亲自试过他的才，相过他的貌，才可下聘。不然，宁可迟些，决不肯草草定配。甘淹滞，怎肯把山精野怪，引入房帏！

（副净）一发说得好笑，只有扬州人家养的瘦马，肯与人相，那有宦家儿女，容易使人见面的？

〔前腔〕

（副净）何曾见侯门娇丽，肯容人较瘦量肥？就作外貌见了，那内才怎么知道？难道好出个题目考他不成？就是朝廷也不开女科第，几曾见穷措大考蛾眉？老世兄，我劝你将就些也罢了。须知道河清难俟韶光迅，只怕你觅得娇娃日已西。休拘泥，只要门当户对，早效于飞！

（末上）老爷回来了！年酒摆在中堂，请相公上席。

〔尾声〕

（合）我和你意空驰，神虚费，婚姻自有个暗中媒。倒不如现在的屠苏且去饮数杯！

    瑞霭环凝绿野堂，岁朝风景异寻常。
    尊前有酒春方好，眉上无愁日自长。

第三出 闺哄

〔海棠春〕

（外苍髯、冠带，末随上）林居偏系苍生望，丝鬓老，丹心犹壮。术只愧齐家，闺内多强项。雄心勃勃鬓萧萧，功在边陲望在朝，尚有倒悬民未解，难将生计学渔樵。

下官詹武承，字烈侯，进士出身，官拜西川招讨使。只因朝中宦寺专权，怪下官不肯依附，唆人弹劾，罢职家居。近日闻得川、广之间，蛮兵作乱，势甚披猖，朝议纷纷，要起下官复还原职，未知确否？这倒不在话下。只是下官之命，易在功名，难在子息；下官之才，长于治国，短于齐家。正夫人早丧，子嗣杳然，只留二妾，各生一女。他们一岁之内，倒有三百个日子相争。下官一日之中，吃得八九个时辰和事。亏了一双顽皮的耳朵，炼出一副忍耐的心胸，习得吵闹为常，反觉平安可诧。二夫人梅氏，生女爱娟；三夫人柳氏，生女淑娟。爱娟居长，淑娟居次，年俱二八，未定朱陈。昨日是元旦之期，下官在梅夫人房里度岁，今日轮该柳夫人当夕了。且喜应酬已毕，不免早些过去，同他吃几杯岁酒，不要去迟了，又道我冷落他。（叹介）这叫做：阴气费

和阳易燮，盐梅好剂醋难调。（暂下）

[前腔]

（小旦扮夫人上）衾裯同抱甘谁让？宠盛处，后来居上。

（旦扮小姐，副净扮梅香随上）二母费调停，敢为慈亲党。

（小旦）妾身柳氏，招讨公第三房夫人。女儿淑娟，招讨公第二位小姐。二娘梅氏，嫉妒成风，咆哮作性。妾身初来，也曾让他几次，怎奈越高越上，势不相容，如今只得与他旗鼓相当，才能够画疆自守。（对旦介）我儿，你爹爹昨日在那边过年，今日这样时候，还不见过来，想是又被那老妖精缠住了。

（旦）新正为一岁之首，决不使我母子向隅，想必也就来了。

（外便服上）老梅虽占春光早，嫩柳还承雨露多。（见介）夫人，下官昨日拘于次序，只得勉强住在那边。你母子二人度岁，未免冷静了。

（小旦）也不十分热闹。

（旦）孩儿备有春酒，替爹爹、母亲介眉。

（外）如此甚好。

（旦送酒介）

[惜奴娇]

（合）琥珀浮光，喜红颜华发，共映霞觞。一样的辛盘菜果，今夜倍觉生香。徜徉，对景开怀增欢畅，案齐眉，珠擎掌。

（合）祝寿康，但愿年年今日，共醉千场。

（老旦扮夫人，丑扮小姐上）女子心肠曲，男儿宠爱偏。只愁情意假，空占昨宵先。

妾身梅氏，詹家署事的正夫人是也。老爷在柳氏房中饮酒，不免同着女儿，潜步走去，听他说些甚么。（行介）正是：但听私下语，便识枕边言。

（丑）来此已是三娘门首了。母亲，我和你躲在一边，好听他们说话。

（老旦）正是。

（共躲听介）

（外）夫人，我年逼桑榆，只生二女。你生的这一个，聪慧端庄，还替下官争气。只是二娘生的那一个，貌既不扬，性又顽劣，我终日替他担忧，怎么样到人家去做媳妇？

（小旦）有那样的娘，自有那样的女儿。莫怪女儿不成器，只怪那老东西的教法不好。

（旦）爹爹、母亲，且自饮酒，不要多话。万一下人听见，传与二娘知道，又是一番嫌隙了。

（外）我儿说得是。

〔前腔〕

（合）须防。耳属于墙，休向新年佳节，又起争场。且把金樽倾倒，休负眼底春光。芬芳，几树梅花相依傍，暗香来，神增爽。

（合前）

（老旦、丑闯入介）

（老旦）小妖精，你同家主公吃酒，把我娘儿两个当小菜，

怎见得我的教法,不如你的教法?怎见得你的女儿,强似我的女儿?(指小旦介)

【锦衣香】

(老旦)骂你那淫妇腔,妖精样,逞自强,将人谤,不分个后到先来,恁般无状。

(小旦)我倒不是小妖精,你是个老妖精。为甚么别人在房里吃酒,要你沿墙摸壁来听?(指老旦介)笑你那狐狸越老越猖狂,迷人技痒,到处寻郎。

(老旦)好骂!好骂!(欲打介)

(小旦)你来!你来!

(外各劝介)劝娘行息忿,甚冤仇,动辄相伤?

(外对老旦介)夫人,你比他年长,怎与他一般较量?

(老旦)是他的年纪小,我的年纪老,你到年纪小的身边去!

(推外介)

(外对小旦介)夫人,若论于归次第,你也略该相让。

(小旦)是他比我先来,我比他后到,你到先来的身边去!

(推外介)

(外笑介)他又推来,你又推去,我只当在这里打秋千。

(丑对小旦介)三娘,我的母亲教法不好,你的教法好,以后劳你教教罢了。(对旦介)妹子,你聪明似我,我丑陋似你,你明日做了夫人、皇后,带挈我些就是了。

【浆水令】

（丑）你这俏仪容，是夫人娇样，好规模，是皇后尊腔。我呵，只好做农家媳妇、贩家娘。全仗你提携带挈，做个贵戚椒房。

（旦背对老旦介）二娘，是我母亲不是了，看孩儿面上，不要气罢。劝你千金体莫气伤，且看儿面恢宏量。

（旦对丑介）姐姐，你与妹子原是和气的，不要为这几句闲语，就成了嫌疑。好姊妹、好姊妹，影形相傍。休因这小嫌隙、小嫌隙，中道参商。

（老旦指小旦介）若不看你女儿面上，今日和你不得开交！我儿去罢！不意顽嚚辈，翻生贤慧儿。

（丑同下）

（外指内介）老泼妇，老无耻！新年新岁，就来寻是非！

（小旦）起先为甚么不骂？如今见他去了，弄这假威风与那个看！

（外）当面不骂，是替你省气；背后骂他，是替你出气，总是爱惜你的意思。（笑介）

（净扮报人上）三边传檄至，九阙赐环来。报！报！报！

（末传介）

（小旦、旦避下）

（外）唤他进来！

（净见介）恭喜老爷！起复原官。圣旨已下，道地方多事，就要催老爷上任。

（外）知道了，外面领赏。

（净下）

（外）既然起官，就要上任。那干戈扰攘的地方，不好带得家小。我如今在家，他们还终日吵闹，明日出去之后，没有个和事老人，他两下的冤家，做到何年是了？（想介）我有道理。叫院子！

（末应介）

（外）趁我在家，叫几个泥水匠来，将这宅子中间筑起一座高墙，把一宅分为两院：梅夫人住在东边，柳夫人住在西边。他两个成年不见，自然没气淘了。

（末）老爷说得是。

〔尾声〕

（外）把长城筑起三千丈，省得干戈扰攘。（叹介）我还怕他攻倒堤防。

　　　　不会齐家会做官，只因情法有严宽。
　　　　劝君莫笑乌纱弱，十个公卿九这般。

第四出 郊饯

[菊花新]

（小生带末上）衰年情愈笃嘤鸣，闻道良朋赋远征。恰遇柳条青，好折取一枝相赠。

下官戚天衮，字补臣，与詹烈侯是同榜弟兄，最相契厚。闻得他有赐环之诏，今日起身，因此备下祖饯的筵席，来在邮亭相等，想此时已出门了，叫家僮拿了帖子，立在道旁伺候。

（末应介）

[望吾乡]

（外冠带，引众上）衔命长征，风霜久惯经。残躯一向离鞭镫，不生髀肉真天幸，馀力犹堪骋。君恩重，家室轻，成败由天命。

（末跪迎介）戚老爷有酒，摆在驿亭，候老爷饯别。（投帖介）

（外）快住轿！（进见介）钦限甚严，匆匆就道，小弟未曾拜别，反辱年翁郊祖。

（小生）鲁酒一卮，不敢称饯，为年翁壮行色耳。看酒来！

（送酒介）

〔倾杯玉芙蓉〕
（合）载酒携觞祖驿亭，暂息旌旗影。俺两人意气相投，科第同登，休戚相关，车笠同盟。风云泉石非殊命，只为朝市山林各有情。杯须罄，休教唱渭城，怕唱来时，曲声凄楚不堪听。

（外）老年翁，小弟正有一事奉托，今日若不相遇，竟自忘了。小弟衰年乏嗣，只得两个小女，如今都已成长。小弟此行，归期未卜，求老年翁念同谱之情，替小弟择两个佳婿。若路远期促，不及相闻，就便宜行事也罢了。

（小生）领命。

〔玉芙蓉〕
（外）辞家老向平，婚嫁将谁倩？幸良朋可代，然诺无轻。只要择婿得人，聘礼分毫不受。订盟不受千金聘，择吉何须百两迎。

（小生）承台命，我中心敬领，定搜寻一双润玉配清冰。

（外）告别了！（起介）束发投交鬓已丝，那堪踪迹又参差。

（小生）若逢驿使南来便，好寄梅花第一枝。（带末先下）

（外）分付各役，及早趱行。

（众应，行介）

〔朱奴儿犯〕
（外）一来为生灵待拯，二来为天语催征，因此上沐雨梳风晓夜行，原不为利名争竞。既许为苍生，干城早到，疮痍早住疼。

因此上任不得宽闲性。此时呵,有多少难民屈指算来程。

〔尾声〕

（外）三军共诧鞭梢影,为甚的平白地指挥号令?谁知俺是操演胸中的旧甲兵。

第五出 习战

【北粉蝶儿】

（净蛮装，引众上）七尺昂藏，不枉了七尺昂藏。盖乾坤气雄心壮，天铸就铁胆铜肠。眼重瞳，眉八彩，帝王奇相。割中原几处强梁，都随咱一声雄唱。据地称雄积有年，那堪久戴洞中天？时人莫笑蛮靴弱，一踢能教万国穿。

自家洞蛮雄长，掀天大王的便是。咱们各踞洞天，自成部落，就是朝廷有道，不过暂受羁縻，若还国势凌夷，岂肯自为囚房？孤家生来相貌雄奇，性格骁勇，素有席卷中原之志，只因海宇承平，难于窃发。如今闻得朝中群小肆奸，各处贪官布虐，人民嗟怨，国势倾危。若不乘此兴兵，可不自贻后悔！只是一件，我闻得官兵所用的器械，件件犀利。俺这里刀枪虽快，弓弩虽多，只可为应敌之资，不可为制胜之具。我想中国所少的，只有一个象战。孤家已曾蓄有猛象数百，铁骑三千。象阵前驱，骑兵继进，以此制敌，何愁不奄有中原？已曾着人训练多时，只不曾亲自检阅。今日天气晴明，不免登坛演习一番。（登坛介）传谕人、象两营，各自披坚执锐，听候操演！

（众）禀问大王：还是先演象战，先演人战？

（净）先人，后象。

（众应，传令介）

（众持军器，各舞一回下）

〔石榴花〕

（净）一件件绕身随手现锋芒，俺只见电色闪毫光。可喜的是弓弯夜月，剑倚秋霜；枪能贯甲，箭拟穿杨。又只见那猛骎骎，又只见那猛骎骎，马蹄儿踏破了桃花浪，一道红尘，人间天上。气昂昂的猛貔狱，气昂昂的猛貔狱，好似天神样。舞罢了，各返彩云乡。

（扮象上，舞一回下）

〔扑灯蛾犯〕

（净）蠢生生，如犀增跳踉；威凛凛，如虎增肥胖；脊巍巍，如山复如堵；鼻层层，如风卷浪。雄赳赳，千夫失勇；木茧茧，万弩不能伤；泼凶凶，长驱直拥；伏贴贴，敌骑百万一齐僵。分付人象，合战一回。

（众应，传令介）

（人、象同上，合战毕，摆齐，听令介）

（净）人有人威，象有象勇。好战法，好战法！

〔上小楼犯〕

（净）凭着你烈轰轰人马强，矫腾腾牙爪张，扶佐俺掠了金珠，踞了城池，做了君王。那时节封你做食禄千钟、封侯万户的功人功象，须记咱纶言非诳！摆队回营！

（众应，行介）

〔叠字儿犯〕

（净）对对旌旗明亮，个个戎装鲜朗。更有那煌煌的司命幡，离离的护纛幢，五彩飘飐，助的军容壮。喜孜孜归来帐房，笑吟吟自捧霞觞。歌舞徜徉，洞中蛮都增欢畅，仁看把锦江山打叠实空囊。分付大小蛮军，点齐人马，就是明日起兵。

（众应介）

〔尾声〕

（净）取中原，如反掌；看长驱，谁能拦挡？一任那不知命的螳螂将臂攘。

计就何难拉朽枯，狰狞一兽抵千夫。
荡平拟建功臣阁，不画麒麟画象图。

第六出 糊鹞

[吴小四]

（副净带末上）跨金鞍，佩玉环，豪华第一班。掷色斗牌赢不惯，每日输钱常论万，当家后，一总还。

小子名唤戚施，家君原任藩司，做官不清不浊，挣个本等家私，只养区区一个，并无同气连枝。没挞煞受人妻子之托，甚来由养个赵氏孤儿，与我同眠同坐，称他半友半师，谁知是个四方鸭蛋，老大有些不合时宜。有趣的事，不见他做；没兴的事，偏强人为。良民犯何罪孽？动不动要捉我会文做诗；清客有何受用？是不是便教人烧香着棋。好衣袖被香炉擦破，破物事当古董收回；好髭须被吟诗拈断，断纸筋当秘笈携归。更有一般可笑，命中该受孤凄。说起女色，也自垂涎咽唾；见了妇人，偏要做势装威。学生连日去嫖姊妹，把他做个俊友相携，又不要他花钱费钞，他偏会得拣精择肥。难道为你那没口福的要持斋把素，教我这有食禄的也忍饿熬饥？我从今誓不与他同游妓馆，犯戒的是个万世乌龟。自家戚公子，字友先的便是。一向坐在书房，被老韩磨灭不过。连日同几个帮闲，在外面赌钱、嫖妓、打双陆、蹴气球，何等快乐！

如今清明近了,那些富家子弟个个在城上放风筝,使我看了一发技痒不过。叫家僮也去糊一个风筝来,我就要上城去放!

(末应下)

(副净)我想古来制作的圣人最是有趣,到一个时节,就制一件东西与人玩耍。不像文、周、孔、孟那一班道学先生,做这几部经书下来,把人活活的磨死。

〔大迓鼓〕

(副净)聪明让鲁班,随时逐节,把巧制新翻。不像那诗书庸腐文章板,平铺直叙没波澜。照我看来,那十分之中,竟有九分该删。

(末持风筝上)大爷,风筝有了!

(副净看介)糊便糊得好,只是忒素净些。

(末)大爷自己画一画就是了。

(副净)那个耐烦画他?也罢,我先到郊外去等,你拿到书房里,央韩相公画一画了来。

杨柳风高春已分,纸鸢头上乱纷纷。
赛人全仗丹青力,放作天边五色云。

第七出 题鹞

[翠华引]

（生上）拾翠佳人遍野，王孙尽束雕鞍；只为倾城色少，潘车懒出柴关。

小生韩琦仲，与戚友先同学攻书。怎奈他是个膏粱子弟，只喜斗鸡走狗、蹴鞠呼卢，不但文章一道，绝不留心，就是那焚香挥麈、种竹栽花之事，也非其所好。可惜他令尊造下这座园亭，何等幽雅，他也不会领略。你看花瘦草肥、蛛多蝶少，也不叫园丁葺理葺理。今日闲暇无事，不免叫抱琴出来，替他收拾一会，有何不可。抱琴那里？

（丑上）已落地花犹慢扫，未经霜草莫教锄。相公，叫抱琴何用？

（生）替他把园中花竹，葺理一番！

（丑应，葺理介）

[太师引]

（生）洗药栏，将蓬蒿划，饲红鱼开笼放鹇，把蛛网卷虑妨蝴蝶，雀罗收好听绵蛮。你看，略修葺修葺，眼前就清楚了许多。如今添些香在炉里，再去烹一壶茶来。

（丑应，取到介）

（生）清香一炷，茶一盏，代地主享用清闲。且待我抽几种书来看一看。（翻书介）凭书案，把牙签细翻。（叹介）这样异书，贫士们不得见面。如今却堆在这边饱蠹鱼，岂不可惜！堪叹息，人饥蠹饱书遭难。我这几日，同戚公子在郊外闲游，也看过许多仕女，并不见有一个佳人。又不知是我的眼睛忒高，又不知是世上的绝色原少。

〔前腔〕

（生）似这等国色难，天香罕，难道教我渴相如把情思遽删？我也晓得那倾国佳人原不易得，只是要个将就看得的也没有，如之奈何？我只要个不妆点的真姿本色，无脂粉的绿鬓红颜。就是那胸中的才思，也不必太高，又不要他文章应举诗刻板，只求他免贻笑与那郑氏丫鬟。天那！若是我命里有这等一个，就婚姻迟几年也不妨。只要有红丝绊，我甘心守鳏，终不然竟使我终身做了孤汉。独坐无聊，忽生愁闷，不免信手拈个韵来，做首诗儿遣兴便了。（拈韵介）原来是"一先"韵。（研墨做介）"谩道风流拟谪仙，伤心徒赋《四愁》篇。未经春色过眉际，但觉秋声到耳边。好梦阿谁堪入梦，欲眠竟夕又忘眠。"

（末持风筝，冲上）未到中秋休咏月，正逢寒食且吟风。韩相公，大爷有个风筝求你画一画。

（生怒介）别人好好在这边做诗，被你打断了我的吟兴！

【三学士】

（生）好一似雄唱忽然逢截板，顿教字咽喉间。就是要画，也没有颜料，难道好用黑墨涂写不成？我尚没个硃研露水点《周易》，那得个钱买胭脂画牡丹！你去对大爷说，裱风筝既有裱匠，画风筝自有画师。我韩相公画不惯，就是会画，也须存气岸，怎肯将如椽笔做了绕指环。

（末）韩相公，屈你画一画罢！大爷在城上等，若去迟了，又要难为小人。他不曾买得颜料，教你也没奈何，就是黑墨涂几笔也罢了。只求快些，小人去吃碗饭了来取。（下）

（生）这也是活磨了，谁耐烦去画他？也罢！就将方才的诗，续上两句，写在上面与他拿去便了。（写介）"人间无复埋忧地，题向风筝寄与天。"

【前腔】

（生）幸有风筝为折柬，寄愁天上何难？但看我忧贫虑贱的心如捣，试问你造物生才的意可安？便道是大器从来成就晚，难道婚姻事，也教人须鬓斑！

（末上）相公，风筝画完了？（看介）原来是首诗，一字千金。更好！更好！

（生）书成莫怪景萧条，摩诘诗中画自饶。
（末）一字千金知太重，只愁放不上青霄。

第八出 和鹞

【青哥儿】

（副净上）清明近，游人闹，好风光大家欢笑。风筝糊就到春郊，高高放去，又有一场脾燥。

我戚友先到郊外游春，教家人拿风筝去画，此时还不见来。你看，放风筝的好不多！万一来迟，天上放满了，挨挤不上，却怎么处？

（末持风筝上）催急既愁尊客恼，来迟又怕主人嗔。大爷，风筝来了！

（副净看见，怒介）我教你拿去画的，为甚么教他写起字来？

（末）小人央韩相公画，他说没有颜料，故此题了一首诗。

（副净）他做出来的事，就是惹厌的。横也是一首诗，竖也是一首诗，他就打死了人，少不得也把诗来偿命！没奈何，只得将就放放罢了。（放介）妙！妙！妙！你看，一放就放上去了。如今着实放线，比别人家的分外高些才妙。（倒行放线介）

【剔银灯】

（副净）纸鸢儿，又轻又巧；才放手，上天去了！只怕臭诗熏得天公恼，遣天兵，把诗人尽剿。我将那代笔的名儿直报，念区区生平不作孽，望乞恕饶。

（末随下）

〔一剪梅〕

（小旦上）最是春光易得消，才过元宵，又过花朝。

（旦上）芳菲时至不相饶，才放山桃，又放庭蕉。

（小旦）妾身自从老爷去后，与二娘分作两院而居，虽然眼界略窄了些，倒喜得耳根清净。（对旦介）我儿，春天日子最易得过，记得新年和你爹爹饮酒，被那老东西闯来厮闹一场，如今又不觉清明到了。你不可虚负时光，勤勤做些针指，就是笔砚也不可荒疏。如今春光明媚，你可随意做首诗来我看。

（旦）这等，求母亲命一个题，限一个韵。

（小旦想介）

（内扯风筝，落下介）

（小旦、旦惊介）呀！甚么东西从天上掉下来？

〔啄木儿〕

（合）如星陨，似雪飘，百尺游丝旋又绕。（拾看介）却原来是半空中线断风筝，为甚的数行皂墨染云涛？莫不是玉楼坠下修文的草，莫不是楚歌吹散军人的稿，为甚的郢曲传来万丈高？

（共读前诗介）

（小旦）我儿，这是才人忧愤之词，偶然题在风筝上的。你方才问我索题、索韵，不如就将这拾得的风筝为题，和他一首，写在后面与我看。

（旦）别人家的诗，和他做甚么？

（小旦）会做诗的，随眼看见都是题，随手拈来便是韵。你不见常有和"壁间韵""扇头韵"的？不过是借他题目，写我襟怀，又不与那做诗的人看见，这有何妨？只是如今人和诗，板板的依那几个字，没有一毫生趣。我如今另创一种和法，要从尾韵和起，和到首韵止，倒将转来，叫做"回文韵"，你就照式和来。

（旦背手闲步，寻诗介）

〔前腔〕

（旦）睛斜盼，手背抄，绕径寻诗莲步小。只因这拾风筝题目偏新，好教我和阳春想路难超。不知母亲为甚么缘故，见了风筝上的诗句，就生出这种和法来。他不过龙蛇几笔真连草，又不是"鸳鸯"两字颠还倒，为甚的把织锦回文和法教？

（净冲上）南阮无心邀北阮，东施有意拉西施。二小姐，大小姐说，多时不相见，请你过去谈一谈。

（旦）这等，你立一立，待我做完了诗，就同你去。（捏笔写介）

（净向小旦介）这是那里来的风筝，写他做甚么？

（小旦）不知是那家的放断了线，落将下来。上面有一首诗，我教他和韵。

（净）原来如此。

（旦写完，付小旦介）诗已和完，求母亲改削，孩儿去一去就来。才和飞来句，旋为拉去人。（同净下）

（小旦念诗介）"何处金声掷自天？投阶作意醒幽眠。纸鸢只合飞云外，彩线何缘断日边？未必有心传雁字，可能无尾续貂篇。愁多莫向穹窿放，只为愁多谪却仙。"好诗！好诗！我想人家女子，有才的，未必有貌；有貌的，未必有才；就当才貌都有了，那举止未必端庄，德性未必贞静。我的女儿件件俱全，真个难得。

【三段子】

（小旦）他情娇态娇，笔姿儿比容更娇；识高智高，德性儿比才更高。老成不觉年轻小，端庄增却容颜好。不枉了人唤千金，我掌擎珠宝！

（末冲上）纸鸢不是衔泥燕，何事飞来王谢家。门上有人么？

（丑上）是那个？

（末）我是戚衙的管家。方才我家公子放风筝，偶然断了线，落在你府上，烦你寻一寻。

（丑）千家万家，知他落在谁家？怎么偏到我家来取？

（末）城上有人看见，说落在西角高墙里面。西角只有你家的墙高，故此来问。

（丑）这等，待我进去查来。（行介）不知在梅夫人墙里，在柳夫人墙里？我且从二房问起。（问内介）你们可曾收着一个风筝？

（内）我这边没有。柳夫人家倒拾着一个。

（丑）这等，一定是了！（见小旦介）禀夫人：戚老爷的公子有一个风筝落在我家，着人来取。

（小旦）既是戚老爷家的，把他拿去。

（丑取出，付末介）

（末）多承了！完全归赵璧，功不愧相如。（下）

（小旦）原来戚公子有这样高才，不愧是将门之子！

（旦急上）拂衣归去疾，因有事关心。母亲，方才的风筝，可曾与他取去？

（小旦）是戚年伯家的，怎好不付还他。

（旦）孩儿有诗在上面，闺中的笔迹，怎好付与外人？

（小旦惊介）呀！倒是我失检点了。叫家僮！

（丑应介）

（小旦）方才的风筝，若去不远，快替我赶转来！

（丑）不知走到那一方去了，怎么赶得着？

（小旦）我儿，有心赶去取讨，反觉得着迹，由他拿去罢了。

〔前腔〕

（旦）母亲，你年高识高，为甚的偶遗忘差池这遭？非是我撒痴撒娇，做孩儿敢把慈亲絮叨。一来呵，荒疏恐被男儿笑；二来呵，短长怕有旁人道。做不得个内外森严不通飞鸟。

（小旦）又不是淫词邪句，外人见了也不妨。

〔归朝欢〕

（小旦）又非是，又非是琴挑句挑，怕甚么旁人耻笑！

（旦）非真有，非真有旁人见嘲，这都是孩儿逆料。

（小旦）我儿，我和你在此闲谈，你爹爹此时不知可曾到任？风霜刺骨，烽火惊心，老人家怎么经受得起？

第八出·和鹞　295

（合）征鼙聒耳乡音杳，疮痍满目亲人少。不似我和你，母子相依伴寂寥。

和诗非显内家才，寄与旁人莫浪猜。
线断风筝寻复去，稿亡诗句忆还来。

第九出 嘱鹞

〔步蟾宫〕

（生带丑上）日长似岁休闲过，劝好友，将勤补惰。

（副净上）春郊游客乱如梭，这屋里针毡怎坐？

（生）老世兄，你今日去放风筝，为何这等回来得早？

（副净）来得早，来得早，都是你一首歪诗将兴扫！不曾放得几多高，线断风筝吹去了。

（生）原来如此。

（副净）城上有人看见，说落在詹年伯家，我教人去寻了。

（生）这也不必。老世兄，你连日在外面闲游，不曾亲近笔砚。万一老伯来查功课，只说小弟不效切磋，如今屈在这边陪小弟看几篇文字，再不要出去了。（扯副净同坐，看书介）

〔黄莺儿〕

（生）开卷益偏多，古和今，任搜罗，消磨岁月惟书可。

（副净睡着介）

（生）你看，才开得卷就睡着了。抱琴，摇他醒来。

（丑摇介）戚相公，戚相公！一任你横推竖挪，轻呼重聒，怎奈他睡乡城垒坚难破。不要怪戚相公一个，近来的人都有这桩毛病，见了书本，就要睡觉。只怕书里的蠹鱼，就是瞌睡虫变的，也不可知。

（生笑介）书既做了睡虫窠，难道先贤古圣，也做了睡中魔？

（末持风筝上）苎线无筋联复断，风筝有脚去还来。呀，大爷睡着了！韩相公，这风筝替大爷收着。小人要去伏事老爷。（下）

（生看介）呀！是那个续一首在后面？（念旦诗介）好诗！好诗！居然强似我的。（想介）那詹老先生又不在家，这诗是何人所作？

（丑）外面人说，他家有个二小姐，诗才最高，只怕是他做的。

（生又看介）是。口气也像女人口气，笔迹也像女人笔迹，不消说，是他做的了。既然如此，不可与戚大爷看见，趁他睡着，揭将下来，另把一张白纸补上，待他醒来好看。

（丑）也说得是。（揭，补介）

（副净醒介）

（生）老世兄，醒了。

（副净）妙！妙！妙！这一觉，倒睡得安稳。

［前腔］

（副净）昼寝乐偏多，孔先师教法苛，宰予得趣真知我。

（生）老世兄，可曾听见小弟说些甚么？

（副净）你低吟似歌，狂吟似呵，不过是"诗云""子曰"声烦琐。

（生背介）还喜得不曾听见。（转介）老世兄，你的风筝取回来了。

（副净喜介）风筝既取回来，小弟就不得奉陪了。如今天色尚早，还有半日好放，且去尽余兴了来。莫蹉跎，寸阴尚在，游子肯闲过？且离苦海，适彼乐郊。（持风筝下）

（生）如今待我取出诗来，细细的玩味一番。（出诗看介）

〔簇御林〕

（生）焚香看，漱齿哦！这是佛名经，出普陀，能开一切眉间锁。他诗中只赞我才高，不露一些情意，但将他细味起来，那"未必有心""可能无尾"，这八个虚字眼呵，有无限情包裹。就是这韵也和得异样，又不从头和起，倒从后面和将转来，或者寓个"颠鸾倒凤"的意想在里面也不可知。分明是有意挪情梭，却像把"鸳鸯"两字，颠倒示谐和。

（丑）人又说他不但才高，容貌也十分标致。

（生）这样的诗，料想不是丑妇做得出的。

〔前腔〕

（生）我把他容思想，貌揣摩，毕竟少铅华，本色多。

（丑）这等说，是个不喜装扮的了。相公不曾看见，怎么知道？

（生）但看他毫端不受纤尘呵，怎肯把脂共粉将容涴。我若得与他结丝萝，便朝同枕簟，夕死待如何！前日那首诗，是无心做的，并没有挑情的意思。如今怎么再做一首，竟说婚姻之事，央人寄去,看他怎生发付我?只是没有这样一个人。

(丑)相公,抱琴倒有个计较。

(生)你有甚么计较?

(丑)他家侯门似海,飞鸟不通,料想没有人寄得诗去。只除非也学戚大爷,去放风筝。

(生)那风筝怎么放得进去?

(丑)他家的宅子极是宽大,又靠在城边。你如今做一首诗,写在风筝上。我和你到城上去放,不要太放高了,只要放进他的墙头,就把线一丢,你说不落在他家,落在那里?

(生大喜介)妙!妙!妙!妙得极!只是那回音怎得出来?

(丑)这个一发不难,待我依旧去讨,讨得风筝出来,回音一定在上面了。只是一件,切不可说出你的名字,只说是戚大爷做的,直待事成之后,才可露出真情。

(生)怎么我做了诗,倒假他的名字!

(丑)一来如今的人情,只喜势利,不重孤寒。说戚大爷名字,还掀动得他;说是相公,他若访问你的家私,连诗的成色都要看低了。二来风筝放进去,万一惹出事来,他还碍着戚老爷的体面,不敢放肆,若晓得是你,行起乡宦势来,就要吃他的亏了。

(生)有理!有理!不但聪明,又且周匝。这等,我做诗,你去糊风筝,预备停当了,明日绝早去放!

(丑应下)

(生)我想这一首诗,比前日那一首更有关系,不是草草下笔的。

〔琥珀猫儿坠〕

（生）我凝神静想，逐字苦吟哦。这一次是有意班门弄斧柯，不比那弹琴偶遇子期过。敲磨，休教他绽破樱桃，笑我才少情多。

（丑持风筝上）不贪醉饱为顽仆，愿效昆仑作侠奴。相公，风筝有了！

（生题介）"飞去残诗不值钱，索来锦句太垂怜。若非彩线风前落，那得红丝月下牵。"（搁笔介）诗做完了，待我叮嘱他一番：风筝，风筝！我这桩好事，全仗你扶持。若得成交，你就是我的月老了！

〔前腔〕

（生）我把风神絮祷，却便似合掌念弥陀。休教那妒雨愁云把我字句磨，好待他清清楚楚入秋波。休讹，须认取我那嫡嫡亲亲，和韵的娇娥。

〔尾声〕

（生）你从前既把媒人做，还仗你把姻亲订妥，切莫要有始无终把我的好事磨。

新诗为我逗琴心，更仗新诗索好音。
无意栽花犹发蕊，难道有心插柳倒不成阴？

第十出 请兵

【夜行船引】

（外冠带，小生扮中军，各役引上）昔日甘棠今在否？再来人惭愧并州。皂盖犹新，乌纱尚好，只有白发数茎异旧。

五彩前旌八座车，重来犹佩旧金鱼。爱棠父老衰同我，骑竹儿童大似初。下官受命以来，兼程到任，闻得蛮兵甚是猖獗，已曾差人侦探去了，还不曾回报。今日先把将士检阅一番，好待临时调发。分付中军官，传谕各营将领，听候过堂！

（小生传介）

（末、丑、净、老旦，扮衰老将官上）戏箱盔甲傸场戈，取笑行头奈战何？力少按鞍难顾盼，只因饭不善廉颇。（进见介）各营将官参见！

（小生唱名，外执笔点介）水营总兵钱有用。（末应，过堂介）

（小生）陆营总兵武不消。（老旦过堂介）

（小生）左营副将闻风怕。（丑过堂介）

（小生）右营副将俞敌跑。（副净过堂介）

（外）你们这些将官，都不是我的旧人了。

（众）将官们都是京营小校，因为助饷有功，不次升来的。

（外）你们这样衰老，又且都是病躯，将来怎么样去杀贼？

（众）不敢瞒老爷，将官们原是不曾杀过贼的。闻得人说，这边地方承平，武官好做，故此在兵部乞恩，补了这边的缺。原只说来坐镇雅俗的，不想一到地方，就多事起来。年纪原大了几岁，近来为忧国忧民，不觉愈加老迈了。如今求老爷题疏，请朝廷另选精壮的来代职，将官们情愿降级调用。

（外怒介）你们既受朝廷爵禄，就该不辞衰老，捐躯报国才是！怎么说这等委靡的话？速速去料理器械，抖擞精神，伺候征剿！若误事机，军法未便！

（众应介）只知钱有用，都言武不消，今日闻风怕，明朝俞敌跑。（下）

（外叹介）你说这样的武备，这样的将才，怎么教洞蛮不思作反？

〔驻马听〕

（外）军气休囚，武备多年偃不修。怎禁那祸生仓卒，变起萧墙，利失遐陬。似这般人人告老把生偷，教我单骑遇敌凭谁救？（叹介）拼一个马革尸收，还只怕乱军中，狐死难丘首。再传谕：各营兵士，听候唱名！

（小生传介）

（生、小旦、净、丑，扮老弱兵丁，破衣旧帽上）三餐冷粥菜全无，庚癸于今倦不呼。年少金创老来发，不堪秋气入肌肤。

（小生唱名介）赵龙。（生应介）

（小生）钱虎。（小旦应介）

（小生）孙彪。（净应介）

（小生）李豹。（丑应介）

（外）叫那些兵丁上来！

（众上，跪介）

（外）你们这些兵丁，我老爷都还认得，只是为何这等黄瘦了？

（众）当初老爷在这边，号令严明，纪纲整肃，军粮按时给发，将领不敢扣除。自从老爷去后，纪律不严，钱粮缺少，卯年支不着寅年的粮，一钱受不得五分的惠，个个都饥饿坏了么，老爷！（哭介）

（外）你们放心，我老爷一到，决不使你们再受饥寒。快去调养精神，听候征剿，不可有误军机！

（众应下）

（外叹介）

〔前腔〕

（外）一样貔貅，今日鸡皮昔虎头。可怜他金风刺骨，全没个玉粒充肠，只有些珠泪凝眸！（叹介）地方的事，被前人坏到这个地步，教我怎么补救得来？他人决海我防沟，将来淹没谁之咎？蒿目空忧，只好烧一炷志诚香，袖手祈天佑。

〔不是路〕

（丑扮探子上）侦探回头，蠢动情形一望收。

（见介）

（外）贼情虚实何如？

（丑）禀老爷：他是真蛮寇，不比寻常蜂虿小罗喽。

（外）有多少人马？

（丑）人马虽多，还不足虑，只怕他一件，最堪忧。他冲锋不用人如蚁，挡众全凭象似彪。

（外）原来用的象战。这等，他攻城用甚么器械？可曾破了几处城池？

（丑）他用的是云梯、大炮与掘地的器械。那沿山一带城池，都已失守了。只为无兵救，沿山几处城如斗，尽行失守，尽行失守！

（外）知道了！你再去打探。

（丑应下）

（外叹介）贼强我弱，战守两难，如何是好？

〔解三酲〕

（外）雨下处，正当屋漏；半江中，怎把船修？俺待要战呵，残兵羸将谁堪斗？分明是驱众荸，赴长沟！俺待要守呵，这饥民不火难增灶，赤地无沙怎唱筹？说便是这等说，难道就束手待毙不成？休僝僽，少不得要运筹借箸，勉护神州。

叫中军官，一面写下出师牌面，一面刻下招安榜文，候我相机遣用。这不过是虚示军威，使贼难料我的虚实，若要灭贼，须是请兵会剿。我连夜修下告急的表章，差你星驰进京，求朝廷速发大兵，遣重臣监督前来。不可羁误时刻！

（小生）得令！

　　　　　　羽书飞上九重天，伫望旌旗自日边。
　　　　　　扫荡蛮氛靖蛮穴，不留蛮种肆遗膻。

第十一出　鹞误

【出队滴溜子】

　　【出队子】（生带丑、携风筝上）风筝偷放，也学顽皮戚大郎，从今不敢笑伊行。

　　【滴溜子】生还虑他将言词让，虽然别有情，都是一般呆况：他为游痴，我为色狂。来此已是城头了。抱琴，那里是他家的宅子？

　　（丑指介）从这座高墙起，直到那座高墙止，方围一二里，都是他家院落。

　　（生）这等，是丢得进的。趁没人在此，快些放上去！（放介）

　　（副净内云）城上有人放风筝，我们也到城上去放！

　　（生望内，惊介）呀！那是戚大爷。他也上来了，怎么处？

　　（丑）相公，你在这里放线，我飞跑下城，引他到郊外去。（急下）

　　（生）有这等凑巧的事，他若毕竟要来，怎么了得？（望内喜介）好了！出城去了！如今宽心放线。（放线介）

〔降黄龙〕

（生）休短休长，酌量高低，莫差寻丈。线呵，你是条牵情血缕，系足红丝，不但把风筝收放，过墙，待我新诗落地，你先放游丝萦绕纱窗。好待他举纤指，轻收慢曳，抽出我的情肠。如今放到宅子中间了，丢了线罢！（丢介）原来今日是西风，吹落在东首了！

〔前腔〕

（生）东墙鸟语花香，你看那屏掩帘垂，分明是深闺模样。我想那风筝此时呵，虽未经他秋波凝注，纤指轻拈，也早与温柔相傍。就是他丫鬟、保母拾到了，少不得要送与小姐看的，只怕被管家拾着，拿去送与夫人，就有些不妥了。提防，不怕他通文保母，与那识字梅香，怕只怕捕巡狠仆，献与高堂！我如今也愁不得许多，且回到书房静听消息。魂逐风飘今日下，线牵情去几时来？（下）

（丑带净上）才起牙床宝髻偏，恼人春色困人天。梧桐不落春间叶，何处秋声到枕边。奶娘！方才窗子外面，是甚么东西响了一下？

（净）待我看来。（寻着风筝，看介）呀！原来也是一个风筝，也有一首诗在上面。

（丑）风筝便是风筝，诗便是诗，为何加上两个"也"字？你莫非学二小姐通文么？

（净）不是。我前日过去请二小姐，他正拾到一个风筝，上面有诗，他和了一首。今日我们又拾到一个，又有一首诗，故此下两个"也"字。

（丑）原来如此！这等，他的风筝还在么？

（净）闻得是戚公子的，当日就讨去了。

（丑）他那一个是七公子的，我这一个，自然是八公子的了。

（净）不是那个"七"字，是老爷的同年，戚布政的公子。

（丑）这等说起来，那公子又会做诗，又喜放风筝，一定是个妙人了！

〔黄龙衮〕

（丑）风流知趣郎，风流知趣郎，诗逐风筝放。可惜落在他那里，他不过回你一首吃不得用不得的歪诗，若还落在我这边，定要陪几件东西答你。少不得把玉扣金簪，酬你多情况！（看风筝介）这个放风筝的人儿也不差，我虽然不识字，不晓得诗的好歹，只是写得这几行字出的，也不是个村夫俗子了。怎能够出张招榜，教他亲投认状，你若要寻诗句，赎风筝，先还了我房租账。

（净）小姐，你这等说起来，心上想着男子了。

（丑）奶娘，怎么瞒得你？自古道："男大当婚，女大当嫁。"我今年齐头十八岁了。你不见东边的张小姐，小我一岁，前日做了亲；西边的李小姐，与我同年，昨日生了子。如今老爷才去上任，不知那一年才得回来。等得他回来许人家，我的脸皮熬得金黄色了。如今莫说见了书生的面孔，听了男子的声音，心上难过，就是闻见些方巾香、护领气，这浑身也像跳蚤叮的一

第十一出·鹞误 309

般。

（净笑介）小姐，你也忒煞性急了！我如今和你商议：二小姐收着的，既有人来讨去，难道我们收着的，就没有人来讨？待他来讨的时节，我替你做个媒人何如？

〔前腔〕

（净）见了那寻诗觅句郎，寻诗觅句郎，我把他引到蓝桥上。你两个先效于飞，后把朱陈讲。只是你怎么样谢媒？先要与我断过：媒钱几两，媒红几丈？这叫做后君子，先小人，也须明讲。

（丑）奶娘，你若有这样的盛情，我一见面就是两套衣服、一对金簪谢你！

（净）我想今日这个风筝，不是没缘故的。前日一个落在那边，今日一个落在这边，恰好都有诗在上面，难道天下事有这等巧合的？这一定就是戚公子见了二小姐的诗，只说有心到他，故此又放这一个进来讨回话的。我如今立在门首去等，他若来讨，我只说二小姐为他害了相思，约他来会，不要说出你来。

（丑）怎么不要说我？

（净）一来二小姐的诗名，人人晓得，若说大小姐，他就不信了；二来恐怕事做不成，露出些风声，内外的人，只谈论二小姐，再不谈论你。直待有了瓜葛，然后说出真情，教他央人来说亲，成了百年夫妇，岂不是万全之计？

（丑喜介）有理！这等，你快些去等，不要又被二小姐兜了过去。

【尾声】

（丑）就是麻姑也挠不着我心头痒，全仗你一手招来魂荡！
（净）我自有海上传来的救急方。

（净）小姐你如今还是花间蕊，只怕顷刻翻为叶底花，
（丑）蜂蝶莫教过墙去，又疑春色在邻家。

第十二出 冒美

（末上）祖父当年不积德，投靠宦家充使役，只因一代做功臣，子子孙孙成世袭。自家詹府管家的便是。自从老爷出门，将我派做司阍人役，不论有事无事，要在门前伺候。今日等了许久，不见有甚么差使出来，且在懒凳上睡他一觉，再做道理。（睡介）

（净上）良媒不怕姻缘少，私语还防耳目多。自家只为奉承小姐，出来等那讨风筝的情郎。只是门上有管家，不好说话。须要生个法子，打发他开去才好。原来睡在这里！不免摇他醒来。（摇介）

（末惊醒介）原来是老阿妈，出来做甚么？

（净）大小姐有事差你！

（末）差我做甚么？

（净）叫你去买一袋京香、两柄官扇、三朵珠花、四枝翠燕、五两棉绳、六钱丝线、七寸花绫、八寸光绢、九幅裙施、十尺鞋面，样样要拣十全，不可少了一件！去到管帐手里支银，都在买办簿上销算。

（末）这许多东西，一日也买不完，这门上叫那个看守？

（净）你自去买，我替你看门就是。

（末）这等，难为你了：苍头充办吏，老妇代司阍。

（净笑介）好了！被我遣去了。远远望见一个小厮走来，或者就是讨风筝的，也不可知。

（丑上）不怕侯门深似海，能令消息快如风。门上有人么？

（净）你是那家的大叔，到这里做甚么？

（丑）我是戚衙的管家，奉公子之命，特来拜领风筝。

（净）前日来取风筝，今日又来取风筝，难道我家是个风箱，凭你扯进扯出的么？

（丑）不知为甚么，那风筝就像有脚的一般，偏要钻在你家来。

（净）我且问你，你家公子见了小姐的诗，可说好么？

（丑）不要说起，我家公子呵——

〔四边静〕

（丑）他朝咀暮嚼多滋味，焚香日相对。废寝又忘餐，如痴复如醉。我笑他忧煎没济，精神枉费，只怕才子害相思，才女少情意。你家小姐见了公子的诗，可也略有些意思么？

（净）我家小姐的相思，比你家公子还害得凶哩！

（丑）怎见得？

〔前腔〕

（净）他停针罢线长吁气，梳头忘珠翠，口里念新诗，眼中吊珠泪。他两个的才思呵,分开两位,合来一对。恨只恨彼此隔人天,咫尺阻佳会。

(丑)原来你家小姐,也想着我家相公!既然如此,何不把后来的诗再和一首,露些情意在上面?待我家公子央人来说亲就是了!

(净)诗倒和了。我家小姐,要亲手交付与他,还有许多心腹话要讲,故此叫我出来相等。

(丑)这等极好!只是你家屋宇深沉,我家公子的胆小,怎么走得进来?

(净)不妨,教他今晚一更之后大胆走来,我在这里等他就是。

(丑)这等,我就去讲!只是要做得好,不可弄出事来。高才成好事,捷足报佳音。(先下)

(净)约便约停当了,只是门上有人守宿,怎么处?(想介)我有道理。他如今去买办了,少刻待他买来,好的只嫌不好,说小姐立等要用,教他连夜去换,怕他不去?正是:

风流别有钻心计,不在陈平六出中。

第十三出 惊丑

（末持香扇等物上）满手持来满袖装，清晨买到日昏黄。手中只少播鼗鼓，竟是街头卖货郎。自家奉小姐之命，去买办东西，整整走了一日。且喜得件件俱全，样样都好，不免叫奶娘交付进去。（向内唤介）老阿妈！

（净上）阿妈、阿妈，计较堪夸；簸弄老子，只当娃娃。东西买来了，待我交进去。（持各物，向鬼门立介）

（末）小姐看见这些东西买得好，或者赏我一壶酒吃也不可知！且在此间候一候。

（净转身唤介）门公在那里？小姐说，这香味不清，扇骨不密，珠不圆，翠不碧，纱又粗，线又暗，绫上起毛，绢上有迹，裙拖不时兴，鞋面无足尺。空费细丝银，一件用不得。快去换将来，省得讨棒吃！（丢还介）

（末）怎么？这样东西还嫌不好！就是要换，也只得明日了。今晚要守宿，烦你回复一声。

（净内云）小姐说："心上似油煎，下身熬出汁，若等到明朝，爬床搔破席。"门上不须愁，奶娘代承值。只要换得好，来迟些也不妨得。

（末）有这样淘气的事！没奈何，只得连夜去换。（叹介）养成娇小姐，磨杀老苍头！（下）

（内发擂介）

〔渔家傲〕

（生潜步上）俯首潜将鹤步移，心上蹊跷，常愁路低。

小生蒙詹家二小姐多情眷恋，约我一更之后，潜入香闺，面订百年之约。如今谯楼上已发过擂了，只得悄步行来，躲在他门首伺候。我藏形不惜身如鬼，端的是邪人多畏。为甚的保母还不出来？万一巡更的走过，把我当做犯夜的拿住，怎么了得！他若问夤夜何为？把甚么言词答对！我若认做贼盗，还只累得自己；若还认做奸情，可不玷了小姐的名节。小姐，小姐！我宁可认做穿窬，也不累伊。

（净上）月当七夕偏迟上，牛女多从暗里逢。如今已是一更之后，戚公子必定来了，不免到门外引他进来。（做出门望介）偏是今夜又没有月色，黑魆魆的不知他立在那里。不免待我咳嗽一声。（嗽介）

（生惊，倒退介）不好了！有人来了。（躲介）

（净）难道还不曾来？不免低低叫他几声：戚公子，戚相公！

（生喜介）那边分明叫我，不免摸将前去。

（一面摸，一面行，与净撞头，各叫"阿呀！"介）

（净）你可是戚公子？

（生）正是。

（净）这等，随我进去。（牵生手下）

[**剔银灯**]

（丑上）慌慌的，梳头画眉；早早的，铺床叠被。只有天公不体人心意，系红轮不教西坠。恼既恼那斜曦，当疾不疾；怕又怕这忙更漏，当迟不迟。

奴家约定戚公子，在此时相会。奶娘到门首接他去了，又没人点个灯来，独自一个坐在房中，好不怕鬼。

（净牵生手上）

（生）身随月老空中度，

（净）手作红丝暗里牵。小姐，放风筝的人来了！

（丑）在那里？

（净）在这里。（将生手付丑介）你两个在这里坐着，待我去点灯来。反将娇婿纤纤手，付与村姬捏捏看。（下）

（丑扯生同坐介）戚郎，戚郎！这两日几乎想杀我也！（搂生介）

（生）小姐，小生一介书生，得近千金之体，喜出望外。只是我两人原以文字缔交，不从色欲起见。望小姐略从容些，恐伤雅道。

（丑）宁可以后从容些，这一次倒从容不得。

（生）小姐，小生后来一首拙作，可曾赐和么？

（丑）你那首拙作，我已赐和过了。

（生惊介）这等，小姐的佳篇，请念一念！

（丑）我的佳篇，一时忘了。

（生又惊介）自己做的诗，只隔得半日，怎么就忘了？还求记一记。

（丑）一心想着你，把诗都忘了，待我想来。（想介）记着了！

（生）请教。

（丑）"云淡风轻近午天，傍花随柳过前川。时人不识予心乐，将谓偷闲学少年。"

（生大惊介）这是一首千家诗，怎么说是小姐做的？

（丑慌介）这、这、这果然是千家诗。我故意念来试你学问的，你毕竟记得。这等，是个真才子了！

（生）小姐的真本，毕竟要领教。

（丑）这是一刻千金的时节，那有工夫念诗？我和你且把正经事做完了，再念也未迟。

（扯生上床，生立住不走介）

（净持灯上）只恐夜深花睡去，故烧高烛照红妆。

（丑放生手介）

（净）灯来了，你们大家脱略些，不要装模作样，耽搁工夫。我到门前去立一立，就来接你。闭门不管窗前月，分付梅花自主张。（下）

（生看丑大惊，背介）呀！怎么是这样一个丑妇！难道我见了鬼怪不成？方才那些说话，一毫文理不通，前日的诗，那里是他做的？

〔摊破地锦花〕

（生）惊疑，多应是丑魑魅，将咱魔迷。凭何计，赚出重围？

（丑背，指生介）觑着他俊脸娇容，顿使我兴儿加倍！不知他为甚么缘故,再不肯近身?是了,他从来不曾见过妇人,故此这般腼腆。头一次见蛾眉,难怪他忒腼腆,把头低。

(生)小姐,小生闻命而来,忘了舍下一桩大事。方才忽然想起,如坐针毡。今晚且告别,改日再来领教。

〔麻婆子〕

(生)劝娘行且放,且放刘郎去,重来尚有期。

(丑)来不来由你,放不放由我。除了这一桩,还有甚么大事?我笑你未识、未识琼浆味。若还尝着呵,愁伊不肯归!(扯生介)夜深了,请安置罢。

(生变色介)小姐,婚姻乃人道之始,若无父母之命,媒妁之言,就是苟合了。这个怎么使得?主婚作伐两凭谁,如何擅把凤鸾缔?

(丑)我今晚难道请你来讲道学么?你既是个道学先生,就不该到这个所在来了!你说要父母之命,媒妁之言,如今都有了。

(生)在那里?

(丑)人有三父八母。那乳母难道不是八母里算的?如今有乳母主婚,就是父母之命了。

(生)这等,媒人呢?

(丑取出风筝介)这不是个媒人?若不是他,我和你怎得见面?我自有乳母司婚礼,风筝当老媒。如今没得说了,请睡。(扯生介)

(净冲上)千金一刻春将半,九转三回乐未央。如今已是三更时分,料想他们的事一定做完了。早些打发他去,不可弄出事来。

（生望见净，故作慌介）不好了！夫人来了！

（丑放生介）

（生急走，撞着净介）

（净）你们的事做完了么？

（生）做完了。

（净）这等，待我送你出去。（复牵生手，行介）公子，我家小姐是个救苦救难的观音菩萨。

（生）你这保母，是个急急如律令的太上老君！（急下）

（净）如今进去讨他的谢礼。小姐，如今好谢媒人了么？

（丑怒介）呸！你不是媒人，是个冤魂！

（净）怎么倒骂起我来？

（丑）刚刚有些意思，还不曾上床，被你走来，他只说是夫人，洒脱袖子，跑出去了。

（净惊介）这等，你们在这里半夜，做些甚么？

（丑）不要说起！外貌却像风流，肚里一发老实不过。说了一更天的诗，讲了一更天的道学。不但风流事不会做，连风情话也说不出一句来。如今倒弄得我上不上，下不下，看你怎么处？

（净）不妨。我另有个救急之法，权且瞟过一宵，再做道理。

　　　　做媒须带本钱行，莫待无聊听怨声。
　　　　佳婿脱逃谁代职？床头别有一先生。

第十四出 遣试

【忆秦娥】

（小生便服上）槐黄了，纷纷举子忙时到。忙时到，祖生休怠，着鞭须早！

下官替韩盟兄抚养孤子成人，且喜得他天姿英迈，品格离奇，定不是个池中之物。今当大比之年，要打发他上京取应。衣囊资斧，俱已齐备，不免亲到书房，送他去来。老年最忌名心热，壮岁还愁宦念疏。（下）

【前腔换头】

（生带丑上）一朝被鬼迷心窍，神情三日犹昏耗。犹昏耗，合睛便见，夜叉奇貌！

小生为詹家女子误起情肠。听了外面人的讹传，只说有其名者，必有其实；看了风筝上的赝笔，又道有斯貌者，方有斯才。谁知耳内千闻，不如眼中一见。被他乳母作祟，黑夜引入房中，全无半点娇羞，备极千般丑态。佳篇误称拙作，通文处满口胡柴；旧句冒作新篇，识破时通身马脚。小生方在惊疑之际，彼妇正在饥渴之时。千亏万亏,亏那一盏银灯,做了照妖神镜;难逢难遇,遇着一尊保母,做了辟鬼钟馗。方才得脱网罗,庶免一宵缠缚。不然,竟似苏合遇了蜣螂,虽使濯魄冰壶,洗不尽通身秽气;又如荀令嫖了俗妓,纵不留情枕席,也辜负三日余香。(笑介)这样诧异的事,教我也解说不来,只好付之一笑而已!

【金梧桐】

(生)且把相思孽账销,悔极翻成笑。我想他那样的丑貌,那样的蠢才,也勾得紧了,那里再经得那样一副厚脸,凑成三绝。也亏他才貌风情,件件都奇到。毕竟是伊家地气灵,产出惊人宝。我想那个乳母,竟是我的恩人,若不是他引我进去相见呵,万一谬采虚声,聘定了把鸾凰效,兀的不是神仙魑魅同偕老!

我吃过这一次虚惊,以后的婚姻,切记要仔细:一不可听风闻的言语,二不可信流传的笔札,三不可拘泥要娶阀阅名门。从来绝代佳人,都出在荒村小户,总之要以目击为主。古人三十而娶,不是故意要迟,想来也是不肯草草的缘故。

【浣溪沙】

(生)经这遭,才知觉,休信那毛延寿画里的妖娆,苎萝不掩西施貌,阀阅难增嫫姆娇。休草草,便等到鬓婆娑遇佳人,也做个有福温峤。今乃大比之年,戚仁伯催我入京赴试。此去若得侥幸,大小登科,都在一处,也不可知。等他出来,拜别前行便了。

〔东瓯令〕

（小生、副净带末，携酒上）烧尾宴，祖儿曹，催送蛟龙上碧霄。

（见介）贤侄，你春风得意须乘早，我专听取泥金报。

（副净）老世兄，你身荣须念旧同袍，休得要富贵把人骄。

（小生送银介）朱提百两，备舟车薪水之资，贤侄请收了！

（生收介）

（小生）看酒过来，立饮三杯，然后上马。（立饮介）

〔金莲子〕

（小生）我自斟醪，须恕我杖履不出郊。

（净）小弟也奉一杯！（斟介）三杯少，还有一杯奉饶！

（合）风霜须爱护，冷暖均调。

（生）老伯之恩，天高地厚，就是衔环结草，也难效区区。就此拜别！

（同拜介）

〔尾声〕

（小生）你也莫衔环，休结草。那有个饭韩漂母望酬劳？只求你勉慰黄泉，不使我愧久要。

玉光剑气久沉埋，好把文星耀上台。
老耳十年无世事，龙钟洗却待春雷。

第十五出 坚垒

北〔醉太平〕

（净骑象，引众上）刀锋剑铓，盔甲煌煌，浑如秋水接天光。笑官兵，战几场，马如齑粉人如酱，使俺象蹄血溅桃花浪。且先凭一箭定西方，取中原，似探囊！

自家掀天大王是也。自从起兵出洞以来，攻州州破，过县县残。虽有几个官兵，莫说不够俺斧砍刀剉，还经不得象鼻一卷。如今已到西川地方，闻得新来的招讨，就是当初詹烈侯。这厮年纪虽老，倒还有些智略，不可轻觑了他。分付大小蛮军，须要用心攻打！将我新制的云梯、大炮，与那掘地道的家伙，都载在军前，听候取用。

（众应介）

（同唱"先凭一箭"二句下）

（外戎装，末扮中军，引众上）掘鼠罗禽作糇粮，张巡日夜守睢阳，只愁无妾堪充饷，难结军中死士肠。下官詹武承，到任未几，时事多艰。前日上疏请兵，今日贼临城下，急病难仗缓医，远水不浇近火。如今只得坚城固垒，以老贼军，待天兵到日，好议征剿。叫中军官!

（末应介）

（外）贼兵破竹而来，机锋正锐，我军不可轻战，只可固守，不可斗力，只可用谋。你与我到营中选三个壮士，一个画了红脸，扮做关圣帝君；一个披了火焰，扮做火德星君；一个凑了三头六臂，扮做太岁星君，前来听用！

（末）禀问老爷：那一处用着他?

（外）你不用管，装扮完了，听我调度。

（末应下）

〔前腔〕

（外）说甚么晁生智囊，陈平计良，耿恭神箭不穿杨。射胡人，起异疮，且看俺师心别把阴符创。管教那，五行列宿天神将，不须符水绍阴阳，一齐来，助守疆！

（副净扮关圣，丑扮太岁，小生扮火德，随末上）装就奇形怪状，且看妙算神机。禀老爷：装扮齐备了。

（外对副净介）我闻得贼兵惯用云梯，窥视城中虚实。我这东角近山，易于登眺，料他必先窥视东门。我今日东门城上，不用一人防守，只差你一个，藏在城垛之下。贼见没人守城，毕竟用软梯爬上。你伺候先上来的一个，拿住他砍了首级，提在手中，立在城上，现一现形，就来领赏。

（副净应介）

（外对丑介）我闻得贼兵惯掘地道。我这西门地虚，他毕竟从西门掘进。你到西门城里，先掘一个地洞，伏在洞中，等他掘穿的时节,你将前面一个,砍了首级,提在手中,走出洞外,现一现形,就来领赏。

(丑应下)

(外对小生介)贼攻东西不利,毕竟从南北二门用炮攻打。北门近水,难用火攻,他必定只攻南门。我城唯南角最坚,料打不破。你先到南门,支下一个小炮等他。他炮不响,我炮莫动,待他用炮之时,一齐点火,铅弹打去,他不疑我用炮,只说自家弹子激转去打着自家。你立在城上,现一现形,就来领赏。

(小生应下)

(外)旗鼓司!传谕守城兵士,俱要寂然无声,如有说话一句、咳嗽一声者,立刻枭首!

(末应介)

(众同唱"不须符水"二句下)

(净、众唱"先凭一箭"二句上)

(净)叫蛮军:这东门近山,好看虚实,你与我搭起云梯,待我亲自看来!

(众搭云梯,净登望介)

南〔普天乐〕

(净)驾云梯,高千丈;炯双眸,遥瞻望。虚和实,虚和实何计遮藏?管靴尖踢倒金汤!(下介)

(众)大王,城中虚实如何?

(净大笑介)城上半个人也没有!这等看起来,不消攻打,只须搭了软梯,爬将上去就是。

（众搭软梯，一人先爬入介）

（副净提人头，立城上，众见惊倒介）不好了！不好了！关爷显圣了！

（净）大家跪了磕头！

（同拜介）呀！把尊神拜仰，威灵庇远方，恕蛮人愚蠢，免降灾殃。

（副净下）

（净）这一门有关爷把守，不要惹他。到西门去罢！东门攻不进，且去打西门。（同下）

（外、众唱"不须符水"二句上）

（副净提人头上，见介）禀老爷：献首级。

（外）赏银牌一面！

（副净谢介）

北〔朝天子〕

（众）笑痴蛮蠢羌，羡灵心巧肠，寿亭侯那里从天降？都只为神威镇远，赫名儿久扬。因此上不问假和真，魂都丧。貌虽然假装，神多应真降。渺茫、渺茫、渺渺茫，附人身非同影响，非同影响。备牲醪,酬天将；备牲醪,酬天将。（俱下）

（净、众唱"先凭一箭"二句上）

（净）叫蛮军：这西门地虚，好掘地道，快与我掘进去！

（众）禀大王：不知今日可动得土？

（净）胡说！那有攻城掘地，拣日子动土的？

（众掘介）

第十五出·坚垒　327

南〔普天乐〕

（净）荷锹锄，开虚壤，阔如沟，深如巷。兵鱼贯，兵鱼贯直抵中央，看他们何计支当？

（一人先掘进城介）

（丑提人头，出洞现形介）

（众）不好了！撞着太岁了。我说今日动不得土！

（净）大家再跪了磕头！

（同拜介）呀！把尊神拜仰，威灵庇远方，恕蛮人愚蠢，免降灾殃。（俱下）

（净）这西门太岁星利害，不要惹他，且到北门去用炮！

（众）禀大王：北门近水，不好用炮！

（净）这等，往南门去罢！西门攻不进，又去打南门。（俱下）

（外、众唱"不须符水"二句上）

（丑提人头上，见介）禀老爷：献首级。

（外）赏银牌一面！

（丑谢介）

北〔朝天子〕

（众）笑痴蛮蠢羌，羡灵心巧肠。太岁星那里真相撞，想不曾选期动土，自疑心有妨。因此上不问假和真，魂都丧。这是圣朝的土疆，皇家的寸壤。彼苍、彼苍、彼彼苍，隐相扶谁能据攘，谁能据攘！守疆臣，还依仗；守疆臣，还依仗。（俱下）

（净、众唱"先凭一箭"二句上）

（净）叫蛮军：快支起大炮来打！

（众支炮介）

南〔普天乐〕

（净）大将军，威名壮，佛郎机，功难量。全凭你，全凭你辟土开疆，待功成衅汝牛羊。

（众放炮介）

（城上放炮，众打倒介）

（小生立城上介）

（众）不好了！火德星君又出现了！

（净）快些磕头！快些磕头！

（众乱磕头介）呀！把尊神拜仰，威灵庇远方，恕蛮人愚蠢，免降灾殃。

（净）罢，罢，罢！有这许多神兵助他，料想攻他不破，收兵去攻别处地方。只道象兵无敌，谁知又有神兵！若遇文殊菩萨，连象也要吃惊。（俱下）

（外、众唱"不须符水"二句上）

（小生上）禀老爷：贼兵放炮攻城，城攻不破，反被我炮打死许多，如今撤营走了。

（外）赏银牌一面！

（小生谢介）

（外对末介）你如今领一队人马，沿路鸣金擂鼓，赶将前去，假作追兵，只可吓他走，不可与他战，约去三十里，即便收兵。

（末应下）

北〔朝天子〕

（众）笑痴蛮蠢羌，羡灵心巧肠。火德星那里从空降？都只为兵多戳少，自焚来可伤。因此上受虚惊，魂增丧。俺这木牛儿有光，火牛儿无像，怎当、怎当、怎怎当？休杀那蠢堆堆无功战象，无功战象。请回家，休痴想；请回家，休痴想。

戏场不比战场真，耳目何妨暂一新。
自古奇兵难再试，虑将险法误他人。

第十六出 梦骇

【香柳娘】

（生衣巾，末持笔砚随上）对天人策来，对天人策来，十年摩揣，今朝呕出心头块。

小生来京赴试，叨捷礼闱。今日圣主临轩策士，出的题目是问洞蛮犯顺，该抚该剿的机宜。小生痛述养痈之患，备陈靖乱之方，议论倒有些实际，但不知皇上注意在那一边？且回到寓中，静听消息便了。任苍天措排，任苍天措排，只怕命好不须才，数奇志空大。

（末）来此已是寓所了。相公，还是要用酒，要用饭？待长班去取来。

（生）酒、饭都不用。我身子倦了，快收拾床铺，待我睡罢。

（末）床铺是收拾好的。这等，相公请安置，长班也去歇息了。（下）

（生叹介）想我韩琦仲一生，莫说眼睛不曾看见佳人，就是梦也不曾梦见一个，难道于"女色"二字，就这等无缘？叹红鸾命乖，叹红鸾命乖。老天，老天！你便舍我个梦里阳台，也暂把

相如渴解。（睡介）

（内发擂介）

〔前腔〕

（丑扮詹小姐，净扮乳母随上）看书生去来，看书生去来，这是他家门外，为甚的闭关不把人相待？

奴家詹小姐。前日戚公子到我家来，被奶娘冲散，不曾成就姻缘。今晚夜深人静，同着奶娘来看他。此间已是他书房了，快敲门。

（净敲门介）

（生起介）是谁人扣斋，是谁人扣斋？欲待把门开，夜深虑逢歹。

（净）相公，快开门！你心上的人来了。

（生想介）我心上没有甚么人，且把门开了，看是那一个？（开门见丑，惊背介）呀！这是詹家丑妇。他为甚么到这里来？（对丑介）请问小姐，到此何干？

（丑）你那一晚吃了虚惊，不曾成得好事，我今夜特来就你。

（净）戚相公！今日这就口馒头，也吃得过了。你心中快哉，你心中快哉！肆意和谐，不担惊骇。

（生）这等说起来，前日是苟合，今日又是私奔了！怎么使得？

（净）戚相公，请老实些，上门的生意，不要错过！

（生）我姓韩，不姓戚。戚相公在那边房里，你自去寻他！

（净）我们与开典铺的一样，是认票不认人的。前日风筝上是你的笔迹，我只来寻你，不管你姓戚姓韩。

（生背介）前日还有奶娘救我，今日连他也助纣为虐了！这怎么好？

（丑）前日我一个人扯你不过，今日有了帮手，就抬也抬你上床！

（丑、净同扯，生喊介）妇人强奸男子，千古奇变。地方邻里，大家来救一救！

（副净、小生扮更夫，巡更唱歌上）里面有人叫喊，我们进去看来。（进见介）你们半夜三更，在这里做得好事！

（生）妇人强奸男子！

（丑）男子强奸妇人！

（副净、小生）只有男子强奸妇人，那有妇人强奸男子？锁去见老爷！

（对锁带出，生一路叫"冤枉"介）

（副净）来此已是衙门了，待我击鼓。（击鼓介）

（内敲云板，开门介）

〔前腔〕

（末冠带，引众上）甚生涯到来，甚生涯到来。忙加冠带，金收暮夜无妨碍。甚么人击鼓？

（副净、小生带见介）巡夜的更夫，捉到一起奸情，请老爷发落。

（末）是强奸？是和奸？

（丑）是强奸，老爷。

（末）他怎么样奸你？照直讲来！

（丑）把裤裆扯开，把裤裆扯开，我奇创苦难挨，喊声似雷大！

（生）好冤枉的事！是他淫奔到书馆中来强奸生员，怎么反说生员奸他？夜奔来敝斋，夜奔来敝斋，硬坐中怀，破我鲁男淫戒。

（末）世上那有这样反事？既是他来奸你，可有甚么人见证么？

（生）黑夜之中，那有见证。

（末）这等，何所凭据？

〔前腔〕

（末）有谁人见来，有谁人见来？你无凭难赖，倒推逆说多尴尬。（对丑介）你黑夜到他书房，还是自己去私奔他的？还是他引诱你去的？

（丑）是他引诱小妇人去的。

（末）有甚么凭据？

（丑）有风筝为证。上面的诗句是他亲笔写的。

（取出风筝，末看，对生介）你如今还有甚么赖得？好风流秀才，好风流秀才！是你引妇入中怀，还说鲁男破淫戒！叫左右，扯下去打！把裤裆扯开，把裤裆扯开！

（生叫冤枉介）

（末）也教你奇创难挨！不怕你喊声雷大。

（众扯生欲打，外、老旦扮报人，敲锣冲上）报！报！报！

（末、丑、净、众俱下；生仍睡介）

（外、老旦喧闹，敲门介）

（末急上）夜深闻剥啄，知是好音来。（开门介）

（外、老旦）韩相公中了！特来报喜！

（末）中在第几甲？

（外、老旦）第一甲，第一名！

（末）这等是状元了！待我唤他醒来。相公！相公！

（生朦胧，叫冤枉介）

（末摇生介）相公，快醒来！你中了状元了！

（生拭目介）

（外、老旦）报老爷高中状元！

（生）只怕还是做梦。

（外、老旦）是真的，不是做梦，快请老爷去赴御宴。

〔尾声〕

（生）无端恶梦将人骇，亏得捷音惊败。这又是第二个乳母无心巧撞来。

　　　　详梦从来贵反详，梦凶得吉理之常。
　　　　奇冤既得闻奇捷，丑妇还应得丽娘。

第十七出 媒争

〔字字双〕

（净扮媒婆上）要做媒婆莫说真，欺隐。说真十处九关门，难进。东施形丑冒西村，骗允。若要亲眼相佳人，搽粉。

自家京师第一个出名的媒婆，绰号"张铁脚"的便是。新科状元不曾娶亲，今早有人来呼唤，要我做媒，特地走来伺候。门上有人么？

（内）是那一个？

（净）当值的媒婆，蒙老爷呼唤，特来服事的。

（内）门外候着！

〔前腔〕

（老旦扮媒婆，持书上）个个媒婆卖脚跟，空奔。也难单靠嘴皮唇，谁信。做媒须学做山人，书引。大胆来说状元亲，把稳。

自家京师第一个钻刺的媒婆，绰号"李钻天"的便是。闻得新科状元不曾娶亲，一定要用着我们的。只是同行的多，恐怕轮我不着，故此到他座师处讨了一封荐书。如今放心去做，难道还怕那个抢去不成？来此已是，门上有人么？

（净见惊介）

（内）甚么人？

（老旦）在下是官媒，一向服事老爷座师的。今早叫我去分付，说老爷不曾娶夫人，教我来服事。有封书在这里，烦大叔传一传。

（末上，接书下）

（净）李钻天，你好没意思！状元老爷闻我的名，亲自差人请我来做媒，谁要你东钻西剌来抢人的生意？

（老旦）张铁脚，你好没廉耻！状元的座师，平日见我老实，特地写书送我来做媒，谁要你捕风捉影夺人的主顾？

（净）老骚货！不知搭着那一个管家，骗个没图书的名帖在这里吓鬼。你前日替王翰林的夫人兑金，七成当了十成；替朱锦衣的奶奶兑珍珠，十换算了十五换。他如今查问出来，正要和你讲话，还亏你自己说个老实。惶恐，惶恐！

〔扑灯蛾〕

（净）你骗财真绝伦，有胸没方寸，只图第一遭，不顾后来对问也。言而寡信，还亏你夜郎动辄自称尊，面皮不厚才三寸，只怕你名轻难说状元亲。

（老旦）老娼根！有你不知同那个孤老吃了几杯脓血，在这里发骚风。你前日替吴总兵娶小，把寡妇当了女儿，被他叫兵丁捋去了两边的鬓发；又替孙百户续弦，把梅香当了小姐，被他叫军牢拔去了下面的胡须。那一个不知，那一处不晓？还说状元老爷闻你的名。羞死,羞死!

〔前腔〕

(老旦)你把贱奴充作尊,破罐冒为整,惯做脱空媒,更有一遭奇诧也,新人带孕。到如今二毛拔去两头髡,还亏你自称名下无谦逊,只怕你力绵难说状元亲。

(互嚷介)

(末上)两口不须闲聒絮,一心自有妙安排。老爷说,你们两个不消在此争争闹闹。我家老爷的媒,不是容易做的,要亲眼相过,十分中意才肯下聘。你们说的亲事,若肯容相的,便来讲;不肯容相的,竟不消说得。

(净、老旦)都是千金小姐,怎么肯把人相?(各想介)有了,不妨,可以相得。老爷明日游街,我们与小姐立在一处观看。大叔,你如今认得我们了,只看见与我们同立的就是小姐。若老爷中意,你把头点一点;不中意,你把手摇一摇,待我们又好赶到别家去看。

(末)也说得是,待我去禀老爷。

(末)力大名高总不收,主司法眼异时流。
(老旦、净)我文章自有趋时法,不怕你朱衣不点头。

第十八出 艰配

北〔新水令〕

（生簪花、冠带，末执鞭，众鼓吹引上）天街徐着看花鞭，马蹄儿休教逐电。婵娟争觑我，我也觑婵娟。把帝里名媛，赶一日批评遍。

南〔步步娇〕

（副净扮丑女，净扮媒婆随上）铅精铸就芙蓉面，血点脂唇艳。金盆捣凤仙，染成这玉甲如花，好持纨扇。行到镜台边，几回自讶观音现。

（净）小姐，状元好来了。我和你先到楼上去等。（同上楼介）

（净）小姐，我替你烧些香在炉里，待状元来闻见，就知道你是喜清趣的了！（烧香介）

北〔折桂令〕

（生、众上）才离了凤阙龙轩，早来到燕子楼头，朱雀桥边。

（末）是那里这等香？

（生）可惜了香气氤氲，篆烟缥缈，只多些膏沐腥膻。

（末指楼上介）老爷，那楼上与张媒婆同立的，想必是小姐了。

（生看介）试看那假西施，卖弄他香温玉软；尽有那蠢登徒，为着他意惹情牵。怎当俺冰镜双悬，能别媸妍。多谢你转秋波临别多情，休怪俺懒回头，似弩箭离弦。

（末向净摇手，随生、众下）

（净）这等是不中意了。东家相不中，快去赶西家！（同副净下）

南〔江儿水〕

（老旦扮老女上）鼓吹声难近，旌旗眼望穿。为甚的绿衣郎不许红裙见？紫金鞍骑到谁家院？画栏杆倚得纤腰倦。想象仙郎不远，更上层楼，把十里杏花瞻遍。

（内鼓吹介）

（净急上）小姐，状元来了，快些上楼去看。（同上楼介）

北〔雁儿落带得胜令〕

（生、众上）

（末指楼上介）老爷，这位小姐生得好！

（生看介）觑着他瘦腰肢，似可怜；好容貌，如堪羡。为甚的两桃腮褪却鲜，双柳黛堆着怨？多管是待庶士把韶光变，咏摽梅的期久愆。休怪俺轻薄子无情面，辜负你老嫦娥爱少年。传言，贤孟光休得要嗟偃蹇；你且归么眠，少不得有个老梁鸿来缔好缘。

（末向净摇手，随生、众下）

（净）这等说起来，又不中意了。扫兴，扫兴！

（老旦）落花空有意，流水太无情。（同净下）

南〔侥侥令〕

（丑扮丑女，泡头、阔鬓上）旋卖街头髻，妆成头上鬏，时兴宝髻人人羡，预梳个凤冠头，好嫁状元。

（老旦上）媒妁赶来身似箭，状元骑出马如飞。小姐梳妆完了。这是近来新兴的牡丹头，好看，好看！一定相得中了。快上楼去等。（同上楼介）

北〔收江南〕

（生、众上）

（末指楼上介）老爷，这个小姐面貌虽然有限，头却梳得时兴。

（生）呀！都似这般样的时兴宝髻呵，倒不如那鬎疬头短发如毡！似这等愈奇愈出不如前，那些个食蔗后来鲜，好教人呕涎。马蹄儿怎前，只得把绒缰带急狠加鞭。（加鞭，急下）

（末向老旦摇手，同众下）

（老旦）北家相不中，快去赶南家！（同丑急下）

南〔园林好〕

（小旦扮小姐上）满皇都蛾眉几千，少甚么胡然帝天，空教人卖些腼腆，怎乞得那人怜？

（内鼓吹介）

（老旦急上）小姐，状元来了，快些上楼！（同上楼介）

北〔沽美酒带太平令〕

（生、众上）

（末指楼上介）老爷，这一位小姐果然标致，再没得嫌了。

（生）相了一日，只有这个还上得眼。这是俺解忧愁的草似萱，醒瞌睡的艳异编，地少朱砂赤土先。

（末）老爷既然中意，待小人点头许了他罢。

（生摇介）他只好抱衾裯备妾员，怎好正阃位把中宫权擅？七分妆三分颜面，四分真六分强勉。覆霓裳银红虽浅，衬罗衫榴裙太艳。小姐，你望得俺心穿眼穿，休得要怨天恨天。你若是三生少缘，怎受得俺猛停骖一回缱绻！

（末向老旦摇手下）

（老旦）怎么，这样的佳人还相不中？小姐，你也无缘做他的眷属，我也没福趁他的媒钱，回去罢。

（小旦）承恩不在貌，教妾若为容。（同老旦下）

（生）叫左右，带马回去！

北〔清江引〕

（生）上林春色看将遍，仍似河阳县。天香并未闻，国色何曾见？或者那御沟内的人儿，还有几个上得选。

看花自古说长安，谁料花多不耐看。
金榜已登金屋缺，色难更不比才难。

第十九出 议婚

【玉女步瑞云】

【传言玉女】（小生带末上）底事萦怀，未了向平婚债。

【瑞云浓】怎禁不肖子胡行乱踹。

下官戚补臣。夫人早丧，只生一子。当初只因后嗣艰难，未免失之骄纵。怎奈他不思上进，只习下流，不但不能承绍箕裘，将来还恐玷辱门户。当初还有韩家侄儿同窗砥砺，虽然心如野马，也还身似羁猿。自从韩生赴试之后，日间在赌博场上输钱，夜间在妓妇人家输髓。输钱还是家产之累，输髓将有性命之忧。我如今没奈何，只得娶房媳妇与他。他纵然不怕堂上的威严，或者还受些枕边的教训。向日詹年兄上任之时，曾将两个女儿托我择婚，不如将一个聘与自家儿子，一个聘与韩家侄儿，何等不妙。只有一件，我闻得他大令爱是个寻常女子，第二个令爱才貌俱全。若把别个，一定将好的尽了自己，剩下的才与别人。下官一来有些克己的功夫，二来也知儿子的分量。如今定下主意，将大的配与儿子，小的配与韩生。本待一齐下聘，只因他在京中赴试，万一得中，受了别人家的丝鞭，恐怕两相耽误。我如今先说就了儿子的亲事，那一个待他回来下聘未迟。叫院子，唤媒婆伺候！

（末应下）

〔赏宫花〕

（小生）婚姻要谐，须凭貌与才。强把姿容慕，反是厉之阶。此日先偕鹡口侣，他时另配凤鸾侪。

（丑扮媒婆，随末上）朱、陈有约还须我，孔、李成亲也要媒。戚老爷，唤媒婆来有何分付？

（小生）当初詹老爷上任之时，托我替他小姐择婿。我一向留心体访，再没有个门当户对的人家。我家大爷与他家大小姐年齿相当，要你去说亲，故此差人唤你。

（丑）这等说起来，是顺风吹火，下水行船，极省力的事了！媒婆就去讲来。现成媒易做，安乐福难当。（下）

〔不是路〕

（净扮报人上）千里驰来，渡却黄河又渡淮。（向内介）借问一声，这边有个韩世勋相公，家住那里？

（内）他是没有家的，一向住在戚布政衙里。

（净）真奇怪！芝兰玉树反生在别人阶。（敲锣进介）报！报！报！韩相公中了状元。他步天垓，状头身占人间福，榜首名魁天下才。

（小生）只怕是假的。

（净）休疑怪，逼真喜信无尴尬，纸条现在，纸条现在。

（付纸条，小生看介）先取花红送他，改日再来领赏！

（净谢下）

（小生）谢天谢地！

[大胜乐]

（小生）苍天不负奇才，拔英雄，自草莱。我当初受朋友托孤之命，到如今这个日子，也将就可以塞责了。亡朋责备求宽贷，难道你九泉下，眼还开？我自幼抚养他，原为故友交情，不图后来报效。他如今富贵了，我的儿子虽然不才，他难道日后不把一只眼睛看顾我儿子不成？希图结草酬难必，不望衔环报自来。可见人生在世，好事也该做几桩。这"仁义"二字呵，原非有害。为甚的认做了非常厌物，举世相戒？

（丑上）无福千谋不遂，有缘一说便成。戚老爷，詹夫人见说老爷求亲，不胜之喜，满口应承。只有一件，他说詹老爷不在家，不曾办得嫁妆，先在他府上成亲，直待詹老爷回来，备下妆奁，然后遣嫁。

（小生）这等更妙！待我拣选吉日，一面下聘，一面送去成亲便了。

（净） 年家正好结姻家，门户相当自不差。

（小生）先把荆钗定阿姊，且迟妹聘待宫花。

第二十出 蛮征

【卜算子】

（生冠带，引众上）俗煞上林春，欲闭看花眼。如玉人儿毕竟难，谁道书中产？

下官来京赴试，只道洞房与金榜相邻。昨日钦赐游街，曾将选艳与看花并举。谁知令人掩鼻而过的，十中倒有八九；经得下官垂青一盼的，百里还无二三。我闻得人说，扬州是出琼花的地土，女色颇佳。正要告假还乡，到扬州择配，不料蜀中告急，大座师荐我督师征剿，好立边功，以为不次登庸之地。（叹介）虽然早我十年宰相，却又迟我一岁婚姻，如何是好？

【八声甘州】

（生）功名早晚，这都是身外事，于我有甚相干？不似婚姻迟暮，便愁苍却朱颜。新郎怎教豪兴删，宰相何妨鬓稍斑。等得我师还，便是未凋零也春意阑珊！

（末冠带捧诏，引众上）口衔天宪出，身带御香来。

（生跪接介）

（末）圣旨下，跪听宣读！诏曰：请缨系虏，昔年曾有终军；投笔封侯，今日讵无定远。纬武即经文之验，出将乃入相之基。兹者蜀警频闻，朕心赫怒，用修天讨，爰整王师。惟长子之得人，斯肤功之克奏。今据阁臣所荐，翰林院修撰韩世勋，韬钤素谙，才略兼优，是用委尔督师，星驰会剿。尚方有赐，误闻令者，不妨先斩后闻；军政所关，利国家者，任尔便宜行事。捷音一至，显级三加，速展奇猷，以需大召。谢恩！

（生呼嵩毕，与末相见介）

（末）老先生既膺天简，荣发定在几时？

（生）蜀报既急，钦限又严，小弟即日就道。

（末）这等，不及奉送，告别了！情恕免歌三叠曲，诏宣归复九重天。（下）

（生）分付大小三军，摆齐队伍，就此起行！

（众应，行介）

【大环着】

（合）把盘根寇划，把盘根寇划，念国步艰难。当宁殷忧，生灵涂炭，鞍马辛勤敢惮？虽然是初出茅庐，这戎事与军机，似曾经惯。想夙世军中韩、范，重现出前生公案。鼙声肃，剑气寒，是四国金汤，万邦屏翰。

【尾声】

（合）旌旗动处龙蛇幻，剑戟光电辉星灿。见了我这赫濯濯的军容也魂魄散！

三春花柳拂旌旗,万里风烟待鼓鼙。

临去慢夸新皂盖,重来不踏旧沙堤。

第廿一出 婚闹

〔女冠子前〕

（老旦上）一官匏系人难到，儿未嫁，婿先招。

老身梅氏。自从老爷上任，已经一载，烽烟阻隔，音信杳然。女儿年已十八，正当婚嫁之时。前日戚家来议婚，老身已经许诺。今乃成亲吉日，花烛酒筵俱已齐备，戚家女婿也该到门了。

〔临江仙尾〕

（副净带末上）嫖经收拾赋《桃夭》，且尝新淡菜，莫厌旧蛏条。

（净扮掌礼，请介）

（丑纱巾罩面上，行礼照常介）

〔山花子〕

（合）双双拜罢笙歌闹，满堂贺客如蟫。两亲翁金榜共标，戴乌纱旧日同僚。女和男青春并韶，衡才絜貌差不遥。苍天配就鸡鹨交。八两半斤，不错分毫。

（老旦）你们移灯送入洞房，早些回避。养儿方识为娘苦，嫁女翻增阿母羞。（先下）

〖大和佛〗
（合）撒帐繁言休絮叨，听鼓谯，移灯送鹊入鸠巢。好良宵，闰年闰月更难闰，饶云饶雨漏难饶。你每人人尽识新婚好，当初也曾年少。不听见夫人语，他也曾做过新人，因此上厌烦嚣。

〖隔尾〗
（合）行行不觉珠围到，绕室多将宝炬烧。（进房介）
（副净）你们都回避，好待我揭去纱笼看阿娇。
（众）双双入室调新瑟，各各归家理旧弦。（下）
（副净揭纱巾看丑，惊背介）呀！我只道詹家小姐，不知怎么样一位佳人，原来是这样一个丑货！

〖粉孩儿〗
（副净）相逢处，顿将人佳兴扫。甚新婚燕尔，恼人怀抱。怎教我翩翩公子裘马豪，配伊行野鬼山魈！我戚友先一向嫖妇人，美恶兼收，精粗不择，丑的也曾看见几个，不曾像他丑得这样绝顶。你看那鼻凸睛凹，说不尽他颜面的奇巧。（闷坐介）
（丑）戚郎，我只得一年不见你，你怎么就这等老苍了？
（副净惊介）

〔福马郎〕

（丑）为甚的一载分离人便老，全不似旧日的莲花貌？莫不是担愁闷，害相思，因此上把容焦？那一夜呵，我们好好的说话，被奶娘撞将来，你只说是夫人，跑了出去。我自那一夜直想到如今，好不苦也！

（副净大惊介）

（丑）我终日把伊瞧，流尽了千行泪，才等得到今朝。

（副净拍案，大怒介）咦！丑淫妇！你难道瞎了眼，人也不认得！我何曾到你家来？我何曾见你的面？我何曾撞着甚么奶娘？你不知被那个奸夫淫欲了去，如今天网不漏，在我面前败露出来！

〔红芍药〕

（副净）听说罢，怒气冲霄。斩伊头，恨无佩刀！我只道玄霜未经捣，又谁知被他人掘开情窍！到如今，错认新郎作旧交，刚抬头，便把玉郎频叫。这供词是你贼口亲招！难道说我玷清名，把奇谤私造？

〔耍孩儿〕

（老旦持灯上）为甚洞房频厮闹？莫不是儿女娇羞甚，激起那卤莽儿曹？女儿女婿成亲，为甚么争闹起来？我想没有别事，一定是为女儿装模作样，不肯解带宽衣。做公子的粗豪心性，不会温存，故此撒起性来。如今教我做娘的又不好去劝得，怎么处？推敲，怎教我羞答答阿母把温柔教？

（副净）叫家人，快些打轿，我要回去。

（老旦）呀！为甚的学杜宇声声叫？便是要定省也天还早。

（老旦进见介）贤婿，为何这等焦躁？

（副净）我不是你女婿，你的女婿去年就有人做去了！

（老旦惊背介）这话说得奇怪，难道我女儿有了破绽不成？（想介）就是有甚么破绽，也到上床睡了才验得出，如今怎么晓得？待我问来。

（老旦对副净介）女婿，方才的话老身不懂，还求明白赐教。

（副净）赐教赐教，还是不说的妙！若还要我说来，只愁你要上吊！都是你治家不严，黑夜里开门揖盗，预先被别人梳栊了宅上的粉头，如今教我来承受这乌龟的名号！

（老旦大惊介）怎么？我家门禁森严，三尺之童不得擅入，那有这等事？请问贤婿，这话是那个讲的？焉知那说话的人，不是诽谤小女的么？

（副净）请问：别人诽谤令爱，令爱可肯自家诽谤自家么？

（老旦）他怎么肯诽谤自家？

（副净）这等，不消辩了。

[会河阳]

（副净）供状分明，不须驳招。（指丑介）是这从奸妇女亲来告。道是去年某夜三更，有人赴招，被乳母亲撞着，分鸳好。那人曾把我尊名冒，那人更比我尊容好。

（老旦大惊，对丑介）怎么？你既做了不肖的事，为甚么又对他讲？好，好，从直说来，省得我做娘的发恼！被隔壁娘儿两个听见，笑也被他笑死！

（丑）去年清明时节，有个戚公子的风筝，落在我家。他黑夜进来取讨，我与他说了几句闲话，其实不曾有甚么相干。我那一晚在灯下，不曾看得明白，如今只道是他，说起去年的旧话来，那晓得不是那个戚公子。

（老旦捶胸，气介）生出你这样东西，坏爹娘的体面。如今怎么好？

〔缕缕金〕

（老旦）真冤孽，怎开交？难怪新郎怒，发咆哮！教我有口难相劝，理穷词拙。丑名儿终被外人嘲，先愁隔墙笑，先愁隔墙笑！

（对副净介）贤婿，是我女儿不争气，怪不得你发恼。只是你今晚若不成亲，走了回去，寒家的体面固然坏了，就是府上的名声，也有些不雅。待老身替小女陪罪，求贤婿包涵，暂为夫妇。小女若不中意，三妻四妾，任凭你娶就是了。

〔越恁好〕

（老旦）我劝你暂时欢好，暂时欢好，再觅凤鸾交。我小女呵，只图个中宫假号，那专房宠，任你去别涂椒。我只要这名儿不向金榜标，便是你封妻的荫诰。不瞒贤婿说，你丈人第三个小，与老身最不相投，就在隔墙居住。若还与他知道，老身这一世，怎么被他批评得了？外人笑，还在那背后把便宜讨；内人笑，怎经他对面的讥弹巧？

（副净）这等，与他说过，我成亲之后，就要娶小的。世上的妇人，偏是丑而且淫的分外会吃醋。不要等我娶小的时节，他又放肆起来。

（老旦）有老身在这里，贤婿不要多虑。女儿过来！

（扯丑近副净介）

（副净）说便是这等说，我只好饶你个初犯，以后若再如此，我要连前件一齐发落的！

〔红绣鞋〕

（合）朦胧且暂成交，成交；休教辜负良宵，良宵。看月影，上花梢，谯鼓歇，鸟声嘈，急乘鸾，休待明朝，明朝。

（老旦）老身去了。你两个好好的成亲，再不要多话。养女不争气，累娘陪小心。（先下）

〔尾声〕

（丑）戚郎！戚郎！我原封不动还伊好。你不信只验取葳蕤锁匙牢。

（副净）便做道危城尚保，你这召寇的官评也难书上考。

（丑）前度刘郎不再来，教人错对阮郎猜。

（副净）我已知误入天台路，且看你玉洞桃花开未开。

第廿二出 运筹

【风入松慢】

（外冠带，引众上）孤城虽得保无虞，属境丘墟。妖氛未靖劳宸虑，一年守土功虚。

下官受事之日，已曾上疏请兵，至今一载，王师未下。前日蛮寇薄城，亏我用奇兵退去。如今蒙圣上调京营铁骑，命新科状元监督前来，与下官协同征剿。我闻得韩状元是个弱冠书生，他那里谙练兵事？且待他来拜谒之时，试他经济若何，再作道理。叫左右，状元到门，即便通报！

（众应介）

【前腔】

（生冠带，引众上）休将民命试军谟，肝脑空涂。谁能一战功成处，不令万骨同枯？

（见毕，坐介）

（外）老先生，才观上苑之花，便司北门之钥，真是九重重任，千古奇荣。

（生）晚生观场学步，滥占鳌头，受命观兵，得叨骥尾。还求老先生开愚振懦，才能共济时艰。

（外）如今寇势披猖，人民骚动。老先生受命而来，毕竟有奇谋秘策。请问何计足以靖之？

（生）晚生初到地方，不知蛮人作何蠢动，先求老先生开示情形，好待晚生略陈菲。

〔惜奴娇〕
（外）贼势堪虞，肆蛮军野战，不用兵书。冲锋辟路，惟仗那猛象前驱。披靡，就是那棒杭、貔貅也难相御。使不着马如龙，人如虎。

（合）倚壮图，幸得同舟共济，智力相扶。

（生）原来用的象战。窃闻象不可以人敌，唯狮子足以拒之。速令军中，做几个假狮子伺候。待与贼兵对垒之时，不意中推将出去，那象见了，自然丧魄。待他反奔之际，乘胜赶杀，可以一鼓就擒。

〔前腔〕
（生）贼势休虞，既蛮军野战，不用兵书。俺这里冲锋辟路，也用个狮子前驱。披靡，管教他猛象、貔貅难相御，使不着马如龙，人如虎。

（合）倚壮图，幸得同舟共济，智力相扶。

（外）此计甚妙！明日会剿，就当依此而行。

制狮拒象莫称奇,宗悫当年已用之。
欲向戏场娱耳目,何妨暂效古人为。

第廿三出 败象

【水底鱼】

（净引众上）象猛人豪，机锋阵上交。他来寻咱，教咱怎相饶？

俺掀天大王，自从起兵以来，杀人如割草，攻城似破竹，不曾有一处官兵敢与咱们打仗。只有西川地方，是詹烈侯那厮镇守。虽然将老兵残，还亏几个神兵相助，故此饶他那条性命再过几年。谁料他倒上疏请兵，如今差了新科状元督兵前来，与他会剿。我想詹烈侯是个龙钟老汉，新状元是个乳臭孩儿，料他有甚么本事，敢来与咱交锋。难道那几个神兵，还跟来替你厮杀不成？分付大小蛮军：喂饱了象，备好了马，迎上前去，和他厮杀！

（众应毕，同唱前曲下）

（外、生戎装，副净、末扮将官，引众上）同舟共济矢澄清，戮力捐躯奏荡平。特使终军陪尚父，老成英锐互相成。

（外）下官西川招讨詹武承是也。

（生）下官督师翰林韩世勋是也。老先生一路行来，此处山高地广,好做战场。不如就在此处扎营,待探子回来,看贼兵远近何如,再议迁徙。

（外）正合愚意。叫左右,岭上搭起将台,待我与韩老爷看山川形势,好伏奇兵。

（众）搭齐备了,请两位老爷登台。

（生、外登台,望介）

[醉花阴]

（生、外合）俯水凭山共登眺,黑沉沉,峰峦窈窕。满山木叶未经烧,迷进路,似远非遥。猛可的人声低叫,怪空谷,应偏高。分明是回复军中,此处藏兵好。

（丑急上）报,报,报!

（生、外）贼兵远近何如?

（丑）起先还在十里之外扎营,闻得官兵到了,倒反赶来迎战,如今只差一二里了。

（生、外）这等更好。

（生）京营将官,听俺分付!

（众应介）

[喜迁莺]

（生）等待那贼兵来到,乍交锋,且将锐气潜韬,假败伴逃。一任他喜扬扬争先鼓噪。猛忽地现出神狮,将象势挠,他那里戈争倒。你听俺鼙鼓震,炮声高,一个个奋全威,追斩鲸妖。

（副净应介,领兵下）

（外）本营将官，听俺分付！

（众应介）

〔出队子〕

（外）你与俺带领着精兵几哨，伏山隈，语莫高。只待那假狮王驱象过山腰，你与俺齐拥出，截咽喉，休教逃。鼓噪，合天兵，争戮力，长驱直捣。

（末应介，领兵下）

（净、众引象，唱前曲上）

（净）前面就是官兵了。把象做了先锋，人马紧随着象，一齐杀上前去！

（副净领众上，战败介）

（净、众赶杀介）

（内扮狮子舞出，象见惊退介）

（内击鼓、放炮，副净领众赶杀下）

〔刮地风〕

（生）制就狮王势转骁，张默口风助咆哮。说甚么矫腾腾赤虎斑文豹，口踊跳将来，猛象魂消。堪笑那蠢蛮子腹内诗书少，旧兵法不晓分毫。（内呐喊，作战声介）这壁厢，那壁厢，声沸如涛。山如动，地如摇，斩鲸鲵血染林皋。中军帐号令忒奇妙，不枉掌三军、展六韬。

〔水底鱼〕

（净、众败走上）狮子咆哮，象如鼠见猫，人慌马乱，有命也难逃！了不得！了不得！他那狮子跳将出来，我这象的威风竟不知那里去了！如今被他赶得人疲马倦，歇又歇不得，那大路怕有伏兵，打从小路快走！

（末领众喊杀上，战介）

（净、众败走，末、众赶下）

〔四门子〕

（外）伏奇兵拥出如山倒，马腾舞，人讙噪。猿啸声低，虎啸声高，都与俺天兵下处增声号。这的是风鹤皆兵，草木皆刀，把蛮军魂收魄扫。

（副净、末领众驱象，持首级上）禀老爷：贼兵大败，杀了数千，走去的不上三分之一，象都夺过来了。

（生、外）出征过的，听候赏犒；不曾出征的，速速领兵追剿！

〔古水仙子〕

（生、外）出征的，解战袍；出征的，解战袍。坐营的，领兵须及早。去，去，去，入深山，搜僻寨，诛剩贼，扫荡尘嚣。赶，赶，赶，赶渠魁，莫放逃。赦，赦，赦，赦无辜，归种归樵。惜，惜，惜，惜民房，休得肆焚烧。戒，戒，戒，戒掳掠，一寸民间草。犯，犯，犯，犯军令，有明条！

第廿三出·败象 361

〔尾声〕

（生、外）俺把那十载妖氛如电扫，你们一个个都有汗马功劳。休妒俺两文臣搦三寸管，坐军中，把名标！

侥幸成功觉厚颜，制狮攻象等儿顽。
书生莫恃韬钤富，古法难欺识字蛮。

第廿四出 导淫

〔普贤歌〕

（丑上）新婚弄出丑名声，悔煞当初没正经。羊肉吃不成，惹得一身腥，几时洗得馀膻尽？

奴家自与戚郎成亲，露出风筝马脚，淘了半夜臭气，坏了一世清名。如今还不曾满月，那个天杀的就要思量娶小。我若有一字不肯，他就要喊出前件来。我想世上的小，可是娶得的东西？娶进门来，若还三夜临着他一夜，我半年要守两个月空房；若还两宵轮着我一宵，就百岁也守五十年活寡！想到这个地步，教人毛骨竦然！我仔细思量起来，自家既有了那些小过，这一世要他循规蹈矩替我守节，料想是不能够的了。若是容他娶小，不如许他嫖妓；许他嫖妓，又不如容他偷情。怎见得娶小不如嫖妓？妓妇迎新送旧，不靠一人终身，少不得有个开交的日子，不像小老婆是个贴骨疗疮。怎见得嫖妓不如偷情？娼妇人家要去就去，要来就来，容得他放肆。若偷良家女子，有信没人传，有话没处说。他心上想着佳人，或者还借丑妻来发泄。所以宁可开这条门路，还不十分亏本。戚郎前日撞着我家妹子，见他生得标致，睡里梦里想着他。我不如将计就计,使他两个勾搭上手,也等戚郎做桩亏心事儿,省得他喊我的前件。况且三娘平日惯要夸嘴,说他的教法强似我家母亲,也等他女儿弄些把戏出来,待我拿住筋节,省得他欺负别人。我把一桩事箝了三个人的口,又免了娶妾的后患,何等不妙!是戚郎这半日不见,一定又往墙洞边张他去了,且待我去撞一撞。吃醋先为酿醋计,卖奸且做捉奸人!(下)

〔前腔〕

(副净上)杨家妹子貌倾城,虢国蛾眉画得精。襟丈目睁睁,姨娘眼不青,相思害杀谁偿命?

我戚友先,娶了詹家丑妇,弄得情兴索然。谁料他的妹子倒生得十分标致,前日偶然遇见,真是仙子临凡,嫦娥出月。可惜他住在隔墙,不能够日亲月近,勾搭上手。如今被我把那墙上钻了一个小洞,只容得一只眼睛,且待张些意思出来,渐渐扩充大了,也未为迟。如今喜得无人在此,待我仔细看来。(张介)

(丑潜上,躲副净背后介)

(副净)你看他倚栏而坐,若有所思。不免待我叫他几声,低低唤起,渐渐高来,且看他应不应。(连叫"二小姐"介)

(丑高应介)大姨夫!

(副净回看,惊介)

(丑)你这样叫得亲热,我若不替他应一声,可不辜负了你。

(副净笑介)娘子,你怎么这样知趣?我正有话和你商量,请到房中去细说。(携手行介)

〔水红花〕

（副净）伊家妹子太娉婷，我也太多情，欲把二乔相并。

（丑）花街柳巷，少甚么标致娼家，去选几个嫖嫖就是。章台杨柳尽轻盈，为甚的惜花心，偏想着隔墙红杏？

（副净）采尽墙花路草，都是泛荸常英，争如这琼蕊檀奇馨也啰！娘子若肯做媒，我终身感激你不尽！

（丑）你今日也要娶小，明日也要娶小，去娶个标致的小来受用就是了。我詹家只有这样的风水，生不出甚么好妇人来。

〔前腔〕

（丑）苎萝风水只平平，料我这丑东村，有甚么佳人同姓。

（副净）重华倘得并皇英，我情愿守坚贞，不收他媵。

（丑）你如今花言巧语，骗我做牵头，只怕牵上了手，又不是这等说了。

（副净）待我对天发下誓来：老天！戚友先与詹家二小姐有了私情，若再思量娶小，教我生个碗大的疳疮，烂去了娶小的物件！

（丑慌介）这怎么使得？别样灾愆易受，这段奇祸难经。但愿他比你更长生也啰。这等，我有个法子，明日叫奶娘去请他来看花。你预先躲在房里，我假意寻些事故，走将出去，将门反带上了。你然后走将出来，任凭下手就是。只有一件，他的性子比不得我，你须要软款些。那晚与我做亲的气质，一毫也使不着的！

（副净）不消分付，你若不放心，今晚权当了他，待我操演一操演就是了。

柔枝嫩蕊未经伤,蝶采蜂偷忌太狂。
暂借深房为浅蒂,今宵预试采花方。

第廿五出 凯宴

〔菊花新〕

（外冠带，引众上）雁书来自故乡天，闻道娇雏尚待年。同事有高贤，恰好是雀屏佳选。

下官得胜班师，正接着平安家报。大的女儿已许了戚家，二女尚无着落。我想韩状元年方弱冠，闻得他未有姻亲，舍了此人，那里去寻快婿？今日同赴太平公宴，按君也在席中。下官先来相等，待他来时，央烦作伐。此时也该到了。

〔前腔〕

（末冠带，引众上）欃枪扫尽睹尧天，文治于今始得宣。鞍马未相联，惭愧赴太平公宴。（见介）老先生为何来得恁早？

（外）学生有一事相烦，故此先来拱候。

（末）有何见委？

（外）学生年老无儿，只得两个小女，大的已曾赘有门婿，第二个小女，尚在闺中待年。闻得韩状元青年未娶，窃思赘作东床，借重老先生作伐，未知可否？

（末）佳人才子，正该作合。待他到来，学生就讲。

（外）这等，小弟在此倒不好面谈，且在后厅少坐，拱候回音。暂从闲处立，静听好音来。（下）

〔前腔〕

（生冠带，引众上）功成休使勒燕然，不败还因仰恃天。鞍马浴腥膻，好归去木天清院。

（见介）

（末）学生先来拱候，有一桩喜事奉闻。

（生）有甚佳音？敢烦赐教。

（末）闻得老先生金榜虽登，洞房有待，学生不揣，敢以执柯自荐，不知可肯相容？

（生）既蒙垂念，请问是那一家？

（末）就是詹老先生第二位令爱。闻得他有倾城之貌，咏雪之才，正是老先生的佳偶。

（生冷笑介）

〔榴花泣〕

〔石榴花〕（末）琼花玉笋两嫣然，前身同是玉京仙。况有那清才艳思两无前，正好歌春咏雪把句相联。詹老先生正在此间踌躇择婿，老先生恰好奉诏而来，岂非是天作之合？

〔泣颜回〕（末）三生有缘，喜同舟共济成姻眷。那一封请兵书，先做了万里丝鞭；这一封叙功书，又做了百年婚券。

（生）蒙台翁高谊，辱詹公错爱，自当依命。只是一件，学生因先君早丧,蒙戚补臣老伯抚养成人,如今婚姻一事,不能自主。现有戚老伯在家择配,一来不敢不告而娶;二来恐怕事有两歧,故此未敢轻诺。

(末)原来如此。这等,学生暂别,即刻就来奉陪。只道媒堪做,谁知事不谐。(下)

(生大笑介)好笑这位按君,不知听了那个的诳言,在这边道听途说。那里知道他倾城之貌,咏雪之才,下官已都领教过了。

〔驻马泣〕

〔驻马听〕(生)花面嫣然,云淡风轻是他咏雪篇。若不是我亲觇奇貌,面试真才,又几乎耳信讹传。似这等乌纱作伐少真言,怎怪那媒婆巧语将人骗。

〔泣颜回〕(生)从今后愈教人虑诈防欺,见了那做媒的也脑闷头悬。

(外、末上,相见毕,各坐饮酒介)

〔古轮台〕

(合)靖烽烟,今朝撑住杞人天,荆棘铜驼免。想前日东征西怨,都道是奚后奚先。到今朝四境讴歌声遍,箪食迎来,壶浆送转,家家奠酒祭豚肩。从今后愿一人垂冕,万姓高眠。乐丰年,田无水旱,民无夭札,境无烽燹,臣等乐无边。遂却良臣愿,胸中韬略不须展。

第廿五出·凯宴

〔余文〕

（合）歌频度，酒浪传，拼酩酊交酬互劝。这叫做痛饮黄龙的得意筵。

干戈动处扰生民，莫谓功高罪亦均。
曲突徙薪无上策，焦头烂额愧嘉宾。

（外吊场）方才按君回复，说韩状元幼年丧父，亏戚补臣抚养成人，所以婚姻不能自主。我想戚补臣是我极相好的同年，我去年赴任之时，曾将女儿托他择婿。这等看起来，两家的权柄都在他一人手里。何须央别个做媒，我如今修书一封，连夜差人赶去，不要说韩状元不曾应允，竟说与我面订过了。只因不曾禀命于他，不好行聘，教他在家成了这桩好事，何等不妙！

若用奇谋招快婿，先凭巧语赚良媒。

第廿六出 拒奸

〔捣练子〕

（旦上）长夏静，小庭空，扇小罗轻却受风。一枕早凉初睡起，簟痕犹印海棠红。

淑娟与母亲同居西院，虽然冷静，到喜清闲。奴家心存贞淑，读诗尝废淫风；性善娇羞，掩耳怕闻情事。但想妇人一世，既靠男子为天，得失所关，莫如婚姻作戏。好笑我家姐姐，新赘的丈夫就是那放风筝的戚公子。我当初见了那首诗句，不知是怎么样一个俊雅才人。前日在二娘房中偶然撞见，相貌甚是不扬。又见他替二娘写信寄与爹爹，十个字中倒有两三个别字。这等看起来，风筝上的诗，那里是他所作？不知何处袭来一张残稿，偶然糊在上面的。还亏得他求亲求着姐姐，万一求着别个，岂不误尽终身。（笑介）奴家因早凉好睡，起迟了些，如今盥栉完了，不免做些针指则个。（做针指介）

（净上）做定风流计，来迎窈窕娘。二小姐，大小姐说花缸里开了一朵并头莲，请你去一同赏玩。

（旦）他如今不比当初了，有姐夫在家，混杂不雅，我不好去得。

（净）戚公子回去看父亲，有好两日不来了，故此请你去消闲做伴。

（旦）既然如此，待我收拾了针线，同你去来。既少嫌疑迹，难孤姊妹情。（同下）

（副净、丑携手上）阿妹娉婷阿姐贤，姨夫兴趣更翩翩，拟将铜雀深深锁，不怕东风吹上天。

（副净）娘子，奶娘去请小姨，如今将要来了。我和你商议，还是躲在那一处好？

（丑）那马桶旁边，衣架背后，黑魆魆的最好藏身。

（副净）马桶旁边，虽然有些秽气，要做风流事，也顾不得许多，只得要躲进去。要同香作伴，先与臭为邻。（下）

（净随旦上）未见芙蓉色，先闻菡萏香。

（丑）妹子来了！我一向因姐夫在家，不好来请你，心上好不记挂。

（旦）多蒙垂念。姐姐，你这床头边，为何挂着一口宝剑？

（丑）我自小儿有些怕鬼。母亲说宝剑可以辟邪，故此叫我挂在床头，好辟邪气。

（旦）原来如此！为人不作亏心事，鬼神何足惧哉！

（丑）奶娘，我们在此看花，你快去取茶来吃。

（净应下）

（丑）妹子，你看这两朵荷花，开在一枝梗上，好看不好看？

（旦）果然有趣。

〔风入松〕

（旦）逼真开出并头芳，不似那枕上绣来的花样。

（丑）妹子，我年年种荷花，再不见开朵并头的。今年有了你的姐夫，他就装妖作怪，学人做起风流事来。

（旦微笑介）姐姐，你休将亵语将花谤，可怜他不解语难伸奇枉。不过是根蒂好生来偶双，那里是因所见故联房。

（丑连叫"茶来"，内不应介）

（丑）怎么，奶娘和这些丫鬟都到那里去了？妹子，你坐一坐，待我去看来。（出介）无心伴笑谈，有意相回避。立在戏台边，看做《西厢记》。（虚下）

（副净潜上）法聪头擦裤，莺莺手托腮，红娘走开去，张生爬出来。娘子去了，小姨坐在那边，若论正理，该走过去温存一番，然后下手才是。只怕他见了我，定要惊慌做作，不若攻其不意，打从后面走去，一把搂住，使他脱不得身，才是个万全之计。

（潜走近旦，欲搂；旦回顾惊避介）呀！他从那里走将出来？为何这等放肆！姐姐快来！

（副净）小姐不须叫喊，这是令姐的美情，要我两个成就姻缘，他故此出去回避的。

〔急三枪〕

（副净）只为要成就我风流愿，因此上安排着牢笼计，赚鸳莺。小姐若不信,只看这房门都是扣上的。如今没得说,只求你大舍慈悲。

(旦背介)我今日堕了奸人之计,急切不能脱身。难得他有宝剑挂在床头,且待我拿来捏在手里,做一个护身符。(取剑介)你好好放我出去就罢,若不放我出去呵——

【风入松】

(旦)借伊宝剑斩伊行,也只当辟除魍魉。

(副净背介)他是吓我的意思。我不如将计就计,也去吓他。(转介)小姐,我为你害不尽的相思,你若不肯搭救,我少不得要死,倒求你断送了罢。(跪介)请杀!

(旦)你休得要假拼一死将人诳,欺负我螳臂软,料难终攘。要晓得贞烈性不嫌太刚,便把伊头断,有何妨!(挥剑欲杀介)

(副净惊避介)

【急三枪】

(副净)我只为求好事,故意把头来换。谁知他真动手,拼得把命来偿。

(旦赶杀介)

(副净喊介)娘子快来救命!

(丑上)想因女子贪无厌,惹得男儿叫有声。呀!妹子为何动起粗来?

(旦)我和你嫡亲姊妹,有甚么冤仇?你做成这样圈套来捉弄我。同你到母亲面前去说个明白!(扯丑欲行介)

（丑）妹子，自古道："将酒劝人，终无恶意。"你不从就罢了，何须告诉母亲？待我陪个不是，求你宽容了罢。（跪介）

[尾声]

（旦）纵然不向慈亲控，姊妹情今朝断送。交还你辟鬼驱邪的三尺铜。（掷剑下）

（丑）他便不从，我的情却尽了。"娶小"二字，以后休提。你这样才子，只好配我这样佳人，劝你断了想罢。

（副净）都是这把宝剑误事，终日挂在床头，辟甚么邪？邪倒不曾辟得，几乎劈碎了我的天灵盖。我如今恨他不过，有个法子处他。

（丑）甚么法子？

（副净）宝剑不该误事，将来铸作尿壶。
夜夜拿他出气，（丑）只愁妨却工夫。

第廿七出 闻捷

〔生查子〕

（小生便服，带末上）儿媳已成双，犹子迟鸳侣。闻道远从征，添却兵凶虑。

下官自与孩儿毕姻之后，终日望韩家侄儿到来，好定那头亲事。不想他又有西蜀之行，一向音信杳然。这些报人，晓得下官厌闻时事，不送邸抄来看，未知他胜负若何，好生放心不下。

（丑持书上）千里赍书来此地，百年订好在今朝。门上有人么？西川招讨使詹老爷差人下书。

（末传介）

（小生喜介）詹年兄与韩家侄儿同事。他有书到，就晓得韩生的消息了。快叫进来。

（末引丑见介）家老爷拜上戚老爷，有书呈上。

（小生看书，喜介）好了，蛮寇剿平，韩生复命去了。（又看书，大喜介）你说有这等同心的事。我正要把詹家小姐配与韩家侄儿，不想他翁婿二人，已订了婚姻之约。只因不曾禀命于我，不敢下聘。如今倒托詹年兄写书回来，教我替他行礼，岂不是天从人愿。（叹介）他如今中了状元，还是这等小心，把我做了父亲看待，不枉我当初抚养他一场。

【三学士】

（小生）不枉呱呱从幼抚，也同孝顺慈乌。你便做了重华不告婚尧女，我岂学那瞽瞍无情怪舜徒？到如今奠雁通名还要我亲做主，不枉了知书辈，学道儒。

（小生对丑介）既然如此，待我遣媒婆过来，知会你家夫人，拣个好日子行礼就是。

（丑）夫人那边，家老爷另有家书，已曾知会过了。只求早些下聘，待小人去回复老爷。

（小生）这等，就是明日行聘，待状元一到，即便成亲。我先写回书打发你去。

    故人千里有同心，迢递驰书订好音。
    师捷婚成都足喜，岂徒安乐值千金。

第廿八出 逼婚

【天下乐】

（生冠带，引众上）乘传归来万马迎，漫夸前是一书生。纱笼不自人间定，多少鸿儒倒未能。

下官班师复命，蒙圣主不次加升。又见下官未曾婚娶，要把当朝宰相之女，钦赐完姻。下官因为不曾看见，恐怕做了詹家小姐的故事，所以只说家中已定了婚姻，连上三疏，才辞得脱。如今告假还乡，要往扬州择配。来此已是戚府门首了。左右快通报！

（小生冠带上）景升后裔真豚犬，养子当如孙仲谋。

（见介）

（生）老伯请上，容小侄拜谢教养之恩。

（小生）贤侄荣归，老夫也该拜贺。

（同拜介）

（生）小侄茕茕弱息，委弃尘埃，蒙老伯鞠养扶持，得有今日，恩同覆载，德配君亲。

（小生）贤侄芝兰玉树，分种移根。老夫偶尔栽培，即成伟器，清光幸庇，末路增荣。（坐介）

（小生）贤侄，老夫起先得你的大魁之信，不胜狂喜，后来又闻得你督师征剿，心上未免担忧。不想你去到那里，立了奇功，又且成了好事，可称双喜！

（生听惊介）

〔桂枝香〕

（小生）功成婚定，皆堪称庆。婚定处，天遂人谋；功成处，人侥天幸。把《关雎》笑咏，《关雎》笑咏。贤侄与令岳呵，才名相称，家声相并，互相成。婿润虽如玉，翁清也似冰。

（生背介）他说来的话，好生奇怪！教人摸不着头脑。我何曾定甚么婚姻？何曾做甚么好事？

〔前腔〕

（生）我低头延颈，将他倾听，先当个哑谜相猜，后认做微言思省。莫不是南柯未醒，南柯未醒？试问他良媒谁倩，良缘谁聘？是了，我猜着他的意思了。从来督师征剿的人，再没有不掳掠民间妇女的。他疑我在西川带甚么女子回来做了宅眷，故此把这巧话试我。他话分明，虑我强娶民间妇，行师欠老成。（转介）老伯，小侄行兵之际，纪律森严，不掳民间一妇，并不曾有甚么婚姻之事。老伯休要见疑。

（小生）那个说你掳掠民间妇女？我讲的是詹家那头亲事。你怎么自己多心起来？

（生）小侄也不曾与甚么詹家做甚么亲事。

（小生）怎么？你与詹烈侯面订过了，要娶他第二位令爱，说不曾禀命于我,不好下聘,央他写书回来,教我行礼。你难道忘了不成?

(生大惊介)小侄并不曾有这句话!

(小生)你若不曾有这句话,他为甚么写书回来?

(生)只有那一日,与詹老爷同赴太平公宴,他央按院做媒,说起这头亲事。小侄回道:"自幼蒙戚老伯抚养成人,婚姻不能自主。"这是辞婚的话,怎么认做许亲的话来?

(小生大笑介)何如,我说詹年兄是何等之人,肯写假书来骗我?据你自己说来的话,与他书上的话一字也不差。况且这桩亲事,也不曾待他书来,我一向原有此意。只因你在京中,恐怕别有所聘,故此迟迟待你回来。

(生)这等还好,既不曾下聘,且再商量。

(小生)怎么不曾下聘?他书到之后,我随即行礼过了。

(生大惊,呆视介)

(小生)贤侄,你为何这等张惶?这头亲事也聘得不差。他第二位令爱才貌俱全,正该做你的配偶。

〔赚〕

(小生)他体态轻盈,姑射仙姿画不成。况与你才相称,正好把彩毫彤笔互相赓。

(生)请问老伯,这"才貌俱全"四个字,还是老伯眼见的,耳闻的?

(小生)耳闻的。

(生)自古道:"耳闻是虚,眼见是实。"小侄闻得此女竟是奇丑难堪，一字不识的。貌堪惊，生平不晓题红字，日后还须嫁白丁。

（小生）自古道："娶妻娶德，娶妾娶色。"娶进门来，若果然容貌不济，你做状元的人，三妻四妾，任凭再娶，谁人敢来阻挡？

（生）就依老伯讲罢，色可以不要，德可是要的么？

（小生）妇人以德为主，怎么好不要？

（生）这等，小侄又闻得此女不但恶状可憎，更有丑声难听。他风如郑，墙头有茨多邪行，不堪尊听，不堪尊听！

（小生）我且问你，他家就有隐事，你怎么知道？还是眼见的，耳闻的呢？

（生）眼……（急住，思量介）是……是耳闻的。

（小生大笑介）你方才说我"耳闻是虚，眼见是实"。难道我耳闻的就是虚，你耳闻的就是实？做状元的人，耳朵也比别人异样些。

（生）小侄是个多疑的人，无论虚实，总来不要此女。

〔前腔〕

（生）便做道既美还贞，我与他夙世无缘也强作成！

（小生）我的聘又下过了，回书又写去了，他是何等样人家，难道好悔亲不成？

（生）小侄宁可终身不娶，断不要他过门。便做道难重聘，我情愿无妻白发守伶仃。

（小生大怒介）唉！小畜生！你自幼丧了父母，若不是我戚补臣,你莫说妻子,连身子也不知在何处了!如今养你成人,侥幸得中,就这等放肆起来!婚姻都不容我做主!哦!你说我不是你的父母,不该越职管事么?问狂生,你婚姻不许旁观主,为甚的不襮袴无人自去行?我明日竟备了花烛酒筵,送你到詹家入赘,且看你去不去!你若当真不去,待下官上个小疏,同你到圣上面前去讲一讲!我一面把佳期定,一面把封章写就和衣等。请试我桂姜心性,桂姜心性!(径下)

(生呆介)你说世间有这等冤孽!先人既曾托孤与他,他的言语就是我的父命了。况且我前日上表辞婚,又说家中已曾定了原配,他万一果然动起疏来,我不但犯了抗父之条,又且冒了欺君之罪,这怎么了?

〔长拍〕

(生)孽障相遭,孽障相遭,冤魂缠缚,这奇难倩谁援拯?我前世与詹家有甚么冤仇,他今生只管死缠着我!有甚么冤深难洗,仇深难解,故变个女妖魔,苦缠我今生?想我游街那一日,不知相过多少妇人,内中也有看得的,便将就娶一个也罢了。只管求全责备,要想甚么绝世佳人,谁想依旧弄着这个怪物!都是我把刻眼相娉婷,致红颜咒几诅,上干天听。因此上故把丑妻来塞口,问可敢再嫌憎?老天,我如今悔过了!再不敢求全责备,只求饶了这场奇难,将就些的任凭打发一个罢了!须念反躬罪己,望穹苍大赦,改祸为祯。就是当朝宰相之女,纵然丑陋,也料想丑不至此。圣上赐婚的时节,我为甚么不依?

〔短拍〕

（生）辞却甜桃，辞却甜桃，来寻苦李。教我这哑黄连，向何处开声？我待要从了呵，鬼魅伴今生，眼见得断送了这条性命；我待要不从呵，怕犯了欺君逆父，不忠孝的万世不祥名。也罢！我有个两全的法子：他明日送我去入赘，我就依他去。虽然做亲，只不与他同床共枕。成亲之后，即往扬州娶几个美妾，带至京中，一世不回来与他相见便了。

〔尾声〕

（生）准备着独眠衾、孤栖枕，听他哝哝唧唧数长更。丑妇！丑妇！我教你做个卧看牵牛的织女星！

第廿九出 诧美

【传言玉女前】

（小旦带副净上）儿女温柔，佳婿少年衣绣，问邻家娘儿妒否？

妾身柳氏，前日老爷寄书回来，教我赘韩状元为婿。我想梅夫人与我各生一女，他的女婿是个白衣白丁，我的女婿是个状元才子。我往常不理他，今日成亲，偏要请过来同拜，活活气死那个老东西！叫梅香，去请二夫人过来，好等状元拜见。

（副净应下）

【传言玉女后】

（生冠带，末随上）姻缘强就，这恶况怎生经受？冤家未见，已先眉皱！

（见介）

（副净上）夫人，二夫人说他晓得你的女婿是个状元，他命轻福薄，受不得拜起，他不过来。

（生）既是二夫人不过来，今日免了拜堂罢。

（小旦）说的甚么话？小女原不是他所生，尽他一声，不来就罢。叫宾相赞礼。

（净扮掌礼上，请介）

（副净、老旦扶旦上，照常行礼毕，共坐饮酒介）

〔画眉序〕

（生闷坐不开口，众唱）配鸾俦，新妇新郎共含羞。喜两心相照，各自低头。合欢酒未易沾唇，合卺杯常思放手。状元相度该如此，端庄不轻开口。

〔滴溜子〕

（众）笙歌沸，笙歌沸欢情似酒；看银烛，看银烛花开似斗。冬冬鼓声传漏，早些撤华筵，停玉盏，好待他一双双归房聚首。

（小旦）掌灯，送入洞房。（行介）

〔双声子〕

（众）新人幼，新人幼，看一捻腰肢瘦。才郎秀，才郎秀，看雅称宫袍绣。神祜祐，神祜祐；天辐辏，天辐辏。问仙郎仙女，几世同修？

〔隔尾〕

（众）这夫妻岂是人间偶？是一对蓬莱小友，谪向人间作好逑。（众下）

（生、旦对坐，旦用扇遮面介）

（内发擂毕，打一更介）

（生背介）他今日一般也良心发动，无颜见我，把扇子遮住了脸。（叹介）你这把小小扇子，怎遮得那许多恶状来？

【园林好】

　　（生）我笑你背银灯难遮昨羞，隔纨扇怎藏旧丑？他当初露出那些轻狂举止，见我厌恶他，故此今日假装这个端庄模样。（叹介）你就端庄起来也迟了！一任你把娇涩态千般装扭，怎当我愁见怪，闭双眸！愁见怪，闭双眸！我若再一会不动，他就要手舞足蹈起来了。趁此时拿灯去睡。双炬台留孤烛影，合欢人睡独眠床。（持灯下）

　　（旦静坐介）

　　（内打三更介）

　　（旦觑生，不见介）咦！我只说他坐在那边，只管遮住了脸，方才打从扇骨里面张了一张，才晓得是空空的一把椅子！（向内偷觑，大惊介）呀！他独自一个竟去睡了，这是甚么缘故？

【嘉庆子】

　　（旦）莫不是醉似泥，多饮了几杯堂上酒？莫不是善病的相如体态柔？莫不是昨夜酣眠花柳，因此上神倦怠，气休囚，神倦怠，气休囚？他如今把我丢在这里，不瞅不睬，难道我好自己去睡不成？独自个冷冷清清，又坐不过这一夜，不免拿灯到母亲房里去睡。檀郎不屑松金钗，阿母还堪卸翠翘。（敲门介）母亲开门。

　　（小旦持灯上）眼前增快婿，脚后失娇儿。（开门见旦，惊介）呀！我儿，你们良时吉日，正好成亲，要甚么东西，只该叫丫鬟来取，为甚么自己走出来？

（旦）孩儿不要甚么东西，来与母亲同睡。

（小旦大惊介）怎么不与女婿成亲，反来与我同睡？

〔尹令〕

（小旦）你缘何黛痕浅皱？缘何擅离佳偶？缘何把母阁重叩？莫不是娇痴怕羞，因此上抱泣含愁把阿母投？

（旦）他不知为甚么缘故，进房之后，身也不动，口也不开，独自一个竟去睡了。孩儿独坐不过，故此来与母亲同睡。

（小旦呆介）怎么有这等诧异的事？我看他一进门来，满脸都是怨气，后来拜堂饮酒，总是勉强支持。这等看起来，毕竟有甚么不惬意处？我儿，你且坐一坐，待我去问个明白，再来唤你。叫梅香掌灯。

（旦下）

（副净上，持灯行介）

（小旦）只道欢娱嫌夜短，谁知寂寞恨更长。来此已是。梅香，请他起来。

（副净向内介）韩老爷，请起来，夫人在这里看你。

（生上）令爱不堪偕伉俪，老堂空自费调停。夫人到此何干？

（小旦）贤婿请坐了，有话要求教。（坐介）贤婿，舍下虽则贫寒，小女纵然丑陋，既蒙贤婿不弃，结了朱陈之好，就该俯就姻盟。为甚的愁眉怨气，全没些燕尔之容？独宿孤眠，成甚么新婚之体？贤婿自有缘故，毕竟为着何来？

（生）下官不与令爱同床，自然有些缘故。明人不须细说，岳母请自参详。

（小旦）莫非为寒家门户不对么？

（生）都是仕宦人家，门户有甚么不对？

（小旦）这等，为小女容貌不佳？

（生）容貌还是小事。

（小旦）哦，我知道了。是怪舍下妆奁不齐整？老身曾与戚年伯说过，家主不在家，无人料理，待老爷回来，从头办起未迟。难道这句话，贤婿不曾听见？

（生微笑介）妆奁甚么大事，也拿来讲起。

[品令]

（生）便是荆钗布裙，只要德配也相投。况如今珠围翠绕，还堪度春秋。

（小旦）这等为甚么？

（生）只为伊家令爱有声扬中簄。我笑你府上呵，妆奁都备，只少个扫茨除墙的佳甪。我只怕荆棘牵衣，因此上刻刻堤防不举头。

（小旦大惊介）照贤婿这等说起来，我家有甚么闺门不谨的事了？自古道："眼见是实，耳闻是虚。"贤婿所闻的话，焉知不出于仇口？

（生）别人的话，那里信得？是我亲眼见的。

（小旦大惊介）我家闺门的事，贤婿怎么看见？是何年、何月？那一桩事？快请讲来！

（生）事到如今，也就不得不说了。去年清明，戚公子拿个风筝来央我画。我题一首诗在上面，不想他放断了线，落在贵府之中。

（小旦）这是真的。老身与小女同拾到的。

（生）后来着人来取去，令爱和一首诗在后面。

（小旦）这也是真的，是老身教他和的。

（生）后来，我自己也放风筝，不想也落在府上。及至着小价来取，谁知令爱教个老妪，约我说起话来。

（小旦惊介）这就是他瞒我做的事了。或者是他怜才的意思，也不可知。这等，贤婿来了不曾？

（生）我当晚进来，只说面订婚姻之约，待央媒说合过了，然后明婚正娶的。不想走进来的时节，我手还不曾动，口还不曾开，多蒙令爱的盛情，不待仰攀，竟来俯就。如今在夫人面前不便细述，只好言其大概而已。我心上思量：妇人家所重在德，所戒在淫，况且是个处子，怎么"廉耻"二字全然不顾？彼时被我洒脱袖子，跑了出去，方才保得自己的名节，不曾敢污令爱的尊躯。

〔豆叶黄〕

（生）亏得我把衣衫洒脱，才得干休。险些做了个轻薄儿郎，险些做了个轻薄儿郎，到如今，这个清规也难守。

（小旦）既然如此，贤婿就该别选高门，另偕伉俪了，为甚么又来聘这个不肖的东西？

（生）我在京中那里知道，是戚老伯背后聘的。如今悔又悔不得，只得勉强应承。不敢瞒夫人说，这一世与令爱只好做个名色夫妻，若要同床共枕，只怕不能够了。名为夫妇，实为寇仇。若要做实在夫妻，若要做实在夫妻，纵掘到黄泉，也相见还羞。

（小旦）这等说起来，是我家的孽障不是了，怪不得贤婿见绝。贤婿请便，待老身去拷问他。

（生）慈母尚难含忍，怎教夫婿相容？（下）

（小旦）他方才说来的话，字字顶真，一毫也不假。后面那一段事，他瞒了我做，我那里知道？千不是万不是，是我自家的不是！当初教他做甚么诗，既做了诗，怎么该把外人拿去？我不但治家不严，又且诱人犯法了。日后老爷回来知道，怎么了得！

（小旦行到介）不争气的东西在那里？（闷坐，气介）

（内打四更介）

〔**玉交枝**〕

（旦上）呼声何骤？好教人惊疑费筹。（见小旦介）母亲为何这等恼？

（小旦）你瞒了我做得好事！

（旦惊介）孩儿不曾瞒母亲做甚么事。

（小旦）去年风筝的事，你忘了？

（旦背想介）是了，去年风筝上的诗，拿了出去，或者韩郎看见，说我与戚公子唱和，疑我有甚么私情，方才对母亲说了。（对小旦介）去年风筝上的诗，是母亲教孩儿做的，后来戚家来取，又是母亲把还他的，干孩儿甚么事？

（小旦）我把他拿去，难道教你约他来相会的？

（旦大惊介）怎么，我几时把人约黄昏后？向母亲求个分剖。

（小旦）你还要赖！起先戚家风筝上的诗是韩郎做的，后来韩郎也放一个风筝进来，你教人约他相会，做出许多丑态，被他看破。他如今怎么肯要你！

（旦大惊，呆视介）这些话是那里来的？莫非是他见了鬼！（高声哭介）天！我和他有甚么冤仇，平空造这样的谤言来玷污我！今生与伊无甚仇，为甚的擅开含血喷人口！

（小旦掩旦口介）你还要高声，不怕隔壁娘儿两个听见？今日喜得那老东西不曾过来，若过来看见，我今晚就要吊死！我细思量，如何盖羞！细思量，如何盖羞！

（内打五更介）

（小旦）料想今晚做不成亲了，你且去睡，待明日再做道理。粪缸越搅越臭，

（旦）奇冤不雪不明。（下）

（小旦）这桩事好不明白。照女婿说来，千真万真；照他说来，一些影响也没有。就是真的，他自己怎么肯承认？我有道理，只拷问是那个丫鬟约他进来的就是了。（对副净介）是你引进来的么？

（副净）阿弥陀佛！我若引他进来，教我明日嫁个男子，也像这样不肯成亲。

（小旦）掌灯！我再去问。（行介）

第廿九出·诧美 ∞ 391

（副净请介）

（生上）说明白散去，何事又来缠？

（小旦）方才的事，据贤婿说，确然不假；据小女说，影响全无。这"莫须有"三字，也难定案。请问贤婿：去年进来，可曾看见小女么？

（生）怎么不曾见？

（小旦）这等，还记得小女的面貌么？

（生）怎么不记得？世上那里还有第二个像令爱的尊容？

（小旦）这等，方才进房的时节，可曾看看小女不曾？

（生）也不消看得，看了倒要难过起来。

（小旦）这等，待我教小女出来，请贤婿认一认。若果然是他，莫说贤婿不要他为妻，连老身也不要他为女了。恐怕事有差讹，也不见得。

（生）这等，就叫出来认一认！

（小旦）叫丫鬟：多点几枝蜡烛，去照小姐出来。

（丑应下）

（生）只怕认也是这样，不认也是这样。

（小旦背介）天那！保佑他眼睛花一花，认不出也好。

（老旦、副净持灯，照旦上）请将见鬼疑神眼，来认冰清玉洁人。

（小旦）小女出来了，贤婿请认。

（老旦、副净擎灯高照；生遥认，惊背介）呀！怎么竟变做一个绝世佳人？难道是我眼睛花了？（拭目介）

〔六幺令〕

（生）把双睛重揉。（近身细认，又惊，背介）逼真是一个绝世佳人！那里是幻影空花，眩我昏眸。谁知今日醉温柔？真娇艳，果风流！不枉我铁鞋踏破寻佳偶，铁鞋踏破寻佳偶！

（小旦）贤婿，可是去年那一个么？

（生摇手介）不是，不是，一些也不是！

（小旦）这等看起来，与我小女无干，是贤婿认错了人了。

（生）岂但认错了人，竟是活见了鬼！小婿该死一千年了！

（小旦）这等，老身且去，你们成了亲罢。

（生）岳母快请回。小婿暂且告罪，明日还要负荆。

（小旦笑介）不是一番寒彻骨，怎得千重喜上眉？

（老旦、副净随下）

（生急闭门，向旦温存介）小姐，夜深了，请安置罢。

（旦不理介）

（生）是下官认错了人，冒犯小姐，告罪了。（长揖介）

（旦背立，不理介）

〔江儿水〕

（生）虽则是长揖难辞谴，须念我低头便识羞。我劝你层层展却眉间皱，盈盈拭却腮边溜，纤纤松却胸前扣。请听耳边更漏，已是丑末寅初，休猜做半夜三更时候。

（内作鸡鸣介）

（生慌介）小姐，鸡都鸣了，还不快睡！下官没奈何，只得下全礼了。（跪介）

（旦扶起介）

[川拨棹]

（生）蒙慈宥，把前情一笔勾；霁红颜，渐展眉头；霁红颜，渐展眉头。也亏我屈黄金，先陪膝头。请宽衣，莫怕羞，急吹灯，休逗留。

[尾声]

（生）良宵空把长更守，那晓得佳人非旧，被一个作孽的风筝误到头！

鸳鸯对面不相亲，好事从来磨杀人。
临到手时犹费口，最伤情处忽迷神。

第三十出 释疑

〔忆莺儿〕

（外冠带，引众行，唱上）兵燹稀，甘雨肥，未及瓜期诏已催。带便还乡昼锦衣，新花拂旗，新沙筑堤。宦囊不重肩夫喜，鹤相随，破琴犹在，依旧载将归。

下官詹烈侯，复任西川，未及一载，蒙圣上俯鉴微劳，加升大司马之职，钦召回京，带便从故乡一过。左右的：此处到家还有多少路？

（众）只得一站了。

（外）这等，快些趱行，今日定要赶到！

（齐唱"宦囊"二句下）

〔燕归梁〕

（老旦上）先到华堂等客归，羞老鬓，更蓬飞。

（副净衣巾，同丑上）阿姨新做状元妻，重见面，愧前非。

（老旦）老爷今日回来，老身一家先到公厅等候。柳夫人与他女儿、女婿想必也就来了。

〔前腔〕

（小旦上）膏沐新添媚远归，重学画，少年眉。

（生冠带，同旦上）逼成婚媾转相宜，亏阿丈，赚良媒。

（老旦、小旦先见介）

（小旦）女儿女婿成亲之后，还不曾见你，如今请坐了，待他们拜见。

（老旦）等老爷回来，一齐拜罢。

（生）这等，先见常礼。

（生、旦见老旦介）

（副净、丑见小旦介）

（生、副净相见介）

（旦、丑相见介）

（老旦）你们今日顺便相见，只当会亲。大小姨夫、大小姨娘，都见一见，省得东躲西躲。

（副净见旦，旦作恼容，回礼介）

（生见丑，丑作笑容，回礼毕；各惊介）

（生背介）这位大姨好像在那里会过一次的？待我想来。（想介）

（丑背介）小姨夫的面貌，与去年进来的人生得一模一样，这一个更觉得标致些。

（生）好奇怪！我恍恍惚惚记得在京中那个所在，相会一次，为甚么再想不起来？

〔渔灯儿〕

（生）真怪异，既是上林花，为甚的向此处栽移？是了，我记得初报状元的那一晚，曾做个恶梦，梦中的人就是这副嘴脸。记在恶梦里，受伊行无限凌亏。且住，梦中的人就是去年相会的詹小姐了。难道去年见鬼，如今又见鬼不成？待我问夫人。

（生对旦指丑介）夫人，那边立的，还是人还是鬼？

（旦）是我家姐姐，你怎么说起鬼话来？

（生）这等，我去年不曾见鬼，就是见了这个像鬼的人。分明是这个似鬼人儿把我迷，冒神女把夜叉相替，到今日鬼和神相对难欺。

（旦）你仔细看一看，又不要认错了人。

（生）一毫也不错。

（老旦对小旦介）前日女儿女婿成亲，不曾送得喜酒，今日有一杯清茶奉献。叫丫鬟拿茶来！

（净捧茶上）和气人家无大小，不防乳母代梅香。

（见生，各惊介）

（净对丑介）小姐！那分明是去年进来的人，你可认得？

（丑）面貌虽是一般，觉得去年的还没有这等标致。

（净）去年是戴方巾，今年换了纱帽，自然一发标致了！

（丑）有理。

[锦渔灯]

（丑）天生就他娇面孔，原先美丽，况戴着俏乌纱更长风姿。去年若不是你冲散了好事，今日这个诰命夫人，一定是我做了。都是你夺去花封送阿姨，致今日教我睁白眼妒人妻。

（生背对旦介）夫人，如今不但假莺莺认出来，连假红娘都认出来了!

（旦）在那里?

（生）方才捧茶的那一个就是。

（旦）原来是他们串通诡计，冒我名头，做出这般丑事，累我受此奇冤。我如今说与母亲知道，当面对他讲个明白，肉也咬他几口下来!

（欲行，生扯住衣袖介）夫人，这个断使不得。你若与他争论起来，戚公子听见，说我调戏他的妻子，这场怨恨怎得开交?

（旦）这也顾他不得。（洒脱衣袖，对小旦介）母亲，有一句新闻，说与你知道。（扯小旦，附耳说话）

（生慌介）他母亲知道，一定要做出来了。这桩事怎么样处?

（副净背介）你看他娘儿两个唧唧哝哝，把手指着我家娘子，只怕是看荷花的事情发作了。他若与我娘子面质起来，老韩听见，说我调戏他妻子，这场怨恨怎得开交?

（小旦听毕，高声介）原来有这等奇事，好没廉耻的女儿!

（生、副净各慌介）

（副净背介）我说不停当，如今怎么了? 须要生个法子，骗老韩出去，不等他听见才好。

（生背介）我说不停当，如今怎么了? 须要生个法子，骗老戚出去，不等他听见才好。我有道理。

（生对副净介）老襟丈，如今岳父快到了，我们同到郊外去接他一接，何如?

（副净大喜介）妙! 妙! 妙! 小弟正有此意。我们两位新娇客，莫管他家闲是非。（同下）

（小旦对老旦介）亏你有本事，养得这样好令爱出来！

（老旦惊听介）

〔锦上花〕

（小旦）一羡你的肚皮，二羡你教法奇，生这风流令爱倒会讨便宜。

（老旦）我晓得你的女婿是个状元，如今要压制我么？

（小旦）一愧我命运低，二愧我福分微，招得个状元女婿又有了前妻，把封诰送还伊。

（老旦）有话明讲，不要语中带刺，讨人的便宜！

（小旦）我正要和你明讲。去年清明时节，你家女婿拿一个风筝央我家女婿画。我家女婿懒得画，题了一首诗在上面。你家女婿放断了线，落在我家。我见上面有诗，教女儿和了一首，不想被你家女婿讨了出去。后来我家女婿也放风筝，也断了线，又落在你家。你的好令爱，就想做起风流事来。你做风流事也罢了，为甚么假冒我家女儿的名头，约他进来相会？我家女婿想是见他忒标致了些，吓得不敢动手。谁想你家令爱，做湖州船倒撑起来，做出许多怕人的光景，弄得我家女婿抱头鼠窜。今年他在京中，戚公替他聘了我家女儿。他前日回来做亲，只说还是那一个，怒气冲冲，不肯与女儿同睡。及至我去细问缘由，把女儿与他细认，知道不是，才肯成亲。虽成了亲，究竟不得明白，方才在这边三对六面认将出来，方才晓得是这本新戏。

（老旦呆介）

（旦对丑介）你当初说我做了夫人，须要带挈你带挈。谁想我还不曾做夫人，你倒先做了夫人；我还不曾带挈你，你倒带挈我淘了那一夜好气！

〔锦中拍〕

（旦）多谢你，椒房宠把内家荫庇，这封诰忒离奇。我如今情愿把夫人让你，只要陪还我那一场呕气。为甚的你图欢乐，教别人皱眉？为甚的把风筝强匿？为甚的把我名儿巧替？好好的献出原赃，自口供罪，不须得紧紧的把牙关闭。

（老旦对小旦介）这等说起来，是我这个不成器的坏事了。你娘儿两个，如今要怎么样？

（小旦）我没有甚么讲，只等老爷到家，拦马头就是一状。听凭他审就是了！

（老旦）若审起来，你也未必全赢，我也未必全输！

（小旦）怎见得？

（老旦）莫说坏事的不好，还怪起祸的不是。虽是我家女儿冶容诲淫，也是你家女儿多才惹事。虽是我家闺范不严，不该放男子进来，也是你家门缝忒宽，不该让风筝出去。我要吃场大亏，你也要忍些小气。我的女儿若问充军，你的女儿也要问个徒罪。不如同你两下里私和，还省了一场当官的没趣。

〔锦后拍〕

（老旦）笑世上，打官司的没便宜，枉自两下费心机。纵有十分道理，有十分道理，原告的脚膝头预先落地。便全赢，也有一分纸钱陪。倒不如三杯酒化做一团和气，还落得冤家少，狭路省防堤。

（丑对小旦介）你若和了就罢，若不肯和，我拼得做一个下水拖人。

（小旦）怎么样的拖法？

（丑）我说是妹子做诗在风筝上，约他进来，他认不得路，错走到我房里来的。

（小旦呆介）

（旦）不妨，有引他的人在这里。他走错了路，难道奶娘也走错了路不成？

（净惊背介）这怎么了得？老爷到家，若还审起来，少不得拷问我。女儿是他亲生的，料想不置于死地，弄来弄去，只苦得我。没奈何，跪将过去，替他求和罢了。（跪小旦介）夫人！饶了我这条狗命，和了罢！

（小旦不理介）

（净跪旦介）小姐，你一向是贤慧的，劝声夫人，和了罢！

（旦不理介）

（净起介）夫人不肯和，小姐不肯和，这张状子是一定要告的了。告起来，我少不得是死。这堂前有一口古井，不如跳下去，预先淹死了，省得明日零星受苦。（跳介）

（旦扯住介）不要如此，待我劝夫人和了就是。

（旦向小旦介）母亲和了罢！

（小旦）我若与他和了，他娘儿两个倒翻起招来怎么处？

（老旦起，拜小旦介）柳夫人，是我女儿该死了。你若肯和，我终身不敢忘你大德！

（小旦）这等说，只得和了。

（同拜介）

（净磕头，谢介）

〔隔尾〕

（合）半生妒恨今朝释，把往事付之流水。

（老旦）你就有万顷恩波，也难将我这羞洗。

（内鼓吹介）

（老旦）老爷回来了！三娘，千万不要提起。

（小旦应介）

（丑又叮嘱旦介）

〔点绛唇〕

（外冠带，引众；生、副净随上）重到门楣，郁葱瑞霭增佳气。只因家内，添个乘龙婿。

（各见介）

〔前腔〕

（小生冠带上）宦客新归，旧时年友新姻戚。芝颜重对，两鬓添霜未。

（各见介）

（老旦、小旦）你们两个女婿，都不曾拜丈人，两个媳妇，都不曾拜公公。今日在此，不如同拜了罢！

（同拜介）

〔画眉序〕

（外、小生）儿媳已齐眉，婚嫁从心向平喜。幸双亲犹健，杖不须携。既有子瓜瓞能绵，便无儿桑榆堪慰。

（合）朱颜白发同偕老，举世共夸荣贵。

〔前腔〕

（老旦、小旦）门户有光辉，两树蒹葭得同倚。喜枯梅衰柳，不怕霜威。虽不是桃李春荣，还学得枇杷晚翠。

（合前）

〔前腔〕

（生、旦）何处谢良媒，一阵狂风似神鬼。怪风筝一片，东走西飞。论赏罚罪不酬功，量恩私功能赎罪。

（合前）

〔前腔〕

（副净、丑）一对丑夫妻，空费百般巧心计。岂从来神器，不许人窥。男偷女宝剑成精，女偷男灯光作祟。

（合前）

〔滴溜子〕

（合）团圆处，团圆处，欢声如沸。相逢处，相逢处，欢容如醉。评才貌，真无愧。总亏堂上翁，平心见己，公道无私，合成双配。

[尾声]

（合）无心演出风筝戏，怕世上儿童学会。也须要嘱语东风向好处吹。

传奇原为消愁设，费尽杖头歌一阕。
何事将钱买哭声？反令变喜成悲咽。
惟我填词不卖愁，一夫不笑是吾忧。
举世尽成弥勒佛，度人秃笔始堪投。

白朴

原名恒,字仁甫,后改名朴,字太素,号兰谷。

元代著名戏曲作家,以杂剧著称,悲喜剧皆擅长,与关汉卿、郑光祖、马致远并称为"元曲四大家"。生平所作杂剧十五种,现存全本《唐明皇秋夜梧桐雨》《董秀英花月东墙记》《裴少俊墙头马上》。

郑光祖

字德辉。

元代著名的杂剧家和散曲家,与关汉卿、白朴、马致远并称为"元曲四大家"。所作杂剧在当时"名闻天下,声振闺阁",其中以《倩女离魂》最为著名。

李渔

初名仙侣,后改名渔,字谪凡,号笠翁。

明末清初文学家、戏剧家、戏剧理论家、美学家。他一生著述丰富,著有《闲情偶寄》《笠翁十种曲》《笠翁一家言》,批阅《三国志》,改定《金瓶梅》,倡编《芥子园画谱》等。

西线

因对文学的热爱而投身写作。

沉迷于古典文学的世界,熟读各大名著作品,涉猎甚广。望用自己的笔触,描绘更生动的故事。

出 品 人	朱家君	设计总监	李　婕
总 经 理	常蓦尘	产品经理	马　飞
总 编 辑	熊　嵩	运营总监	蒋　雷
执 行 总 编	罗晓琴	书名题字	朱李生
		插图绘画	XINYUE
执 行 策 划	马　飞　罗露露	流程校对	罗露露　胡博文
装 帧 设 计	吴　琪	宣传营销	蒋　惊

总出品　漫娱图书

图书在版编目（CIP）数据

人生自是有情痴：风筝误 /（清）李渔等著；西线译.
—武汉：长江出版社，2018.12
ISBN 978-7-5492-6157-4

Ⅰ.①人… Ⅱ.①李…②西… Ⅲ.①杂剧-剧本-作品集-中国-元代②传奇剧（戏曲）-剧本-中国-清代
Ⅳ.①I237

中国版本图书馆 CIP 数据核字（2018）第 277937 号

本书由天津漫娱图书有限公司正式授权长江出版社，在中国大陆地区独家出版中文简体版本。未经书面同意，不得以任何形式转载和使用。

人生自是有情痴：风筝误 /（清）李渔等 著；西线 译

出　　版	长江出版社			
	（武汉市解放大道1863号　邮政编码：430010）			
市场发行	长江出版社发行部			
网　　址	http://www.cjpress.com.cn			
责任编辑	钟一丹	开　本	880mm×1230mm　1／32
装帧设计	吴　琪	印　张	12.5
印　　刷	深圳市精彩印联合印务有限公司	字　数	260千字
版　　次	2018年12月第1版	书　号	ISBN 978-7-5492-6157-4
印　　次	2020年2月第3次印刷	定　价	49.80元

版权所有，翻版必究。如有质量问题，请联系本社退换。
电话：027-82926557（总编室）　027-82926806（市场营销部）